PHILIP JOSÉ FARMER

W0182384

le Fleuve de l'éternité

le monde du Fleuve

traduit de l'américain par Guy ABADIA

Éditions J'ai Lu

Ce roman, ainsi que *le Bateau fabuleux,* a paru sous forme d'un volume omnibus aux Éditions Robert Laffont sous le titre *le Fleuve de l'éternité.*

Ce roman a paru sous le titre original :

TO YOUR SCATTERED BODIES GO

© Philip José Farmer, 1971
Pour la traduction française :
© Éditions Robert Laffont, S.A., 1979

1

Sa femme l'avait tenu dans ses bras comme si cela pouvait empêcher la mort d'approcher. Il s'était écrié : « Mon Dieu, c'est la fin ! »

La porte de la chambre s'était entrouverte. Il avait vu à l'extérieur un dromadaire géant, noir, et entendu le tintement des grelots que le vent brûlant du désert agitait contre le harnais. Un énorme visage noir surmonté d'un turban était apparu dans l'encadrement de la porte. L'eunuque avait franchi le seuil, un gigantesque cimeterre à la main, en se déplaçant comme sur un nuage. La Mort, qui détruit les plaisirs et extermine les sociétés, était enfin venue le prendre.

Vide et obscurité. Il ne savait même pas que son cœur avait cessé de battre pour l'éternité. Ténèbres et néant.

Ses yeux se rouvrirent. Son cœur battait à plein. Il était fort, il était pénétré de puissance ! La douleur de la goutte, son foie torturé, son cœur agonisant, tout cela était effacé.

Il y avait un tel silence qu'il entendait le sang circuler dans ses tempes. Il était seul dans un monde insonore.

Partout autour de lui une lumière vive et diffuse régnait. Il voyait, mais ne comprenait pas ce que ses yeux enregistraient. Quelles étaient ces choses qui flottaient au-dessus, au-dessous et à côté de lui ? Où était-il ?

Il essaya de se redresser et fut envahi d'une sourde panique. Il ne reposait sur rien. Il était en suspens dans le néant. Son effort lui avait imprimé une lente poussée giratoire, comme s'il était immergé dans un bain de mélasse assez diluée. A quelques centimètres du bout de ses doigts, il y avait une tige de métal rouge vif. Elle venait d'en haut, de l'infini, et plongeait en bas, vers l'infini. Il fit un mouvement pour la saisir parce que c'était l'objet le plus proche de lui, mais quelque chose d'invisible lui résista. Comme si des lignes de force le repoussaient. Lentement, il se laissa pivoter de côté. La même résistance l'arrêta, alors que ses doigts se trouvaient à quinze centimètres de la tige. Il tendit ses muscles et réussit à gagner un centimètre ou deux. Mais au même instant, le mouvement de rotation s'accentua. Il aspira de l'air avec un grand bruit rauque. Bien qu'il sût qu'aucun point d'appui n'existait pour lui, il ne put s'empêcher d'agiter désespérément les bras pour essayer de se raccrocher à quelque chose.

Son visage était maintenant tourné vers le bas. Ou bien le haut ? N'importe comment, c'était la direction opposée à celle à laquelle il avait fait face quand il avait repris conscience. Mais quelle importance ? En « haut » et en « bas », le spectacle était exactement le même. Il était en suspens dans le vide et seul un invisible et intangible cocon l'empêchait de tomber. A deux mètres au-dessous de lui flottait le corps d'une femme à la peau très pâle. Elle était nue et entièrement glabre. Elle paraissait endormie. Ses yeux étaient clos. Sa poitrine se soulevait et retombait doucement au rythme de sa respiration. Ses jambes étaient tendues et jointes, ses bras raides le long du corps. Elle tournait lentement sur elle-même, comme un poulet à la broche.

Il tournait de la même façon. Sa propre rotation lui permit de découvrir des rangées entières de corps glabres et nus. Il y avait des femmes, des hommes et des enfants. Non loin de lui, il aperçut un Noir, toujours glabre et nu.

Il pencha la tête pour voir son propre corps. Il était glabre et nu comme les autres. Sa peau était lisse. Ses abdominaux étaient saillants et les muscles de ses cuisses avaient retrouvé la vigueur de leur jeunesse. Les veines qui sillonnaient ses mains comme des galeries de taupes avaient disparu. Son corps n'était plus celui du vieux malade affaibli de soixante-neuf ans qui agonisait seulement quelques instants auparavant. Il n'était plus couvert d'une centaine de cicatrices.

Il constata qu'il n'y avait aucun vieux parmi les corps qui l'entouraient. Aucun ne paraissait âgé de plus de vingt-cinq ans, mais c'était difficile à dire à cause de l'absence de chevelure et de pilosité pubienne, qui rajeunissait et vieillissait en même temps.

Il s'était vanté de ne pas connaître la peur. A présent, c'était elle qui étouffait le cri naissant au fond de sa gorge. La terreur fondait sur lui, le frustrait de sa vie toute neuve.

La stupeur d'être encore en vie lui avait ôté toute réaction au début. Puis sa position dans l'espace et la configuration de son nouvel environnement avaient paralysé ses sens. Ses perceptions étaient voilées comme par une épaisse fenêtre semi-transparente. Mais au bout de quelques instants, il y avait eu en lui comme un craquement. La fenêtre s'était ouverte.

Le monde avait pris soudain un aspect qu'il pouvait embrasser, même si sa signification lui échappait. Il était environné, à perte de vue, de corps qui flottaient en rangs verticaux et horizontaux. Les rangées verticales étaient délimitées par des tiges rouges situées à vingt centimètres de la tête et des pieds de chaque dormeur. Il y avait un intervalle de deux mètres entre chaque corps et son voisin du haut et du bas.

Les tiges surgissaient d'un abîme sans fond et se perdaient dans un gouffre sans toit. Le vide gris dans lequel tout se fondait à la limite de la vision n'était ni la terre ni le ciel. Il n'y avait pas d'autre horizon que l'infini.

Son voisin d'un côté était un homme au teint mat et au profil toscan. De l'autre, c'était une Asiatique, et encore plus loin, un Nordique à la taille imposante. Ce n'est qu'au bout de trois lentes rotations qu'il fut capable de déterminer ce qu'il y avait de bizarre dans son aspect. L'avant-bras droit du dormeur, à partir d'un point situé juste au-dessous du coude, était rouge vif. Il devait lui manquer tout l'épiderme.

Quelques secondes plus tard, à plusieurs rangs de distance de lui, il distingua même, assez malaisément toutefois, un squelette avec un fouillis d'organes à l'intérieur.

Il continua d'observer ce qui était autour de lui tandis que son cœur bondissait de terreur dans sa poitrine. Il finit par se dire qu'il se trouvait dans une espèce de chambre mortuaire de dimensions colossales et que les tiges de métal irradiaient une force capable de soutenir et de mouvoir des millions, sinon des milliards, d'êtres humains.

Mais où se trouvait cet endroit?

Certainement pas dans le Trieste de l'empire austro-hongrois de 1890.

Cela ne ressemblait à aucun paradis ni enfer dont il avait pu avoir connaissance au cours de ses voyages ou dans les livres. Pourtant, il croyait bien être au courant de toutes les théories de l'après-vie.

Il avait franchi le seuil de la mort. Maintenant, il était vivant. Durant toute son existence, il s'était moqué de tout ce qui concernait l'au-delà; mais pour une fois, il devait reconnaître qu'il s'était trompé. Pourtant, personne n'était encore venu lui dire : « Tu vois, je te l'avais bien dit, chien d'infidèle! »

Apparemment, parmi cette multitude de corps, lui seul était conscient.

Tout en poursuivant son mouvement de rotation à un rythme qu'il évaluait à un tour complet toutes les dix secondes, il aperçut quelque chose qui le surprit. Cinq rangées plus loin, il y avait un corps qui paraissait humain à première vue mais n'appartenait certainement pas à l'espèce *Homo sapiens*. Il avait quatre doigts, dont un pouce, à chaque main, et quatre orteils à chaque pied. Son nez et ses lèvres, comme du cuir noir, évoquaient le museau d'un chien. Son scrotum avait un grand nombre de petites bosses et ses oreilles d'étranges circonvolutions.

Sa terreur s'estompa. Les battements de son cœur ralentirent, sans pour autant retrouver leur rythme normal. Son cerveau s'éclaircit davantage. Il prit une décision. Il fallait à tout prix qu'il se sorte de cette situation où il était aussi exposé qu'un cochon en train de tourner sur une broche. Il fallait qu'il trouve quelqu'un qui lui dise ce qu'il faisait ici, comment il y était venu et pour quelle raison.

Décider, c'était agir.

Il ramassa ses jambes, les détendit d'un coup et constata que l'action, ou plutôt la réaction, lui avait fait gagner un centimètre. Il renouvela l'opération. Mais quand il se reposa, il s'aperçut qu'une force lui faisait lentement regagner sa place précédente et que ses bras et ses jambes étaient doucement repoussés dans leur position première.

Saisi de rage frénétique, remuant bras et jambes comme un nageur faisant le crawl au ralenti, il réussit à progresser en direction de la barre. Mais plus il s'en approchait, plus la force lui résistait. Il n'avait pas l'intention de renoncer. S'il s'arrêtait, il serait repoussé à sa place et n'aurait plus assez d'énergie pour faire une nouvelle tentative. Il n'était pas dans sa nature de s'avouer vaincu tant qu'il n'avait pas atteint les limites de l'épuisement physique.

Sa respiration était rauque. Son corps était couvert de transpiration. Ses bras et ses jambes se mouvaient comme dans du sirop épais. Sa progression était imperceptible. Pourtant, du bout des doigts de la main gauche, il réussit à toucher la tige. Elle était chaude et de consistance solide.

Il sut aussitôt dans quelle direction était le bas. Il se mit à tomber.

Le contact avait rompu le charme. Le cocon d'air qui l'entourait avait éclaté silencieusement et il avait basculé dans le vide.

Il était suffisamment près de la tige pour l'agripper de la main au passage. Ce soudain déséquilibre déporta douloureusement sa hanche contre la barre rouge. La paume de sa main le brûlait. Il réussit enfin à saisir la tige de l'autre main et à freiner sa chute.

Face à lui, de l'autre côté de la tige, les corps s'étaient mis à descendre à leur tour. Ils avaient la vélocité apparente d'un objet tombant dans l'atmosphère terrestre. Chacun était resté dans la même position et gardait les mêmes distances par rapport à ceux qui étaient dessous et dessus. Ils avaient même conservé leur lent mouvement de rotation.

C'est alors que la sensation de rapides déplacements d'air au contact de son dos nu mouillé de transpiration le fit pivoter autour de la tige. Dans la rangée verticale qu'il avait précédemment occupée, les dormeurs tombaient un à un. Comme s'ils étaient méthodiquement précipités dans une trappe, ils le frôlaient au passage, leur tête rigide à quelques centimètres de son corps. Il avait eu de la chance qu'aucun d'eux ne l'arrache à son appui précaire pour l'entraîner dans l'abîme insondable.

Les autres rangées de dormeurs étaient restées en place. Il y en avait des millions et des millions. Il se mit à compter les corps. Il avait toujours eu le goût des statistiques. Mais arrivé à 3001, il renonça. La cascade de chair semblait inépuisable. Jusqu'à quelle hauteur étaient-ils ainsi empilés? Jusqu'à quelle profondeur incroyable allaient-ils tomber?

Apparemment, c'était lui qui avait sans le vouloir déclenché leur chute en annulant par son contact la force émanant de la barre rouge.

Il ne pouvait pas grimper, mais il pouvait descendre. Il commença à se laisser glisser. Puis il leva brusquement la tête, oubliant la cataracte humaine. Quelque part au-dessus de lui, un bourdonnement couvrait tout le reste.

Un vaisseau étroit, en forme de pirogue, fait d'une substance indéterminée de couleur vert vif, plongeait rapidement vers lui entre la colonne qui tombait et celle qui était en suspens. La pirogue aérienne était dépourvue de support visible. Comme les tapis volants des *Mille et Une Nuits!*

Un visage se pencha par-dessus le bord de la pirogue. L'embarcation s'immobilisa tandis que le bourdonnement cessait. Une seconde tête était visible à côté de la première. Les deux avaient des cheveux bruns, touffus. Au bout d'un moment, le bourdonnement reprit et le vaisseau descendit de nouveau. Arrivée à moins de deux mètres de l'endroit où il se trouvait, la pirogue s'immobilisa. Elle avait un petit dessin sur la proue : une spirale blanche qui éclatait vers la droite. L'un des deux occupants de la pirogue se mit à parler dans un langage comprenant de nombreuses voyelles et des coups de glotte fréquents et appuyés. Cela évoquait le polynésien.

Subitement, le cocon invisible fut rétabli. La cascade de corps ralentit puis s'immobilisa. L'homme agrippé à la barre fut repoussé et soulevé par la même force invisible. Il eut beau résister désespérément, ses jambes s'écartèrent de la tige et le reste de son corps suivit. Il fut obligé de tout lâcher. Il avait la tête en bas. C'était comme si, en même temps que la tige, il avait perdu sa prise sur la vie, le monde et la raison. Il dérivait irrésistiblement vers le haut. Son corps avait repris sa lente rotation. Il arriva à la hauteur de la pirogue, qu'il commença à dépasser. Ses deux occupants étaient nus. Ils avaient le teint des Arabes yéménites. La ligne de leur corps était harmonieuse. Leurs traits avaient quelque chose de nordique et lui rappelaient certains Islandais qu'il avait connus.

L'un d'eux leva une main qui tenait un objet métallique de la taille d'un crayon. Il le mit en joue avec, comme s'il voulait tirer sur lui.

L'homme en suspens dans l'air poussa un cri de rage, de haine et de frustration en faisant des efforts désespérés pour nager vers le vaisseau.

– Je vais tuer ! hurla-t-il. Je vais tuer ! Tuer ! Tuer !

Puis il sombra de nouveau dans l'oubli.

2

Dieu se penchait sur lui et le regardait, étendu dans l'herbe sous les saules pleureurs au bord de l'eau. Les yeux grands ouverts, il se sentait aussi faible que le bébé qui vient de naître. Dieu lui pilonnait les côtes du bout ferré de sa canne. Dieu était un homme d'âge moyen, de haute taille. Il avait une barbe longue, noire, fourchue. Il ressemblait à un sujet endimanché de Sa Majesté la reine Victoria durant la cinquante-troisième année de son règne.

– Tu es en retard, lui dit Dieu. Le paiement de ta dette est échu depuis longtemps, tu le sais.

– Quelle dette ? demanda Richard Francis Burton.

Il se toucha les côtes pour s'assurer qu'elles étaient toutes bien là.

– Tu me dois le prix de la chair, répondit Dieu en le piquant de nouveau du bout de sa canne. Sans compter celui de l'esprit. Tu dois payer pour la chair et pour l'esprit, qui sont en fin de compte une seule et même chose.

Burton lutta pour se mettre debout. Personne, pas même Dieu le Père, ne lui avait jamais impunément caressé les côtes avec un bâton.

Ignorant ses efforts futiles, Dieu tira de son gousset une grosse montre en or, ouvrit le lourd boîtier orné d'une spirale, regarda les aiguilles et dit :

– Il y a longtemps, en vérité, que la dette est échue.

Puis Dieu tendit son autre main, la paume tournée vers le haut.

– Payez, monsieur, ou vous serez forclos.

– Forclos de quoi ?

L'obscurité tomba. Dieu s'estompa dans les ténèbres. C'est alors que Burton s'aperçut que Dieu était à son image. Il avait les mêmes cheveux drus et bruns, le même type arabe avec ses yeux noirs perçants, ses pommettes hautes, ses lèvres épaisses et son menton proéminent creusé d'une fossette profonde. Il avait à la joue la même balafre, souvenir d'un javelot somalien qui lui avait transpercé la mâchoire au cours de cette fameuse bataille de Berbera. Ses pieds et ses mains étaient de petite taille et formaient un contraste avec ses épaules puissantes et son torse massif. Quant à ses grosses moustaches et sa longue barbe fourchue, elles étaient bien celles qui avaient valu à Burton d'être surnommé par les Bédouins le « Père à moustaches ».

– Tu ressembles au Diable, dit-il.

Mais Dieu n'était déjà plus qu'une ombre dans les ténèbres.

3

Burton dormait encore. Cependant, ses pensées étaient si proches de la surface consciente qu'il n'ignorait pas qu'il avait rêvé.

La lumière succédait à la nuit. Il ouvrit les yeux pour de bon. Il ne savait pas où il se trouvait.

Au-dessus de lui était un ciel bleu. Une brise légère soufflait sur son corps. Il était nu. Sa tête glabre, son dos, ses jambes et les paumes de ses mains sentaient le contact de l'herbe. Il pencha la tête à droite et vit une plaine couverte d'un gazon très court, très vert et très dru, qui s'élevait en pente douce sur près de deux kilomètres. Au delà, il y avait des collines qui formaient les premiers contreforts, de plus en plus abrupts et escarpés, des montagnes géantes qu'on apercevait au loin. Les collines devaient s'étendre sur quatre kilomètres environ. Elles étaient chargées d'arbres aux couleurs chatoyantes : il y avait des roses, des pourpres, des jaunes étincelants et des mauves foncés. Les montagnes, à l'horizon, s'élevaient abruptement, comme des murailles, et paraissaient atteindre des hauteurs incroyables. Elles étaient turquoise et noir et avaient de loin l'aspect d'une roche lisse et ligneuse couverte sur au moins le quart de sa surface d'un irrégulier tapis de lichen.

Entre les collines et lui, la plaine était jonchée d'une multitude de corps humains. Le plus rapproché, à moins d'un mètre cinquante de son visage, était celui de la femme blanche qui avait flotté au-dessous de lui dans l'irréel alignement de dormeurs.

Il voulut se dresser, mais son corps engourdi refusa de lui obéir. Il ne réussit, au prix d'un énorme effort, qu'à faire pivoter sa tête du côté gauche. Là aussi, des corps humains jonchaient la plaine qui descendait jusqu'à la rive d'un fleuve, à une centaine de mètres de l'endroit où il était couché. Le fleuve avait approximativement un kilomètre et demi de large. Sur la rive opposée, il y avait une autre plaine de deux kilomètres de large qui montait en pente douce vers des collines boisées identiques aux premières et vers les mêmes montagnes turquoise et noir qui formaient l'horizon lointain. C'est la direction de l'est, se dit-il machinalement, car le soleil venait d'apparaître au-dessus des montagnes.

Tout près du bord du fleuve se dressait une étrange structure. Elle ressemblait à un rocher de granit gris moucheté de rouge et avait la forme d'un champignon. Sa base cylindrique épaisse devait avoir un mètre cinquante de hauteur au maximum. Le chapeau du champignon avait environ quinze mètres de diamètre.

Il réussit à se dresser sur un coude. A intervalles réguliers le long des deux rives du fleuve, il y avait d'autres rochers en forme de champignon.

Partout, la plaine était couverte d'êtres humains nus et chauves. La plupart étaient encore couchés sur le dos, les yeux ouverts. Certains commençaient à remuer la tête ou même à s'asseoir.

Il s'assit lui aussi et porta ses deux mains à sa tête et à ses joues. Elles étaient absolument lisses.

Il n'avait plus le corps ridé, noueux et desséché d'un homme de soixante-neuf ans gisant sur son lit de mort, mais la peau lisse et les muscles puissants de ses vingt-cinq ans. C'était le même corps qu'il avait dans son rêve, quand il flottait entre les tiges rouges. Mais était-ce bien un rêve? Le souvenir qu'il en avait était bien trop puissant. Ce n'était pas un rêve!

Il s'aperçut qu'il portait au poignet un fin bracelet d'une matière transparente qui se prolongeait par une bande de quinze centimètres de la même matière. A l'extrémité de cette bande était fixée une boucle métallique reliée à un gros cylindre de métal gris fermé par un couvercle.

Machinalement, l'esprit trop engourdi pour se concentrer sur ce qu'il faisait, il soupesa le cylindre. Il devait faire moins de cinq cents grammes. Il n'était donc pas en acier, même si l'intérieur était creux. Il avait quarante-cinq centimètres de diamètre sur au moins soixante-quinze de haut.

Tout le monde avait le même accroché au poignet.

Avec des gestes maladroits, le cœur battant de plus

en plus fort à mesure que son engourdissement le quittait, il réussit à se mettre debout.

D'autres se levaient également. Les visages étaient sans expression ou figés de stupeur glacée. Certains étaient horribles à voir. Leurs yeux hagards roulaient, désemparés. Leur poitrine se soulevait spasmodiquement. Leur respiration était sifflante. Certains tremblaient comme si un vent glacé les fouettait, alors que la température était agréablement chaude.

Le plus étrange, le plus effrayant peut-être dans tout cela, c'était l'absence presque totale de bruit. Personne ne parlait. Il n'entendait que la respiration saccadée de ses plus proches voisins, le bruit d'une claque que quelqu'un se donnait sur la jambe, le sifflement sourd et ininterrompu qu'une femme laissait échapper de ses lèvres.

Toutes les bouches étaient ouvertes, comme si elles voulaient désespérément dire quelque chose.

Les gens commençaient à se déplacer, à se regarder, parfois à se toucher avec hésitation. Ils faisaient quelques pas d'un côté, puis repartaient d'un autre, regardaient les collines, les arbres en fleurs aux couleurs chatoyantes, les montagnes couvertes de lichen, le fleuve aux eaux vertes et miroitantes, les rochers-champignons ou les cylindres de métal attachés à leur poignet.

Certains palpaient leur corps, leur visage et leur crâne chauve. Tous étaient égarés au milieu d'un profond silence.

Soudain, une femme se mit à gémir. Elle tomba à genoux, rejeta en arrière sa tête et ses épaules et lança une plainte lugubre. Au même instant, venant d'un point situé beaucoup plus en aval du fleuve, une autre plainte lui fit écho.

Ce fut comme le signal, ou comme une double clé libérant des milliers de voix d'un seul coup. Hommes, femmes et enfants commencèrent à crier et à sangloter, à se griffer le visage et à se frapper la poitrine, à tomber à genoux et à lever les bras au ciel, à se jeter à plat ventre et à enfouir leur visage dans l'herbe comme des autruches qui se cachent, ou bien à se balancer d'avant en arrière en jappant comme des chiens et en hurlant comme des loups.

La vague de terreur hystérique submergea Burton, qui ressentit aussi l'envie de s'agenouiller pour prier, pour implorer la miséricorde divine. Il avait peur de voir, soudain, la face aveuglante de Dieu, plus brillante que mille soleils, surgir au-dessus des montagnes. Il n'était pas aussi courageux ni aussi indifférent à la notion de péché qu'il l'avait cru tout au long de sa vie. Le Jugement dernier devait être une épreuve si radicale et si définitive qu'il ne pouvait même pas supporter d'y penser.

Un jour, il avait eu une vision semblable. Il s'était trouvé devant Dieu après sa mort. Il était petit et nu, au milieu d'une vaste plaine comme celle-ci, mais tout seul. Et Dieu, aussi grand qu'une montagne, avait marché vers lui. Cependant, lui, Burton, n'avait pas reculé d'un pouce. Et il avait défié le Seigneur.

Nul Dieu n'était en vue pour l'instant. Cela ne l'empêcha pas de se lancer dans une fuite éperdue. Il courut à travers la plaine, bousculant hommes et femmes sur son passage, contournant certains, enjambant les autres quand ils se laissaient rouler à terre. Tout en courant, il hurlait : « Non ! Non ! Non ! » et faisait des moulinets avec ses bras pour chasser d'invisibles fantasmes. Le cylindre encombrant attaché à son poignet bringuebalait dans ses jambes.

Quand il fut à bout de souffle, incapable de continuer à hurler, les bras et les jambes lestés de plomb, les poumons en feu et le cœur sur le point de rompre, il se laissa tomber au pied du premier arbre qu'il rencontra.

Au bout d'un long moment, il s'adossa au tronc et se tourna face à la plaine. L'hystérie collective avait cessé et s'était transformée en un vaste brouhaha. La majorité des gens discutaient maintenant entre eux, bien que personne ne parût écouter ce que disaient les autres. Burton était trop loin pour entendre les conversations. Il voyait des hommes et des femmes qui s'embrassaient et se congratulaient, comme s'ils s'étaient connus dans leur existence précédente et voulaient se rassurer quant à la réalité de leur identité.

Il y avait un certain nombre d'enfants parmi la grande foule. Aucun, toutefois, ne semblait âgé de moins de cinq ans. Comme leurs aînés, ils étaient entièrement chauves. La moitié environ pleuraient, ancrés à la même place. Les autres pleuraient aussi, mais couraient d'une personne à l'autre en scrutant chaque visage d'un air angoissé. Ils cherchaient visiblement leurs parents.

Il commençait à respirer plus calmement. Il se leva et regarda autour de lui. L'arbre à côté duquel il se trouvait était un pin rouge (parfois improprement dénommé pin de Norvège) de plus de soixante mètres de haut. Un peu plus loin, il y avait un arbre d'une espèce qu'il ne connaissait pas. Il doutait qu'il en eût jamais existé de semblable sur la Terre. (Sans pouvoir avancer de raison précise pour le moment, Burton était certain de ne pas se trouver sur la Terre.) Cet arbre avait un tronc large et noueux, recouvert d'une écorce noirâtre, et une multitude de branches épaisses d'où pendaient des feuilles triangulaires de près de deux mètres de long. Elles étaient vertes, veinées de rouge. L'arbre avait une centaine de mètres de hauteur. Il y avait aussi d'autres espèces qui ressemblaient à des chênes, à des sapins, des ifs ou des araucarias.

Ici et là poussaient des bouquets de plantes à haute tige qui évoquaient un peu le bambou. Partout où il n'y avait ni arbres ni bambous, le sol était tapissé d'herbe. Pas un seul insecte n'était visible. Pas d'oiseaux non plus. Pas la moindre trace de vie animale.

Il chercha autour de lui quelque chose qui pût lui servir de bâton ou de gourdin. Il n'avait pas la plus petite idée du sort qui attendait l'humanité présente, mais si elle demeurait un peu plus longtemps livrée à elle-même, elle ne manquerait pas de retourner à son état normal. Une fois passé l'effet de choc, ce serait chacun pour soi, ce qui signifiait que certains seraient inévitablement brimés par d'autres.

Il ne découvrit aucune arme. Mais il s'avisa soudain que le cylindre de métal qu'il traînait derrière lui pourrait très bien en tenir lieu. Il le cogna violemment contre un arbre. Malgré son faible poids, il était d'une dureté extrême.

Il souleva le couvercle, articulé d'un seul côté à l'intérieur. Le cylindre contenait six anneaux de métal amovibles, espacés de manière à pouvoir maintenir en place le même nombre de récipients en forme de bol, d'assiette ou de plat rectangulaire. Tous ces récipients, d'un métal gris identique à celui du cylindre, étaient vides. Burton referma le couvercle. Nul doute qu'il découvrirait en temps voulu la fonction du cylindre.

Une chose était sûre, de toute façon. La résurrection n'avait pas produit des ectoplasmes éthérés et fragiles, mais de vigoureux organismes de chair, d'os et de sang.

Tout en se sentant encore détaché de la réalité, comme s'il avait été libéré des rouages du monde, il commençait à émerger du choc.

En premier lieu, il avait soif. Il lui faudrait descendre boire au fleuve, en espérant qu'il n'était pas empoisonné. A cette pensée, il ricana tout en frottant sa lèvre supérieure. Son doigt éprouva une curieuse sensation de vide. Puis il se rappela que son épaisse moustache avait disparu. Tout de même, quelle étrange idée lui était passée par la tête ! Imaginer des morts ressuscités pour être empoisonnés aussitôt après !

Il demeura longtemps sous son arbre. Il répugnait à retourner au milieu de cette foule bavarde, hystérique et geignarde, qu'il devait traverser pour atteindre le fleuve. Il était mieux là où il se trouvait, loin du bruit et de la terreur qui se propageaient comme une épidémie. S'il retournait là-bas, il avait peur de subir de nouveau la contagion de leurs émotions.

Il vit bientôt une silhouette se détacher des autres et avancer dans sa direction. Il s'aperçut aussi qu'il ne s'agissait pas d'une créature humaine.

C'est alors que Burton comprit que cette résurrection n'était pas l'une de celles que les religions avaient prophétisées. Il n'avait jamais cru au Dieu que décrivaient les chrétiens, les musulmans, les hindouistes ni aucun des tenants de toute autre foi. En fait, il n'était même pas sûr de croire à l'existence d'un quelconque Créateur. Il avait cru en Richard Francis Burton et en quelques rares amis. Et il avait été persuadé qu'à sa mort, le monde cesserait d'exister.

4

Ressuscité dans cette vallée au bord d'un fleuve, il avait été impuissant à se défendre contre les doutes qui subsistent chez tout homme exposé dans sa jeunesse à un conditionnement religieux et, dans son âge adulte, à une société qui profite de la moindre occasion pour prêcher ses convictions.

En voyant, maintenant, approcher cette créature, il était sûr qu'il devait y avoir une explication non surnaturelle à tous ces phénomènes. Il y avait nécessairement une raison matérielle et scientifique à sa présence ici. Il n'avait pas besoin de faire appel aux mythes judéo-islamo-chrétiens pour cela.

La créature – visiblement du sexe mâle – était un bipède de deux mètres de haut. Sa peau était rose et son corps filiforme. Il possédait quatre doigts à chaque main et quatre longs orteils très minces à chaque pied. Deux taches incarnates ressortaient sur son torse au-dessous de ses mamelons masculins. Son visage était semi-humain. Deux demi-cercles noirs ressemblant à d'épais sourcils se prolongeaient jusqu'à ses pommettes saillantes, entièrement couvertes d'une sorte de duvet brun. Les narines étaient bordées à l'extérieur d'une fine membrane de deux millimètres de large. Le bout du nez était formé d'un cartilage épais fendu sur toute sa longueur. Les lèvres étaient minces et noires et pendaient comme des babines. Les oreilles n'avaient pas de lobes et leurs circonvolutions n'étaient pas humaines. Le scrotum semblait contenir plusieurs testicules de petite taille.

Il avait déjà vu cette créature flotter dans une rangée voisine de la sienne, dans cet endroit de cauchemar.

L'être s'arrêta à quelques pas de lui et sourit en exhibant des dents presque humaines.

– J'espère que vous parlez anglais, dit-il à Burton. Mais je connais aussi suffisamment de russe, de chinois ou d'hindoustani.

Burton ressentit un choc, comme si un chien ou un singe venait de lui adresser la parole.

— Vous avez l'accent américain du Middle West, répliqua-t-il. Vous vous exprimez très bien dans cette langue, quoique d'une manière un peu trop articulée.

— Merci du compliment. Je vous ai suivi jusqu'ici parce que vous semblez être la seule personne avec assez de bon sens pour vouloir s'éloigner de tout ce chaos. A propos, vous avez peut-être une théorie sur cette... comment dites-vous... résurrection ?

— Pas plus que vous, fit Burton. En fait, je n'en ai pas non plus sur votre propre existence, avant comme après la résurrection.

Les épais sourcils de l'être frémirent, ce qui était, comme Burton devait l'apprendre par la suite, un signe de surprise ou de perplexité.

— Ah, non ? Comme c'est étrange ! J'aurais pourtant juré que pas un des six milliards de Terriens n'aurait manqué d'entendre parler de moi ou de me voir à la télé.

— La télé ?

De nouveau, les sourcils de l'être vibrèrent.

— Vous ne savez pas ce qu'est la... ?

Sa voix s'éteignit, puis il retrouva subitement son sourire.

— Bien sûr, que je suis bête ! Vous avez dû mourir avant mon arrivée sur la Terre !

— C'était à quelle époque ?

Les sourcils de l'être se soulevèrent (équivalent d'un plissement de front humain, comme Burton le découvrirait bientôt) et il murmura lentement :

— Voyons voir... je crois que ce serait, dans votre chronologie, en l'an 2002. Quand êtes-vous mort ?

— En 1890, sans doute, répondit Burton, à qui cette conversation faisait éprouver un sentiment accru d'irréalité.

Il explora sa bouche avec sa langue. Les dents du fond qu'il avait perdues lorsque le javelot somalien lui avait transpercé les joues avaient été remplacées. Par contre, il était resté circoncis. Mais tous les hommes qu'il avait vus au bord du fleuve étaient également circoncis, ce qui semblait d'autant plus étrange qu'il les avait entendus se lamenter en austro-allemand, en italien ou en slovène de la région de Trieste. A son époque, pratiquement aucun homme de ces pays n'aurait été circoncis.

– Du moins, ajouta-t-il, je ne me souviens de rien après le 20 octobre 1890.

– *Aab !* s'exclama son interlocuteur. J'ai donc quitté ma planète environ deux cents ans avant votre mort. Ma planète ? C'était un satellite de l'étoile que vous autres Terrestres appelez Tau Ceti. Nous étions tous en animation suspendue. Quand notre vaisseau est arrivé à proximité de votre soleil, nous avons été automatiquement ranimés et... mais vous ne comprenez sans doute pas de quoi je parle ?

– Pas précisément. Les choses vont trop vite. Peut-être que vous me donnerez les détails plus tard. Comment vous appelez-vous ?

– Monat Grrautut. Et vous ?

– Richard Francis Burton, pour vous servir.

Il s'inclina légèrement en souriant. Malgré l'étrangeté et le caractère un peu répugnant de certains de ses traits physiques, il commençait à le trouver sympathique.

– Feu le capitaine sir Richard Francis Burton, reprit-il. Depuis peu consul de Sa Très Gracieuse Majesté dans le port austro-hongrois de Trieste.

– Elisabeth ?

– J'ai vécu au XIXe siècle, pas au XVIe.

– Il y a eu une reine Elisabeth en Grande-Bretagne au XXe siècle, fit Monat. (Il se tourna en direction du fleuve et ajouta :) Je me demande de quoi ils ont tous si peur ? Tous les êtres humains que j'ai rencontrés étaient ou bien certains qu'il n'existe pas de vie après la mort, ou bien persuadés d'avoir droit à un traitement de faveur dans l'au-delà.

Burton ricana :

– Ceux qui ont nié l'au-delà croient qu'ils se retrouvent en enfer pour l'avoir nié. Ceux qui se croient au paradis sont choqués, j'imagine, de se retrouver tout nus. Voyez-vous, la plupart de nos gravures représentaient un au-delà peuplé de gens nus en enfer et habillés au paradis. Par conséquent, si vous ressuscitez en costume d'Adam, c'est que vous êtes en enfer.

– Cela semble vous amuser.

– Je m'amusais moins il y a quelques instants. Le choc a été rude. Très rude. Mais en vous voyant ici, j'ai pensé que les choses ne sont pas ce que les gens avaient cru qu'elles seraient. C'est d'ailleurs rarement le cas. Quant à Dieu, s'il doit faire son apparition, il ne semble pas trop pressé. Pour moi, il doit y avoir une explication à tout cela, mais elle ne correspond à aucune des conjectures dont j'ai entendu parler sur la Terre.

– Je ne crois pas que nous soyons sur la Terre, dit Monat en levant vers le ciel un long doigt effilé pourvu de cartilage à la place de l'ongle. Si vous regardez bien dans cette direction, en vous abritant les yeux, vous verrez un deuxième corps céleste à côté du soleil. Et ce n'est pas la lune.

Burton se fit une visière de ses mains, le cylindre sur son épaule, et regarda l'endroit indiqué. Il aperçut effectivement quelque chose de légèrement brillant qui était beaucoup plus petit que la lune.

– Une étoile? demanda-t-il en baissant les bras.

– Il y a des chances. J'ai cru apercevoir d'autres corps célestes un peu partout, mais nous devrons attendre la nuit pour être fixés.

– Savez-vous où nous sommes?

– Je n'en ai pas la moindre idée.

Monat fit un geste en direction du soleil.

– Puisqu'il est en train de monter, c'est qu'il redescendra et qu'il fera nuit en principe. Je pense que le mieux à faire serait de nous préparer à affronter l'obscurité. Ou n'importe quoi d'autre. La température est agréable pour le moment, mais rien ne dit qu'il ne fera pas froid ce soir, ou qu'il ne pleuvra pas. Nous avons besoin d'un abri. Il nous faut aussi songer à nous nourrir. Bien que ce truc-là (il désigna le cylindre) serve apparemment à cela.

– Qu'est-ce qui vous fait croire ça? demanda Burton.

– J'ai regardé à l'intérieur du mien. Il contient des assiettes et des tasses vides. Il faut bien que quelqu'un les remplisse.

Burton avait l'impression de regagner prise sur le concret. La créature – le Tau Cetien! – tenait un langage si pragmatique et raisonnable qu'il fournissait un point d'ancrage à ses sens à la dérive. Malgré son aspect étrange, le Tau Cetien rayonnait largement d'une amitié qui lui faisait chaud au cœur. En plus de cela, quelqu'un qui venait d'une civilisation capable de franchir des milliards et des milliards de kilomètres d'espace interstellaire devait posséder des connaissances et des ressources extrêmement précieuses.

D'autres personnes avaient commencé à se séparer de la foule. Un groupe d'une dizaine d'hommes et de femmes marcha lentement vers eux. Certains étaient en train de parler, mais d'autres étaient hagards et silencieux. Ils ne semblaient pas avoir de but défini. Ils donnaient l'impression de flotter comme un nuage porté par le vent. Arrivés à proximité de Monat et de Burton, ils s'immobilisèrent.

Le regard de Burton fut attiré par une silhouette qui suivait le groupe. Si Monat était manifestement non humain, ce spécimen-là devait être sous-humain ou bien pré-humain. Il n'avait pas plus d'un mètre cinquante de haut. Son corps était trapu et puissamment musclé. Sa tête était inclinée en avant au bout d'un cou épais en forme d'arc de cercle. Son front était bas et fuyant, son crâne étroit et long et ses yeux enfoncés dans d'énormes arcades supraorbitaires. Son nez était étalé avec des narines béantes. Son prognathisme faisait ressortir ses lèvres fines. Il avait sans doute été velu des pieds à la tête dans une autre existence, mais pour le moment il était glabre comme tout le monde.

Ses mains énormes semblaient capables d'extraire l'eau d'une pierre en la pressant.

Il ne cessait de regarder derrière lui comme s'il craignait d'être attaqué par surprise. Les autres humains s'écartaient à son approche. Puis quelqu'un alla à sa rencontre et lui dit quelque chose. Il ne s'attendait visiblement pas à être compris, mais sa voix, quoique légèrement rauque, était douce et rassurante.

Le nouveau venu était un jeune homme athlétique qui mesurait un mètre quatre-vingts. Il avait des traits harmonieux quand Burton le voyait de face, mais un profil comiquement anguleux. Ses yeux étaient verts.

Le sous-humain avait sursauté quand il s'était

adressé à lui. De ses yeux enfoncés, il avait scruté le jeune homme amical puis avait lentement souri, en révélant des dents larges et massives. Il avait répondu dans une langue que Burton ignorait. En même temps, il se frappait la poitrine. Ce qu'il avait dit ressemblait à : *Kazzintuitruaabemss.* Plus tard, Burton devait apprendre que c'était son nom et que cela signifiait : L'Homme-qui-a-tué-longue-dent-blanche.

Le reste du groupe consistait en cinq hommes et quatre femmes. Deux des hommes s'étaient déjà connus durant leur vie terrestre et un troisième était marié à une des femmes. Tous étaient des Italiens ou des Slovènes morts à Trieste aux environs de 1890, mais Burton n'en reconnaissait aucun.

– Vous, là-bas, cria-t-il en s'adressant à l'homme aux yeux verts. Approchez un peu. Comment vous appelez-vous ?

L'autre s'avança en hésitant.

– Vous êtes anglais, n'est-ce pas ? dit-il avec l'intonation plate du Middle West américain.

Burton lui tendit la main :

– Ouaip. Ici, Burton.

L'homme plissa un front sans sourcils en se penchant pour le regarder de plus près :

– Burton ? Vous ne seriez pas... c'est difficile à dire... Je m'appelle Frigate, fit-il en se redressant. Peter Frigate. F-R-I-G-A-T-E, épela-t-il lentement.

Il regarda autour de lui et ajouta d'une voix encore plus tendue :

– Il est difficile de s'exprimer de manière cohérente. Nous sommes tous dans un tel état de choc, vous comprenez. J'ai l'impression d'être désagrégé. Mais... nous sommes là... vivants comme avant... jeunes comme avant... loin du feu et du soufre... pour l'instant tout au moins. Né en 1918, décédé en 2008... à cause de cet extra-terrestre... mais je ne lui tiens pas rancune de ce qu'il a fait... c'était pour se défendre, vous savez.

La voix de Frigate s'était éteinte en un murmure. Il sourit nerveusement en regardant Monat par en dessous. Burton lui demanda :

– Vous connaissez... Monat Grrautut ?

– Pas personnellement. Mais je l'ai vu plusieurs fois à la télé, et j'ai lu de nombreux articles sur lui.

Il tendit une main en hésitant, comme s'il s'attendait à être repoussé. Mais l'extra-terrestre la lui serra en souriant.

– Je crois, dit Frigate, que nous aurions intérêt à nous unir. Nous aurons peut-être besoin de nous défendre.

– Pourquoi ? demanda Burton, tout en connaissant d'avance la réponse.

– Vous savez à quel point la plupart des êtres humains sont corrompus. Quand les gens seront habitués à l'idée qu'ils sont ressuscités, ils vont commencer à se battre pour les femmes, la nourriture ou tout ce qui leur passera par la tête. Je crois aussi qu'il serait bon d'être copain avec ce... Neandertalien ou je ne sais quoi. En cas de bagarre, il pourrait être utile.

Kazz, comme ils l'appelèrent plus tard, semblait pathétiquement désireux de se faire accepter. En même temps, il regardait avec suspicion quiconque s'approchait de lui de trop près.

Une femme passa, qui ne cessait de se lamenter en allemand :

– Mon Dieu ! Mon Dieu ! Qu'ai-je donc fait pour t'offenser ?

Un homme, les deux poings serrés levés à hauteur d'épaule, s'écria en yiddish :

– Ma barbe ! Je n'ai plus ma barbe !

Un autre montrait ses parties génitales et hurlait en slovène :

– Ils ont fait de moi un juif ! Un juif ! Est-il possible que... Non ! C'est insensé !

Burton retroussa sardoniquement les lèvres en commentant :

– Il ne lui est pas venu à l'idée qu'*ils* ont peut-être fait de lui un mahométan, ou un aborigène australien, ou un Egyptien de l'Antiquité, qui pratiquaient tous la circoncision.

– Que disait-il ? interrogea Frigate.

Burton traduisit et Frigate se mit à rire.

Une femme passa en se hâtant. Elle faisait des

efforts pathétiques pour se couvrir les seins et la région pubienne de ses deux mains en répétant :

– Qu'est-ce que tout le monde va penser ? Qu'est-ce que tout le monde va penser ?

Puis elle disparut parmi les arbres.

Un homme et une femme parlaient très fort en italien, comme s'ils étaient séparés par la largeur d'une route :

– Nous ne sommes pas au ciel... je le sais, mon Dieu ! Je le sais ! J'ai aperçu Giuseppe Zomzini... c'était un homme impie... il devrait rôtir dans les flammes de l'enfer ! Je le sais, je le sais ! C'était un voleur, il fréquentait les filles perdues, il s'enivrait à mort... et pourtant... il est là !... je le sais, je le sais...

Une autre femme passa en courant. Elle hurlait en allemand :

– Papa ! Papa ! Où es-tu ? C'est moi, c'est ta petite Hilda !

Un homme les regardait aller et venir, l'air désapprobateur et le front plissé. Il ne cessait de répéter en hongrois :

– Aucun ne vaut mieux que moi et je vaux mieux que certains. Ils peuvent tous aller au diable !

Une femme gémit :

– J'ai gâché ma vie. J'ai gâché toute ma vie pour eux, et maintenant...

Un homme, qui balançait son cylindre devant lui comme si c'était un encensoir, clamait :

– Suivez-moi ! Suivez-moi dans la montagne ! Je possède la vérité, bonnes gens ! Suivez-moi ! Nous serons en sécurité dans le sein du Seigneur ! Ne croyez pas les illusions qui vous entourent. Suivez-moi ! Je vous ouvrirai les yeux !

Les gens jacassaient avec volubilité ou bien se taisaient, les lèvres serrées, comme s'ils craignaient de laisser échapper ce qu'il y avait en eux.

– Il leur faudra du temps pour se remettre, commenta Burton.

Il avait l'impression que, pour lui aussi, le monde allait mettre longtemps avant de devenir réel.

– Je pense qu'ils ne sauront jamais la vérité, déclara Frigate.

– Que voulez-vous dire ?

– Ils ignoraient déjà la Vérité – avec un grand V – quand ils étaient sur la Terre. Pourquoi la connaîtraient-ils ici ? Qu'est-ce qui vous permet de penser que nous allons recevoir une révélation ?

– Je n'en sais rien, fit Burton en haussant les épaules. Tout ce que je sais, c'est que nous aurions intérêt à faire connaissance avec notre environnement et à découvrir la meilleure façon d'y survivre. Ce n'est pas en restant les bras croisés que nous y parviendrons... Vous voyez ces espèces de champignons ? reprit-il en indiquant du doigt la direction du fleuve. Ils sont espacés à intervalles réguliers de quinze cents mètres environ. A quoi peuvent-ils servir, d'après vous ?

– Si vous en aviez examiné un de plus près, intervint Monat, vous auriez constaté que leur chapeau est percé d'environ sept cents cavités circulaires du même diamètre que nos cylindres. Il y a d'ailleurs un cylindre en place au centre du chapeau. Je pense qu'il est là pour servir d'exemple. Si nous allons là-bas lui jeter un coup d'œil, nous aurons sans doute la réponse à votre question.

5

A ce moment-là, une femme s'approcha de leur groupe. Elle était de taille moyenne. Elle possédait un corps splendide et de grands yeux bruns. Son visage eût été très beau s'il avait été encadré de cheveux. Elle ne faisait rien pour cacher sa nudité. En la voyant, pas plus qu'en regardant les autres femmes, Burton ne ressentait aucun désir. Ses sens étaient encore trop engourdis en profondeur.

La jeune femme parla d'une voix agréablement modulée, avec l'accent d'Oxford :

– Je vous demande pardon, messieurs. Je n'ai pas pu m'empêcher d'entendre votre conversation. Vous semblez être les seuls à vous exprimer en anglais dans ce... dans cet endroit. Je suis moi-même anglaise et sans protection. Puis-je me permettre de remettre mon sort entre vos mains ?

– Heureusement pour vous, madame, répondit Burton, vous êtes fort bien tombée. En ce qui me concerne, au moins, je puis vous assurer que vous aurez toute la protection que je suis en mesure de vous offrir. Je connais, il est vrai, certains gentlemen anglais qui n'hésiteraient pas à ma place à profiter des circonstances. Mais ce gentleman-ci, fit-il en désignant Frigate, n'est pas un sujet de Sa Royale Majesté britannique. C'est un Yankee.

Il lui semblait étrange de s'exprimer de manière si formelle un jour comme celui-là, au milieu des cris et des lamentations grotesques de cette multitude de corps nus et glabres comme des anguilles.

La jeune femme lui tendit la main en souriant :

– Je suis Mrs Hargreaves, dit-elle.

Burton lui prit la main et la baisa délicatement en s'inclinant. Il se sentait idiot, mais en même temps ce geste raffermissait sa prise rationnelle sur la réalité. Si les formes de civilité sociale pouvaient être préservées, cela signifiait peut-être qu'une certaine « normalité » avait des chances d'être restaurée.

– Feu le capitaine sir Richard Francis Burton, dit-il en insistant sardoniquement sur le mot « feu ». Peut-être avez-vous déjà entendu parler de moi ?

Elle retira précipitamment sa main, puis l'offrit de nouveau :

– Oui, j'ai entendu parler de vous, sir Richard.

Quelqu'un murmura :

– C'est impossible !

Il regarda Frigate, qui avait porté sa main à sa bouche.

– Et pourquoi serait-ce impossible, je vous prie ?

– Richard Burton... murmura Frigate. Je m'étais demandé si vous... Oui, bien sûr. Mais sans les cheveux...

– Ouaip ? fit Burton d'une voix traînante.

– Ouaip ! Exactement comme dans les livres !

– Je ne comprends pas de quoi vous parlez.

Frigate gonfla ses poumons d'air et répondit vivement :

– Ne faites pas attention à moi, Mr Burton. Je vous expliquerai plus tard. Considérez que je viens d'être très ébranlé. Mes idées ne se sont pas encore très bien remises en place. Vous me pardonnerez cela, je l'espère.

Il se tourna alors vers Mrs Hargreaves, la dévisagea longuement et hocha finalement la tête en lui demandant :

– Votre prénom ne serait pas Alice, par hasard ?

– Mais si, je m'appelle Alice ! s'écria-t-elle en souriant. (Son visage, cheveux ou pas, était resplendissant de beauté.) Comment l'avez-vous deviné ? poursuivit-elle. Nous sommes-nous déjà rencontrés ? Pourtant, je ne le crois pas !

– Alice Pleasance Liddell Hargreaves ?

– Mais oui !

– J'ai besoin de m'asseoir, grogna l'Américain.

Il alla s'adosser, le regard légèrement vitreux, à l'arbre le plus proche.

– C'est le choc, expliqua Burton aux autres.

Ce n'était pas à lui de reprocher à qui que ce fût de telles flambées de langage et de comportement. Lui aussi connaissait, à ses heures, ses accès d'irrationalité. Mais pour le moment, le plus important était de trouver un abri et de quoi manger. Ensuite, ils établiraient un plan de défense commune.

Il s'adressa aux autres en italien et en slovène, puis termina les présentations. Personne ne protesta quand il suggéra de descendre tous ensemble au bord du fleuve.

– Je crois que nous avons tous soif, dit-il. Et nous en profiterons pour voir de plus près ces champignons de pierre.

Ils retraversèrent la plaine. Les gens s'étaient assis dans l'herbe ou continuaient à errer comme des âmes en peine. Ils passèrent devant un couple qui se disputait, le visage congestionné. Ils étaient visiblement mariés dans leur précédente existence et leur scène de ménage devait remonter au début de leur vie commune. Mais tout d'un coup, l'homme tourna les talons et s'éloigna tranquillement. La femme le regarda partir, incrédule, et se lança à sa poursuite. Il la bouscula avec tant de violence qu'elle tomba dans l'herbe. Il se perdit ensuite dans la foule, mais elle se releva en criant son nom d'une voix hystérique et en le menaçant de faire un scandale s'il ne revenait pas immédiatement.

L'espace d'un instant, Burton pensa à sa propre femme, Isabel. Il ne l'avait pas aperçue dans la foule, mais cela ne signifiait pas qu'elle n'était pas là. Si c'était le cas, elle était certainement en train de le chercher. Elle n'aurait de cesse qu'elle ne l'ait trouvé.

Il se fraya un chemin à travers la foule jusqu'au bord du fleuve où il se mit à genoux pour boire dans ses mains. L'eau était limpide et rafraîchissante. Il avait l'impression d'avoir l'estomac absolument vide. Après s'être désaltéré, il ressentit une faim pressante.

– Nous avons bu aux eaux du Fleuve de la Vie, dit-il en se redressant. Peut-être le Styx ? Ou le Léthé ? Je ne crois pas que ce soit le Léthé, puisque j'ai gardé tous mes souvenirs de mon existence terrestre.

– J'aurais préféré oublier la mienne, déclara Frigate.

Alice Hargreaves était agenouillée au bord du fleuve. Appuyée sur une main, elle puisait l'eau de l'autre et la portait délicatement à ses lèvres. Burton admira son corps charmant. Il était curieux de savoir si elle serait blonde quand ses cheveux repousseraient. Si toutefois ils repoussaient jamais. Peut-être le bon plaisir de « ceux » qui les avaient mis là était-il de les voir chauves et nus pour l'éternité.

Ils se hissèrent au sommet du champignon le plus proche. Le granit gris avait une structure très dense, parsemée de nombreux points rouges. Le sommet de la pierre était plat et comprenait sept cents cavités disposées en cinquante cercles concentriques. Il y avait un cylindre dans la cavité du milieu. Un petit homme à la peau brune, au nez crochu et au menton fuyant était en train de l'examiner. Il leur sourit.

– Celui-ci ne veut pas s'ouvrir, dit-il en allemand. Il le fera sans doute plus tard. J'imagine qu'il est là pour nous montrer ce qu'il faut faire avec les nôtres.

Il se présenta sous le nom de Lev Ruach et continua

en anglais avec un fort accent lorsque Alice, Frigate et Burton eurent décliné leur identité :

– Avant, j'étais athée, leur dit-il. Mais maintenant, je ne sais plus. Ce lieu est aussi choquant pour un athée que pour un dévot qui imaginait l'au-delà sous un aspect bien précis. J'avoue que je m'étais trompé. Mais ce n'est pas la première fois.

Il gloussa puis s'adressa à Monat :

– Je vous ai reconnu tout de suite. C'est une chance pour vous que vous soyez ressuscité au milieu de gens qui pour la plupart sont morts au XIXe siècle. Autrement, vous vous seriez fait lyncher.

– Pourquoi ça ? demanda Burton.

– C'est lui qui a détruit la Terre, expliqua Frigate. Du moins, je le présume.

– Le satellite, fit Monat d'une voix lugubre, était réglé pour ne détruire que des êtres humains. De toute manière, il n'aurait pas exterminé l'humanité entière. Il devait cesser de fonctionner dès qu'un certain nombre de morts – malheureusement assez élevé – aurait été atteint. Mais croyez-moi, mes amis, je ne voulais pas faire ça. Vous ne pouvez pas savoir ce que cela m'a coûté d'appuyer sur ce bouton. Pourtant, il fallait bien que je protège les miens. Je n'avais pas le choix.

– Tout a commencé, raconta Frigate, un jour où Monat passait en direct à la télévision. Il a eu le malheur de dire que les savants de Tau Ceti connaissaient une technique capable d'empêcher les gens de vieillir. Théoriquement, d'après lui, les hommes auraient pu devenir pratiquement immortels. Mais les Tau Cetiens n'utilisaient pas cette technique sur leur planète : elle était interdite. D'après Monat, il y avait une bonne raison pour cela, et cette raison s'appliquait également aux Terriens. C'est à ce moment-là que les censeurs officiels se sont rendu compte de ce qui se passait et ont coupé le son. Mais il était trop tard.

– Par la suite, reprit Lev Ruach, le gouvernement américain a publié des communiqués où il expliquait que Monat avait mal compris une question posée par le présentateur de l'émission et que sa méconnaissance de l'anglais l'avait amené à dire des choses inexactes. Mais cela ne servit à rien. Le peuple américain et ceux du monde entier exigeaient que Monat leur révèle le secret de la jeunesse éternelle.

– Que je ne possédais évidemment pas, fit Monat. Pas plus que les autres membres de notre expédition. En fait, seules de très rares personnes sur ma planète détenaient ce secret. Naturellement, quand nous avons voulu expliquer tout cela, personne n'a voulu nous croire. Des émeutes ont éclaté, la foule a rompu les barrières de protection autour du vaisseau et s'est précipitée à l'intérieur. J'ai vu mes compagnons se faire mettre en pièces en essayant de raisonner la horde furieuse. *Raisonner!* J'ai dû agir non pas pour les venger, mais pour un tout autre motif. Je savais qu'une fois que nous serions tous tués, et même si ce n'était pas le cas, le gouvernement saurait rétablir l'ordre et prendrait possession du vaisseau. Les savants de la Terre ne mettraient pas longtemps à s'en inspirer pour en construire d'autres. Tôt ou tard, une invasion serait lancée contre Tau Ceti. Je n'avais qu'un moyen d'empêcher cela. Il fallait faire régresser la technologie de la Terre de plusieurs siècles, voire de plusieurs millénaires. La mort dans l'âme, sachant que je devais agir pour sauver ma propre civilisation, j'ai envoyé le signal au satellite en orbite. Je n'aurais pas eu à le faire si j'avais pu avoir accès au système d'autodestruction du vaisseau. Mais j'étais le dernier survivant et le temps pressait. J'ai appuyé sur le bouton. Au même instant, la foule enragée faisait sauter la porte de la cabine où je m'étais réfugié. Après, je ne me souviens de rien.

– J'étais hospitalisé dans les Samoa occidentales, déclara à son tour Frigate. Je me mourais d'un cancer généralisé. Je me demandais si j'avais des chances d'être enseveli à côté de Robert Louis Stevenson. Pas tellement, me disais-je, bien que j'eusse traduit *l'Iliade* et *l'Odyssée* en samoan... C'est alors que j'ai appris la nouvelle. Dans le monde entier, les gens étaient en train de mourir. Les voies de la fatalité étaient évidentes. Le satellite tau cetien émettait des radiations qui foudroyaient sur place tous les êtres humains. Aux dernières nouvelles, les Etats-Unis, la Grande-Bretagne, l'Union soviétique, la Chine, la France et Israël envoyaient des missiles pour l'intercepter. Et l'orbite du satellite le conduirait au-dessus de Samoa dans les heures suivantes. C'était sans doute plus que mon organisme affaibli ne pouvait en supporter. Après, je ne sais plus rien.

– Les missiles ont échoué, continua Lev Ruach. Le satellite les a fait sauter bien avant qu'ils n'arrivent à destination.

Burton avait beaucoup de choses à apprendre sur le monde d'après 1890, mais il estimait que ce n'était pas le moment d'en parler.

– Je propose que nous allions explorer ces collines, dit-il. Il serait bon d'étudier la végétation pour voir si elle peut nous être utile. Nous tâcherons aussi de trouver du silex, pour fabriquer des armes. Ce spécimen de l'âge de la pierre devrait savoir comment s'y prendre. Il nous montrera.

Ils traversèrent la plaine. En chemin, plusieurs nouvelles recrues se joignirent au groupe. L'une d'elles était une petite fille d'environ sept ans, au visage adorable et aux yeux bleu foncé. Elle regarda pathétiquement Burton qui lui demanda en une douzaine de langages si elle avait retrouvé ses parents ou des membres de sa famille. Elle répondit dans un idiome que personne ne connaissait. Ceux du groupe qui parlaient plusieurs langues firent un certain nombre de vaines tentatives en hébreu, hindoustani, arabe, berbère, tzigane, turc, persan, latin, grec et pachto.

Frigate, qui connaissait un peu de gallois et de gaélique, lui parla doucement. Elle ouvrit de grands yeux en plissant le front. Les mots semblaient éveiller quelques échos chez elle, mais pas suffisamment pour être intelligibles.

– Si ça se trouve, dit Frigate, elle vient de la Gaule antique. Elle ne fait que répéter le mot « Gwenafra ». J'ai l'impression que c'est son nom.

– Nous l'appellerons Gwenafra, acquiesça Burton. Et nous lui apprendrons l'anglais.

Il prit l'enfant dans ses bras et continua à marcher. Gwenafra éclata en sanglots. Elle ne faisait aucun effort pour se dégager. Ses larmes exprimaient son soulagement et sa joie d'avoir trouvé un protecteur. Burton pencha la tête contre le corps tremblant de la petite fille. Il ne voulait pas que les autres voient les larmes qui coulaient de ses yeux.

A l'endroit où la plaine rencontrait les collines, comme si la limite avait été tracée au cordeau, le gazon prenait fin et laissait la place à de hautes herbes qui ressemblaient à des graminées. Les pins géants, les ifs et les araucarias côtoyaient d'exotiques géants noueux aux feuilles vert et rouge ainsi que de nombreux bouquets de bambous d'espèces différentes. Certains devaient atteindre près de vingt mètres de haut. La plus grande partie de la végétation était envahie de plantes grimpantes chargées de grosses fleurs de toutes les couleurs de l'arc-en-ciel.

– Le bambou, expliqua Burton, est un bon matériau de base pour la fabrication de hampes de lances, de canalisations d'eau, de récipients, de meubles, d'habitations, de bateaux, de charbon et même de poudre à canon. Les jeunes pousses sont parfois comestibles. Mais nous aurons besoin d'outils pour couper et façonner les tiges.

Ils franchirent des collines de plus en plus hautes à mesure qu'ils approchaient des montagnes. Quand ils eurent parcouru trois kilomètres à vol d'oiseau et douze à marche d'escargot, ils furent arrêtés par la barrière montagneuse. C'était une paroi de roche lisse de couleur bleu-noir, parsemée d'énormes plaques de lichen aux reflets turquoise. Burton ne possédait aucun moyen de mesurer sa hauteur, mais il ne pensait pas se tromper de beaucoup en l'estimant à sept mille mètres environ. La façade s'étendait, sans la moindre faille visible, parallèlement au fleuve jusqu'à perte de vue.

– Avez-vous remarqué l'absence complète de vie animale ? demanda Frigate. Je n'ai même pas vu le moindre insecte.

Burton poussa soudain une exclamation. Il se dirigea à grands pas vers un éboulis rocheux et ramassa une pierre verte de la taille de son poing.

– Du silex noir, dit-il. Si nous en trouvons suffisamment, nous pourrons fabriquer des couteaux, des haches et des têtes de lances. Cela nous permettra de construire un abri, un radeau et bien d'autres choses.

– Pour faire des armes et des outils, il faudra attacher la pierre à des manches de bois, intervint Frigate. Qu'utiliserons-nous comme attache ?

– Pourquoi pas de la peau humaine ? demanda Burton.

Les autres parurent choqués. Burton émit alors un curieux rire chuintant, incongru chez un homme aussi viril d'aspect. Il ajouta :

– Si nous sommes contraints de tuer pour nous défendre, ou si nous avons la chance de tomber sur un cadavre qu'un assassin aura eu la bonté de nous abandonner, nous serions bêtes de ne pas en profiter. Cependant, si l'un de vous veut bien sacrifier une partie de son épiderme pour le bénéfice du groupe, qu'il n'hésite pas à le dire ! Nous lui en serons très reconnaissants.

– J'espère que vous plaisantez, dit Alice Hargreaves. Mais je ne peux pas dire que j'apprécie particulièrement ce genre de propos.

– Attendez-vous à entendre bien pire, déclara Frigate.

Mais il refusa de s'expliquer davantage.

6

Burton examina la roche qui constituait la base de la montagne. La pierre bleu-noir de structure très dense était une variété de basalte, mais des éclats de silice jonchaient le sol un peu partout, comme s'ils s'étaient détachés d'une saillie de la paroi. Il était donc possible que le basalte ne soit pas compact. En se servant d'un éclat de roche, il gratta le lichen sur une certaine largeur. La pierre ainsi révélée ressemblait à une dolomie verdâtre. Apparemment, les morceaux de silex s'en étaient détachés, bien qu'il n'y eût nulle part de signe d'effritement ou de fracture de la veine.

Le lichen évoquait l'espèce *Parmelia saxitilis*, qui croît parfois sur les vieux ossements, y compris les têtes de mort, et par conséquent, selon la Doctrine des

Signatures, peut s'employer comme remède de l'épilepsie ou baume cicatrisant pour les blessures.

Il allait rejoindre le groupe quand il entendit des bruits de pierres entrechoquées. Tout le monde s'était assemblé autour de l'homme préhistorique et de l'Américain qui, accroupis dos à dos, étaient occupés à tailler le silex. Ils s'étaient déjà fabriqué plusieurs têtes de haches primitives. Sous le regard des autres, ils en confectionnèrent six autres. Puis ils prirent chacun un gros nodule de silex noir et le brisèrent en deux avec une pierre carrée. Dans chaque moitié de nodule, ils commencèrent à tailler, à partir du bord extérieur, de longues écailles de pierre. Ils détachèrent ainsi une douzaine de lames chacun.

L'un de ces deux hommes avait vécu cent mille ans ou plus avant Jésus-Christ. L'autre représentait l'aboutissement raffiné de l'évolution humaine et le produit de la plus haute civilisation (technologiquement parlant) qui eût jamais existé sur la Terre. A en croire ce qu'il disait lui-même, c'était également l'un des derniers représentants de la race humaine avant l'apocalypse.

Soudain, Frigate hurla, fit un bond et se mit à sautiller sur place en secouant son pouce gauche. Un de ses coups de hache avait raté sa cible. Kazz sourit en exhibant des dents larges comme des pierres tombales. Il se leva à son tour et s'éloigna dans l'herbe haute de sa curieuse démarche chaloupée. Il fut de retour quelques instants plus tard, chargé de six tiges de bambou à l'extrémité biseautée et de plusieurs autres à bout droit. Il s'accroupit de nouveau et s'appliqua à fendre l'extrémité d'un bambou dans laquelle il inséra la pointe triangulaire entaillée d'une tête de hache en silex. Il noua solidement le tout avec des brins d'herbe.

Une demi-heure plus tard, le groupe était armé de haches, de poignards et de lances à hampe de bambou et à tête de pierre.

Le doigt de Frigate avait cessé de saigner. Burton lui demanda d'où il tenait sa science étonnante de la taille des pierres.

— J'étais ethnologue amateur, expliqua l'Américain. Pas mal de mes contemporains — relativement parlant, bien sûr – ont appris à tailler la pierre pour occuper leurs loisirs. Certains ont su acquérir une grande dextérité, mais je ne pense pas qu'aucun de nous soit jamais arrivé à la cheville d'un spécialiste du néolithique. Ces types-là ne faisaient que ça toute leur vie, vous comprenez. Je sais aussi travailler le bambou. Cela pourra servir.

Ils retournèrent en direction du fleuve. Ils firent une halte de quelques instants au sommet d'une colline. Le soleil était maintenant au zénith. La vue s'étendait sur des kilomètres le long du fleuve et sur la rive opposée. Ils étaient trop loin pour distinguer une éventuelle présence humaine de l'autre côté du fleuve, mais celui-ci était bordé des mêmes champignons de pierre. Le paysage de l'autre côté était le reflet exact de celui où ils se trouvaient.

Au nord et au sud, la vallée délimitée par les deux barrières montagneuses était rectiligne sur une vingtaine de kilomètres. Au delà, le fleuve faisait des méandres et se perdait à la vue.

Le soleil doit se coucher tôt et se lever tard, dit Burton. Nous devrons profiter du jour au maximum.

A ce moment-là, tout le monde sursauta et on entendit de grands cris. Une flamme bleue avait surgi du sommet de chaque champignon de pierre pour s'élever à une hauteur de six ou sept mètres et disparaître aussitôt. Quelques secondes plus tard, un grondement sourd, comme un bruit de tonnerre lointain, roula à leurs oreilles. Puis il atteignit la montagne qui se trouvait derrière eux et se répercuta plus loin.

Burton reprit la petite fille dans ses bras et courut en direction de la plaine. Tout en maintenant un bon pas, ils étaient forcés de ralentir de temps à autre pour reprendre leur souffle. Mais quelle sensation merveilleuse de pouvoir de nouveau utiliser ses muscles sans avoir à les ménager! Il avait peine à croire que, quelques heures à peine auparavant, son pied droit était perclus de goutte et son cœur s'emballait s'il grimpait seulement quelques marches.

La plaine atteinte, ils continuèrent à courir car ils voyaient qu'il se faisait un grand remue-ménage autour des champignons. Burton rudoyait et bousculait les gens qui se trouvaient sur son passage. Certains lui lancèrent de mauvais regards, mais nul n'osa s'opposer à lui. Ils se trouvèrent enfin au pied du champignon, dans l'espace que la foule avait prudemment dégagé. Ils virent aussitôt ce qui avait causé toute l'agitation. Ils le sentirent surtout. Frigate, qui s'était arrêté à côté de Burton, eut un haut-le-cœur sur un estomac vide et s'écria :

– Oh, mon Dieu !

Burton en avait trop vu dans sa vie pour se laisser impressionner par un spectacle macabre. De plus, il possédait la faculté de s'abstraire, en quelque sorte, de la réalité, quand celle-ci devenait trop pénible ou trop effrayante. Parfois, cette distanciation était un acte volontaire. Mais la plupart du temps, elle se faisait automatiquement, comme un réflexe. Ce qui était le cas ici.

Le cadavre gisait sur le côté, en partie au-dessous du chapeau du champignon. La peau avait été complètement brûlée. Les muscles mis à nu étaient carbonisés. Le nez, les oreilles, les doigts, les orteils et les organes génitaux avaient disparu ou n'étaient plus que des restes informes.

Non loin de là, une femme à genoux murmurait une prière en italien. Elle avait de grands yeux noirs qui auraient été magnifiques si les larmes ne les avaient pas rougis et gonflés. Son corps était splendide. Dans d'autres circonstances, il aurait certainement attiré l'attention de Burton.

– Que s'est-il passé ? lui demanda-t-il.

Elle cessa de prier et leva la tête. Puis elle se mit debout en chuchotant d'un trait :

– Le père Giuseppe était appuyé contre le rocher. Il disait qu'il avait faim et que ce n'était pas la peine que nous fussions ressuscités si c'était pour mourir de faim. Je lui ai répondu que c'était impossible, que nous ne pouvions pas mourir puisque nous nous étions levés d'entre les morts et que l'on pourvoirait à nos besoins. Il pensait que nous nous trouvions peut-être en enfer et que nous serions nus et affamés jusqu'à la fin des temps. Je lui ai dit de ne pas blasphémer, que surtout lui, le père Giuseppe, devrait être le dernier à dire des choses pareilles. Mais il se désespérait parce que ce qui se passait ne correspondait pas à ce qu'il avait annoncé aux gens, depuis plus de quarante ans, et alors... et alors...

Burton attendit quelques secondes. Puis il demanda :

– Et alors ?

– Le père Giuseppe disait que même les flammes de l'enfer, qu'il n'avait pas encore vues ici, vaudraient mieux que d'être affamé pendant toute l'éternité. Et juste à ce moment-là, les flammes ont jailli et l'ont enveloppé, et puis il y a eu un grand bruit, comme l'explosion d'une bombe, et il est tombé mort, carbonisé. Quel malheur ! Quel malheur !

Burton se déplaça au nord du cadavre, pour ne pas recevoir le vent de face. Même ainsi, la puanteur était intolérable. Pourtant, ce n'était pas tant l'odeur que l'idée de la mort qui le bouleversait. Le premier jour de la Résurrection n'était pas encore à moitié écoulé que déjà un homme avait péri. Cela signifiait-il qu'ils étaient tous aussi vulnérables à la mort que durant leur existence terrestre ? S'il en était ainsi, quel sens attribuer à tout cela ?

Frigate avait renoncé à essayer de vomir sur un estomac vide. Pâle et tremblant, il se redressa et se rapprocha de Burton en prenant bien soin de contourner le cadavre de manière à ne pas le voir.

– Il faudrait peut-être qu'on se débarrasse de ça, dit-il en agitant le pouce par-dessus son épaule.

– En effet, répondit froidement Burton. Mais quel dommage que sa peau soit inutilisable !

Il sourit sardoniquement à l'Américain, qui prit un air encore plus choqué.

– Tenez, dit Burton. Prenez-lui les pieds, je le prendrai par l'autre bout. On va le balancer dans le fleuve.

– Le fleuve ? s'étonna Frigate.

– Ouaip. A moins que vous n'ayez envie de le transporter dans les collines et de lui creuser un trou avec vos mains.

– Je ne pourrai jamais, dit Frigate en s'éloignant.

Burton le regarda partir d'un air écœuré, puis fit un signe à l'homme préhistorique. Kazz grogna et s'avança vers le cadavre carbonisé en traînant les pieds à sa manière particulière. Sans attendre d'être aidé par Burton, il se pencha, souleva le corps au-dessus de sa tête, s'avança jusqu'au bord du fleuve et le jeta dans l'eau. Le cadavre s'enfonça immédiatement et fut déplacé par le courant le long de la rive. Jugeant sans doute que ce n'était pas suffisant, Kazz entra dans l'eau jusqu'à la taille, se baissa et se submergea pendant quelques instants. Il devait repousser le cadavre vers le milieu du fleuve.

Alice avait suivi la scène, horrifiée. Elle s'écria d'une voix blanche :

– Mais c'est l'eau que nous allons boire !

– Le fleuve est assez grand pour se purifier de lui-même, lui dit Burton. De toute manière, nous avons des préoccupations plus importantes que ces questions d'hygiène.

Il se tourna quand Monat lui toucha l'épaule en disant :

– Regardez ça !

A l'endroit où devait se trouver le cadavre, il y avait un bouillonnement. Soudain, un dos argenté pourvu d'un aileron blanc brisa la surface.

– J'ai l'impression que vos soucis d'hygiène ne sont pas fondés, dit Burton en regardant Alice. Le fleuve a ses fossoyeurs. Je me demande... je me demande s'il serait prudent d'y nager.

Une chose était certaine, Kazz ne s'était pas fait attaquer. Il se tenait face à Burton, essuyant l'eau qui ruisselait sur son corps glabre, souriant de ses énormes dents. Il était vraiment laid à faire peur. Mais il possédait le savoir d'un homme primitif, qui s'était déjà révélé utile dans un monde où régnaient des conditions primitives. Dans le combat, il devait être un allié appréciable. Bien que trapu, il possédait une force immense. Son ossature massive fournissait une base solide à des muscles épais. Pour une quelconque raison, il était devenu évident qu'il s'était profondément attaché à Burton. Ce dernier se plaisait à penser qu'un sauvage, doté d'instincts « naturels », ne pouvait manquer de sentir qu'il était, lui Burton, l'homme de la situation, celui qu'il fallait suivre pour s'assurer la meilleure chance de survie. En outre, un sous-humain ou pré-humain, étant plus proche d'un animal, avait nécessairement une sensibilité psychique plus grande. Il était donc plus apte à déceler les vibrations mentales évoluées de Burton et à se sentir une affinité avec lui, bien qu'il ne fût pas un *Homo sapiens*.

Burton savait pourtant qu'il était à moitié charlatan et que la légende de ses « pouvoirs psychiques » avait surtout été bâtie par lui-même. Il s'était tant vanté de ses propres dons et avait tellement subi l'influence de sa femme qu'il avait presque fini par y croire lui-même. Heureusement, il n'avait pas encore totalement oublié que ces fameux « pouvoirs » étaient en grande partie imaginaires.

Cela dit, il se flattait d'être un hypnotiseur compétent, et il était persuadé que son regard, quand il le voulait, était capable d'irradier un certain magnétisme extra-sensoriel. C'était sans doute cela qui attirait le sous-homme.

– La roche a dû émettre une énorme quantité d'énergie, déclara Lev Ruach. Sans doute de nature électrique. Mais pour quelle raison ? Je ne peux pas croire qu'elle n'ait servi à rien.

Burton s'avança pour examiner de plus près le champignon. Le cylindre de métal gris au centre du chapeau ne semblait pas avoir été endommagé. Il toucha la pierre. Elle n'était pas plus chaude qu'après une exposition normale aux rayons du soleil.

– N'y touchez pas ! s'écria Lev Ruach. Il pourrait y avoir une autre...

Il s'interrompit quand il vit que son avertissement était venu trop tard.

– Une autre décharge, vous croyez ? demanda Burton. Je ne suis pas de cet avis. Il n'y en aura pas d'autre avant quelque temps, en tout cas. Ce cylindre est ici pour nous enseigner quelque chose.

En prenant appui sur le rebord du chapeau, il se hissa d'un bond au sommet du champignon. Il jubilait intérieurement. Il y avait des années qu'il ne s'était senti aussi jeune et aussi en forme. Aussi affamé également.

Des gens dans la foule lui criaient de descendre avant que ne jaillisse une autre flamme bleue. D'autres semblaient au contraire espérer cela. La majorité se contentait de le laisser prendre les risques en silence.

Rien ne se produisit, bien qu'il se fût presque attendu à être carbonisé à son tour. Sous ses pieds nus, la pierre était agréablement tiède.

Il marcha jusqu'au cylindre en enjambant les cavités et mit ses doigts à la jonction du couvercle. Il put l'ouvrir sans peine. Le cœur battant d'émotion, il regarda à l'intérieur. Le miracle était là, tel qu'il l'avait attendu. Les six récipients que contenait le cylindre étaient pleins.

Il fit signe à son groupe de venir le rejoindre. Kazz se hissa d'un bond. Frigate, qui avait surmonté sa nausée, le suivit avec une agilité d'athlète. Si ce gaillard-là n'avait pas l'estomac si sensible, se dit Burton, il ferait peut-être une bonne recrue.

Frigate hissa Alice à la force des bras. Quand tout le monde fut en haut autour du cylindre, Burton s'écria :

— C'est un véritable Graal ! Regardez un peu ça ! De la viande ! Un bifteck bien saignant ! Du pain ! Du beurre ! De la confiture ! De la salade ! Et ça, qu'est-ce que c'est ? Un paquet de cigarettes ? Ouaip ! Et un cigare ! Et un verre de bourbon... du meilleur, à en juger par l'odeur ! Et ce drôle de truc... qu'est-ce que c'est ?

— On dirait des tablettes de chewing-gum, dit Frigate. Sans emballage. Et là, ce doit être... Tiens ? Un briquet pour les cigarettes ?

— A manger ! s'écria un homme.

Il était de forte stature et ne faisait pas partie de ce que Burton considérait maintenant comme « son groupe ». Il les avait suivis et d'autres étaient en train de se hisser en haut du champignon. Burton saisit le petit objet de métal argenté que Frigate avait désigné sous le nom de briquet. Il n'avait jamais vu d'objet de ce genre, mais il savait qu'un briquet servait à faire du feu. Il garda le petit objet dans la paume de sa main et referma le couvercle. Sa bouche salivait et son ventre gargouillait. Mais il ne toucha pas à la nourriture. Les autres, qui avaient aussi faim que lui, ne comprenaient pas pourquoi il avait refermé le couvercle.

L'homme de forte stature clama en italien de la région de Trieste :

– J'ai faim ! N'essayez pas de m'arrêter ou je vous tue. Ouvrez ça !

Personne ne répondit. Il était évident que les autres attendaient que Burton prît l'initiative de la défense. Mais il fit un pas en arrière en disant :

– Ouvre-le toi-même.

Les autres étaient perplexes. Kazz, qui avait vu et senti la nourriture, grondait sourdement. Burton reprit :

– Regardez cette foule. Dans un instant, il va y avoir une émeute ici. Laissons-les se disputer les morceaux. Ne croyez pas que j'aie peur de me battre, ajouta-t-il en leur jetant un regard féroce. Mais je suis certain que d'ici à l'heure du dîner, nos cylindres seront garnis à leur tour. Il est évident que celui-là servait seulement d'exemple. Nous n'aurons qu'à mettre nos graals – c'est ainsi que je les baptise – dans les cavités prévues pour cela, et ils se rempliront d'eux-mêmes.

Il descendit tranquillement du champignon par le côté le plus proche du fleuve. Le chapeau était maintenant couvert de monde. L'homme qui s'était emparé du cylindre avait saisi le bifteck qu'il mordait à belles dents, mais quelqu'un essayait de le lui arracher. Avec un cri de rage, il écarta tous ceux qui se trouvaient entre lui et le fleuve et plongea dans l'eau sans hésiter. Il émergea quelques instants plus tard. Pendant ce temps, la foule hurlante se disputait le reste du contenu du graal.

L'homme qui avait plongé flottait tranquillement sur le dos en finissant son bifteck. Burton l'observait attentivement. Il s'attendait presque à voir surgir un gros poisson qui l'emporterait. Mais rien de tel ne se produisit. Il continua à dériver lentement au fil de l'eau.

Au nord et au sud, sur chacune des rives, les champignons grouillaient d'êtres humains en folie.

Burton alla s'asseoir loin de toute l'agitation de la foule. Son groupe l'avait suivi au complet. La pierre à graal ressemblait de loin à un champignon de conte de fées investi par une armée de vers blancs. Des vers particulièrement bruyants. Et pas tous blancs, car certains étaient rougis du sang répandu.

Le plus triste dans tout cela, c'était la réaction des enfants. Les plus jeunes étaient restés à distance du rocher, mais ils savaient qu'il y avait de la nourriture dans le graal. Ils pleuraient de faim et de terreur en voyant les adultes se battre autour de la pierre. La petite Gwenafra, assise à côté de Burton, avait les yeux secs mais tremblait de tous ses membres. Elle se blottit soudain contre lui. Il lui donna de petites tapes dans le dos en murmurant des mots d'apaisement qu'elle ne comprenait pas, mais dont le ton contribua à la calmer un peu.

Le soleil commençait à décliner. Dans moins de deux heures, il se coucherait derrière les falaises de l'ouest. Il était probable, cependant, que la nuit ne surviendrait vraiment que plusieurs heures plus tard. Ils ne disposaient pour l'instant d'aucun moyen d'évaluer la longueur du jour. La température s'était élevée de quelques degrés, sans qu'il devienne insupportable de rester exposé au soleil. Une brise constante aidait d'ailleurs à les rafraîchir.

Kazz expliqua par gestes qu'il aurait aimé allumer un foyer. Il désigna aussi la pointe d'un épieu de bambou. Il voulait sans doute la durcir au feu.

Burton avait examiné l'objet que Frigate appelait un briquet. Il était fait d'un métal dur et argenté. Il était plat, rectangulaire, et ne mesurait pas plus de cinq centimètres de long sur un et demi de large. Il y avait un petit trou d'un côté et un poussoir de l'autre. Burton appuya instinctivement du pouce sur la partie du poussoir qui faisait saillie. Elle se déplaça vers le bas de trois millimètres. En même temps, un fil semi-rigide de deux millimètres de section et d'un centimètre et demi de long sorti du trou. Malgré la clarté du soleil, il émettait une lumière blanche. Burton s'agenouilla et mit prudemment l'extrémité du fil en contact avec un brin d'herbe, qui se ratatina aussitôt. Il renouvela l'expérience avec la pointe de l'épieu en bambou. Le fil creusa un petit trou d'où se dégageait une odeur de brûlé. Burton remit le poussoir dans sa position première et le fil rentra sagement dans le briquet, comme la tête incandescente d'une tortue d'argent.

Frigate et Ruach spéculèrent à haute voix sur la quantité d'énergie qui pouvait être emmagasinée dans le petit objet. Il fallait un voltage élevé pour porter le fil à une telle température. Combien de décharges pouvait donner l'accumulateur ou la pile radioactive qui devait se trouver à l'intérieur? Comment recharger le briquet quand son énergie était épuisée?

Il y avait beaucoup de questions qu'ils étaient incapables d'élucider dans l'immédiat ou peut-être à jamais. La plus importante concernait la manière dont tous ces corps avaient pu retrouver la vie et la jeunesse. Quiconque était responsable de cela devait posséder une science quasi divine. Mais, bien que ce fût un sujet de conversation passionnant, ce n'était pas en en parlant qu'ils allaient résoudre le mystère.

Au bout de quelque temps, la foule se dispersa. Le cylindre resta abandonné au sommet de la pierre à graal, en compagnie de plusieurs corps inanimés. Il y avait aussi un certain nombre de blessés tout autour. Burton se leva et traversa la foule. Il vit une femme dont la joue droite avait été griffée, principalement à hauteur de l'œil. Elle sanglotait sans que personne ne lui prête attention. Un homme accroupi, un peu plus loin, se tenait le bas-ventre, ratissé par des ongles acérés.

Parmi les quatre corps étendus inertes au sommet de la pierre, trois avaient simplement perdu connaissance et furent ranimés à l'aide d'un graal que quelqu'un alla remplir d'eau pour la jeter sur eux. Le quatrième, un homme maigre et de petite taille, était mort. On lui avait tordu la tête jusqu'à ce que son cou se rompe.

– J'ignore à quel moment on dîne ici, fit Burton en regardant de nouveau le soleil, mais je suggère que nous revenions juste après que le soleil se sera caché derrière ces montagnes. Nous déposerons alors nos graals, ou nos bidons, ou nos gamelles, comme vous voudrez les appeler, dans les cavités du rocher, et nous attendrons. Mais pour le moment...

Ils auraient pu se débarrasser du nouveau cadavre en le jetant dans le fleuve comme le précédent, mais

Burton pensait en avoir un usage, ou même plusieurs, peut-être. Il expliqua aux autres ce qu'il voulait. Ils descendirent le cadavre de la pierre à graal et retraversèrent la plaine en le portant à deux. Frigate et Galeazzi, ex-importateur de Trieste, prirent le premier tour. Frigate avait fait la grimace, mais n'avait pas osé refuser quand Burton le lui avait demandé. Il marchait le premier en portant le mort par les pieds et Galeazzi suivait en le tenant par les aisselles. Alice marchait derrière Burton en donnant la main à la petite fille. Les gens les regardaient passer avec curiosité. Certains posèrent des questions, mais Burton les ignora superbement.

Au bout d'un kilomètre, Kazz et Monat se chargèrent du mort. L'enfant ne semblait pas du tout impressionnée par sa vue. Même en présence du premier cadavre carbonisé, elle n'avait pas manifesté autre chose qu'une curiosité normale. Ce qui avait fait dire à Frigate :

– Si elle vient de la Gaule antique, comme je le soupçonne, elle doit avoir l'habitude de voir des corps carbonisés. Je crois me souvenir que les Gaulois sacrifiaient des victimes qu'ils brûlaient vives dans de grands paniers en osier au cours de leurs cérémonies religieuses. Je ne sais plus en l'honneur de quelles divinités ils faisaient ces sacrifices. J'aimerais bien avoir une encyclopédie pour vérifier. Vous croyez qu'ils vont nous fournir des livres, aussi ? J'ai l'impression que je deviendrais cinglé si je n'avais pas de livres à lire.

– Nous verrons bien, dit Burton. S'ils ne nous fournissent pas de livres, nous les ferons nous-mêmes. Dans la mesure du possible.

Il se disait que la question de Frigate était stupide, mais que de toute façon personne pour l'instant ne semblait avoir la tête sur les épaules.

Au pied des collines, deux autres hommes, Rocco et Brontich, relayèrent Monat et Kazz. Burton, en tête, coupa à travers les hautes herbes. Ils se faisaient égratigner les jambes. A l'aide de son couteau, Burton coupa différentes tiges pour en éprouver la souplesse et la solidité. Frigate marchait à côté de lui. Il ne cessait de bavarder. Probablement, se dit Burton, pour s'empêcher de penser aux deux morts qui l'avaient tant impressionné.

– Songez donc, disait-il. Si tous ceux qui ont vécu sur la Terre à toutes les époques ont été ressuscités ici, quelles fantastiques possibilités de recherche vont s'offrir à nous ! Que de mystères et d'énigmes historiques nous allons pouvoir éclaircir ! Nous pourrions retrouver John Wilkes Booth et découvrir si le secrétaire d'Etat à la Guerre, Stanton, était vraiment derrière l'assassin de Lincoln. Trouver l'identité de Jack l'Eventreur. Apprendre si Jeanne d'Arc appartenait ou non à un culte de sorcières. Parler au maréchal Ney pour savoir s'il est vrai qu'il a pu échapper au peloton d'exécution pour devenir maître d'école en Amérique. Connaître le secret de Pearl Harbor. Voir les traits de l'Homme au Masque de fer, si un tel personnage a jamais existé. Interviewer Lucrèce Borgia et ceux qui l'ont connue pour savoir si elle était bien l'horrible empoisonneuse que la plupart des chroniqueurs décrivent. Identifier l'assassin des deux petits princes de la Tour. Découvrir, peut-être, que c'était Richard III en personne. Sans oublier vous-même, Richard Francis Burton. Il y a de nombreux points de votre vie que vos biographes auraient bien voulu éclaircir. Est-il vrai, par exemple, que vous étiez amoureux d'une Persane que vous projetiez d'épouser après avoir renoncé à votre identité et vous être fait naturaliser dans son pays ? Est-il vrai qu'elle est morte avant que vous n'ayez pu réaliser votre rêve et que sa mort vous a tellement marqué que vous l'avez pleurée pendant tout le reste de votre vie ?

Burton lui jeta un regard furibond. Il connaissait cet homme depuis quelques heures à peine et déjà il se permettait de poser les questions les plus indiscrètes sur son passé. Il n'avait aucune excuse.

Frigate s'aperçut de sa réaction et bredouilla :

– Et... euh... je suppose que nous aurons le temps de reparler de tout cela. Mais savez-vous que votre femme vous a fait administrer l'extrême-onction peu après votre mort, et que vous avez été enterré dans un cimetière catholique... vous, l'infidèle ?

Lev Ruach, dont les yeux s'étaient agrandis à mesure

que jacassait Frigate, intervint à ce moment-là dans la conversation :

– Vous êtes Burton, l'explorateur et le linguiste? Celui qui a découvert le lac Tanganyika ? Celui qui a fait un pèlerinage à La Mecque déguisé en musulman? Celui qui a traduit les *Mille et Une Nuits ?*

– Je n'ai aucun désir ni aucun besoin de mentir. Oui, c'est moi.

Lev Ruach cracha au visage de Burton, mais le vent lui fit rater sa cible.

– Enfant de putain ! s'écria-t-il. Salaud de nazi ! J'ai lu votre histoire. Nul doute que vous ayez été quelqu'un de remarquable sous bien des aspects, mais vous étiez aussi un ignoble antisémite !

7

Burton avait sursauté. Il déclara :

– Ce sont mes ennemis qui ont fait courir ce bruit malveillant et sans fondement. Tous ceux qui me connaissent et sont au courant des faits savent parfaitement à quoi s'en tenir. Et maintenant, je crois que vous feriez mieux de...

– Ce n'est pas vous, peut-être, qui avez écrit cette ordure qui s'appelle *Le Juif, le Gitan et l'Islam?* demanda Ruach avec un sourire qui lui tordit la bouche.

– C'est moi, fit sèchement Burton.

Son visage était empourpré et il constata, en baissant les yeux, que tout son corps était également coloré.

– Et maintenant, reprit-il, comme je voulais vous le dire lorsque vous m'avez grossièrement interrompu, je crois que vous feriez mieux de vous éloigner d'ici le plus vite possible. En temps normal, je vous aurais déjà étranglé. Aucun homme ne s'est jamais adressé à moi comme vous venez de le faire sans avoir aussitôt été obligé d'étayer ses paroles par des actes. Mais nous nous trouvons dans une étrange situation. Vous avez peut-être les nerfs à vif. Je ne sais pas. Quoi qu'il en soit, si vous ne me présentez pas immédiatement vos excuses ou si vous ne déguerpissez pas sur-le-champ, je sens qu'il va y avoir un nouveau cadavre.

Ruach crispa les poings et regarda Burton avec animosité. Mais il fit volte-face et s'éloigna sans rien ajouter.

– Qu'est-ce que c'est qu'un nazi ? demanda Burton à Frigate.

L'Américain le lui expliqua de son mieux. Burton hocha la tête :

– Je vois que j'ai beaucoup à apprendre sur ce qui s'est passé après ma mort. Mais croyez bien que cet homme se trompe sur mon compte. Je n'ai rien d'un « nazi ». Vous dites que l'Angleterre est devenue une nation de second rang ? Seulement un demi-siècle après ma mort ? J'avoue que j'ai du mal à le croire.

– Pourquoi vous mentirais-je ? protesta Frigate. D'ailleurs, soyez rassuré, avant la fin du XXe siècle, elle avait remonté la pente, et cela de la façon la plus curieuse qui soit. Malheureusement, il était trop tard...

En écoutant parler le Yankee, Burton se sentait fier de son pays. Bien que l'Angleterre l'eût toujours traité avec mesquinerie de son vivant, et bien qu'il eût invariablement éprouvé le besoin de quitter cette île aussitôt qu'il y remettait les pieds, il n'en était pas moins prêt à la défendre au péril de sa vie et était toujours demeuré fidèle et dévoué à la reine. Il demanda abruptement :

– Puisque vous aviez deviné mon identité, pourquoi ne pas en avoir parlé plus tôt ?

– J'attendais d'en être certain. D'ailleurs, avouez que nous n'avons pas tellement eu le temps de parler. Ni de faire autre chose, ajouta-t-il en lançant un clin d'œil éloquent en direction des formes plantureuses d'Alice Hargreaves. Sur *elle* aussi, je sais pas mal de choses, reprit-il. Si toutefois je ne fais pas erreur sur la personne.

– Vous en savez plus que moi, répliqua Burton.

Ils firent halte au sommet de la première colline et le fardeau macabre fut déposé au pied d'un pin géant.

Aussitôt, Kazz, son couteau de pierre à la main, s'accroupit à côté du mort. Rejetant la tête en arrière, il prononça une espèce d'incantation monocorde. Puis, avant que les autres aient songé à l'en empêcher, il plongea son couteau dans le cadavre et en retira le foie.

Un cri horrifié s'éleva du groupe. Burton s'était contenté de grogner. Monat observait l'homme préhistorique avec de grands yeux.

Les dents de Kazz arrachèrent un épais morceau au viscère saignant. Les mâchoires puissantes commencèrent à mastiquer tandis que ses yeux se fermaient d'extase. Burton fit un pas vers lui et tendit le bras dans un geste de désapprobation. Kazz sourit de toutes ses dents, déchira le foie en deux et en offrit une moitié à Burton. Il sembla très surpris de se heurter à un refus.

– Un anthropophage ! s'écria Alice. Oh, Seigneur ! Un mangeur de chair humaine, sanguinaire et répugnant ! C'est cela, le paradis promis ?

– Kazz n'est pas pire que nos propres ancêtres, fit remarquer Burton, qui avait retrouvé son détachement coutumier et s'amusait – dans une certaine mesure – de la réaction des autres. Dans une contrée où la nourriture ne semble pas courir la campagne, sa réaction est éminemment pratique. En tout cas, nous n'aurons plus à nous préoccuper d'enterrer ce cadavre en creusant le sol avec nos mains nues. Sans compter que si nous nous sommes trompés au sujet des graals, nous serons d'ici peu bien contents de faire comme lui !

– Jamais ! s'écria Alice. Plutôt mourir !

– C'est exactement ce qui se passerait, approuva froidement Burton. Mais je suggère que nous nous retirions pour le laisser terminer tranquillement son repas. Mon estomac n'apprécie pas tellement ce genre de spectacle. Il se tient aussi mal à table qu'un Yankee de l'Ouest. Ou qu'un prélat de la campagne, ajouta-t-il à l'intention d'Alice.

Ils allèrent s'asseoir un peu plus loin, au pied d'un gros arbre noueux.

– Je ne veux plus l'avoir à côté de moi, reprit Alice. C'est une bête, une abomination ! Je ne me sentirai jamais plus en sécurité une seule seconde tant qu'il sera là !

– Vous m'avez demandé de vous protéger, dit Burton. Je le ferai tant que vous serez membre de notre groupe. Mais en contrepartie, vous devrez accepter toutes mes décisions. Entre autres, que cet homme-singe demeure parmi nous. Nous avons besoin de sa force et de ses connaissances, qui me paraissent très appropriées au type de pays dans lequel nous nous trouvons. Nous sommes devenus des primitifs. Par conséquent, nous avons beaucoup à apprendre d'un primitif. Je dis qu'il restera.

Alice regarda les autres pour quémander silencieusement un soutien. Monat plissa le front. Frigate déclara, après avoir haussé les épaules :

– Mrs Hargreaves, si cela vous est possible, vous feriez mieux d'oublier les mœurs et les conventions sociales de votre époque. Nous ne sommes pas ici dans un décent et victorien paradis bourgeois. Ni dans aucun paradis jamais rêvé par l'homme. Vous ne pouvez continuer à penser et à réagir comme vous le faisiez sur la Terre. Par exemple, vous venez d'une société où les femmes étaient couvertes de vêtements de la tête aux pieds et où la seule vue d'un genou féminin était un excitant sexuel au plus haut degré. Pourtant, vous ne paraissez nullement gênée de votre nudité actuelle. Vous avez la même prestance et la même dignité que si vous portiez un habit de nonne.

– Je n'aime pas particulièrement cela, répondit Alice. Mais pourquoi serais-je gênée ? Quand tout le monde est nu, personne ne l'est vraiment. C'est une chose normale, la seule chose décente, en fait. Un ange du ciel m'apporterait une garde-robe au complet que je refuserais de la porter, si personne ne fait comme moi. D'autre part, je n'ai guère à me plaindre de mon physique. Je souffrirais peut-être davantage dans le cas contraire.

Les deux hommes éclatèrent de rire. Frigate s'exclama :

– Vous êtes fabuleuse, Alice. Absolument merveilleuse. Mais vous permettez que je vous appelle Alice ? « Mrs Hargreaves » fait tellement pompeux, surtout quand vous êtes nue...

Au lieu de lui répondre, elle s'éloigna dignement et

disparut derrière un tronc d'arbre géant. Burton déclara :

– Il faudra trouver prochainement une solution à ces questions sanitaires. Ce qui signifie que quelqu'un devra prendre des décisions, être habilité à promulguer des lois et veiller à leur bonne application. Comment fait-on pour créer un corps législatif, judiciaire ou exécutif, dans l'état d'anarchie qui nous entoure actuellement ?

– Il y a des problèmes plus immédiats, répondit Frigate. Par exemple, que faisons-nous du mort ?

Son visage était à peine un peu moins pâle que quelques instants auparavant, quand l'homme préhistorique avait fait sa sanglante incision avec son couteau de pierre.

– Je suis certain, dit Burton, que la peau humaine, convenablement tannée, ou les boyaux, correctement traités, seront de très loin supérieurs à toutes ces herbes pour fabriquer des cordes ou des liens. J'ai l'intention d'en prélever quelques longueurs. Etes-vous prêt à m'aider ?

Seule la brise bruissant dans les feuilles et le sommet des hautes herbes rompait le silence. Le soleil tapait dur et donnait naissance à des gouttelettes de sueur qui séchaient aussitôt au vent. Nul oiseau ne chantait, nul insecte ne bourdonnait. A un moment, la voix grêle de la petite Gwenafra ébrécha ce grand calme. La voix d'Alice lui répondit. La petite fille courut la rejoindre derrière son arbre.

– Je vais essayer, déclara finalement l'Américain. Mais je ne sais pas si je pourrai. J'en ai fait plus qu'assez pour aujourd'hui.

– Comme vous voudrez, dit Burton. Mais ceux qui m'aideront pourront se servir les premiers. Vous souhaiterez peut-être avoir un peu de cette peau pour attacher une pierre taillée à un manche.

Frigate déglutit bruyamment et murmura :

– Je viens.

Kazz était accroupi dans l'herbe à côté du cadavre. Il tenait le foie dégoulinant de sang d'une main et le couteau rougi de l'autre. En voyant Burton, il sourit de ses dents souillées et lui proposa de nouveau par gestes un morceau de choix. Burton secoua négativement la tête. Les autres membres du groupe, Galeazzi, Brontich, Maria Tucci, Filipo Rocco, Rosa Nalini, Caterina Capone, Fiorenza Fiorri, Babich et Giunta, s'étaient écartés de la scène macabre. Ils étaient assis au pied d'un pin géant et parlaient à voix basse en italien.

Burton s'accroupit auprès du cadavre. De sa pointe de silex aiguisée, il commença à inciser juste au-dessus du genou droit et remonta jusqu'à la clavicule. Frigate, debout à côté de lui, le regardait faire en pâlissant de plus en plus. Mais il demeura stoïque jusqu'au moment où deux longues lanières de peau eurent été prélevées.

– Vous ne voulez pas vous faire la main ? proposa Burton.

Il roula le cadavre sur le côté pour que des lanières encore plus longues puissent être détachées. Frigate accepta la lame sanglante et se mit à l'ouvrage, les dents grinçantes.

– Pas si profond, dit Burton, pour ajouter un instant plus tard : Maintenant, vous n'incisez pas suffisamment loin. Tenez, passez-moi la pierre, je vais vous montrer.

– J'avais un voisin, dit Frigate, qui accrochait toujours ses lapins derrière son garage et qui les égorgeait juste après leur avoir brisé le cou. Je l'ai vu faire une seule fois. Ça m'a suffi.

– Vous ne pouvez pas vous permettre de faire le difficile ni d'avoir l'estomac délicat. Vous vous trouvez dans des conditions extrêmement primitives. Que ça vous plaise ou non, vous devez vous comporter en primitif si vous voulez survivre.

Brontich, le Slovène grand et maigre qui avait autrefois tenu une auberge, arriva vers eux en courant et annonça :

– Nous avons découvert un nouveau rocher en forme de champignon. A une cinquantaine de mètres d'ici. Il était à moitié caché par la végétation.

Burton, qui avait d'abord jubilé à l'idée d'épater Frigate, avait maintenant pitié du pauvre diable. Il se tourna vers lui :

– Ecoute, Peter. Pourquoi n'irais-tu pas jeter un

coup d'œil avec lui ? S'il y a une pierre à graal dans les environs, elle nous économisera un voyage au fleuve.

Il tendit son propre graal à Frigate :

– Tu le mettras dans un des trous. Rappelle-toi bien lequel. Dis aux autres de faire de même. Surtout, que chacun soit capable de retrouver le sien, après. Je ne veux pas de litige à ce sujet. C'est bien compris ?

Assez curieusement, Frigate ne semblait pas heureux de partir. Il avait l'air de se sentir honteux de s'être montré faible. Il demeura sur place quelques instants, en soupirant et en se balançant d'une jambe sur l'autre. Mais en voyant que Burton continuait à gratter le côté intérieur des lanières sans prononcer une parole, il s'éloigna lentement à la suite de Brontich. Il portait les deux graals d'une main et sa pierre taillée de l'autre.

Dès que l'Américain fut hors de vue, Burton arrêta son travail. Ce qui l'avait intéressé, c'était de s'entraîner à découper la peau. Peut-être entreprendrait-il aussi la dissection du tronc pour prélever les entrailles. Mais pour le moment, il ne disposait d'aucun moyen pour conserver cette peau ou les boyaux. Il espérait que l'écorce des pseudo-chênes contiendrait du tanin qui, mélangé à d'autres substances, lui permettrait de transformer la peau humaine en cuir. Mais avant qu'il en arrive là, les lanières qu'il venait de découper auraient pourri depuis longtemps. Ce qui ne signifiait pas qu'il avait perdu son temps. Il avait, d'une part, éprouvé l'efficacité des couteaux de pierre, et de l'autre renforcé sa mémoire défaillante de l'anatomie humaine. Durant leur jeunesse à Pise, Richard Burton et son frère Edward avaient fréquenté plusieurs étudiants en médecine à l'université. Ils s'étaient ainsi intéressés de très près à l'anatomie. Plus tard, Edward était devenu chirurgien tandis que Richard assistait à Londres, chaque fois qu'il en avait l'occasion, à des cours ou à des séances de dissection, publiques ou privées. Cela n'empêchait pas qu'il avait oublié une grande partie de ce qu'il avait appris.

Abruptement, le soleil disparut derrière la crête de la montagne. Une pénombre pâle descendit sur la vallée, qui fut enrobée en quelques minutes d'une clarté crépusculaire. Le ciel était resté bleu. La brise continuait à souffler avec la même vigueur. L'atmosphère chargée d'humidité devint un peu plus froide.

Burton et l'homme préhistorique abandonnèrent le cadavre et entreprirent de rejoindre les autres en se guidant au son de leurs voix. Ils étaient tous autour de la pierre à graal dont avait parlé Brontich. Burton se demanda s'il y en avait d'autres dans les collines, réparties à peu près tous les deux kilomètres. Celle-ci n'avait pas de cylindre dans le trou central. Cela signifiait peut-être qu'elle n'était pas en état de marche. Mais Burton espérait plutôt que ceux qui avaient conçu les pierres à graal avaient uniquement muni de cylindres celles qui se trouvaient au bord du fleuve, sachant que c'étaient celles que les ressuscités utiliseraient en premier et qu'au moment où ils découvriraient les autres ils auraient appris à s'en servir.

Les graals étaient en place dans les cavités les plus proches du bord. Leurs propriétaires discutaient à voix basse sans les quitter des yeux. Tout le monde se demandait quand – ou peut-être si – la flamme bleue allait faire son apparition. La plupart des conversations portaient sur la faim qui leur tenaillait les entrailles. Certains spéculaient sur les raisons de leur présence ici et sur l'identité ou les desseins de ceux qui étaient à l'origine de leur résurrection. D'autres, moins nombreux, parlaient de leur existence terrestre.

Burton alla s'asseoir contre le tronc noir et noueux d'un « arbre à fer » aux frondaisons épaisses. Il se sentait las et découragé, comme tout le monde, visiblement, à l'exception de Kazz. Son estomac vide et ses nerfs tendus l'empêchaient de s'abandonner à une torpeur réparatrice, comme il l'aurait fait sans doute sous l'incitation des conversations chuchotées et du bruissement des feuilles.

Le creux de terrain dans lequel le groupe attendait était entouré d'arbres et se trouvait à la jonction de quatre collines. Il y faisait plus sombre, mais également un peu moins froid que sur les hauteurs. Au bout d'un moment, désireux de tromper l'attente, Burton envoya quelques hommes chercher du bois pour faire du feu. Avec leurs haches et leurs couteaux de pierre, ils coupèrent plusieurs tiges de bambou et rassemblèrent des herbes. Burton fit un petit tas de feuilles et d'herbes auquel il mit le feu avec son briquet. L'herbe était verte et dégagea beaucoup de fumée, mais le bambou s'enflamma avec une certaine facilité.

Soudain, une explosion fit sursauter tout le monde. Des femmes hurlèrent. Ils avaient oublié de surveiller la pierre à graal. Burton se tourna juste à temps pour voir une série de flammes bleues qui s'élevaient jusqu'à six ou sept mètres. Brontich, qui se trouvait à six mètres de la pierre, déclara qu'il avait senti la chaleur de l'explosion.

Quand le grondement s'éteignit, chacun se rapprocha de son graal. Burton fut de nouveau le premier à grimper sur la pierre. Les autres n'osaient pas trop la toucher si peu de temps après la décharge d'énergie. Il souleva le couvercle de son graal, regarda ce qu'il y avait dedans et poussa un cri de ravissement. Les autres le rejoignirent alors et chacun ouvrit son graal. Une minute plus tard, ils étaient tous assis autour du feu et dévoraient avec extase en se montrant ce qu'ils avaient trouvé au fond de chaque cylindre, en éclatant de rire et en se tapant sur l'épaule pour se congratuler. Après tout, les choses n'allaient pas si mal. Ceux qui étaient responsables de tout cela prenaient bien soin d'eux.

Il y avait de quoi manger à profusion, même après une journée de jeûne ou peut-être, comme disait Frigate, « la moitié de l'éternité ». Il expliqua à Monat ce qu'il entendait par là. Il n'y avait en fait, disait-il, aucun moyen de savoir combien de temps exactement s'était écoulé entre 2008 et le moment présent. Le monde ne s'était pas fait en un jour et il y avait de fortes chances pour que la résurrection de l'humanité eût demandé une préparation de plus de sept jours. Cela, bien sûr, à condition qu'elle résultât de l'application de moyens scientifiques, et non surnaturels.

Le graal de Burton contenait un cube de viande cuite de dix centimètres d'épaisseur, une petite boule de pain noir, du beurre, des pommes de terre en sauce et de la laitue assaisonnée d'une manière étrange mais délicieuse au goût. De plus, il découvrit un gobelet fermé contenant quinze centilitres d'un excellent bourbon et un deuxième gobelet avec quatre glaçons à l'intérieur.

Mais ce n'était pas tout. Il allait de surprise en surprise. Il ressortit du fond du graal une petite pipe de bruyère, un sachet de tabac, trois cigares panatelas et un étui en plastique contenant dix cigarettes.

– Non filtrées ! s'exclama Frigate.

Il y avait en outre une petite cigarette brune. Quand Burton et Frigate la reniflèrent, ils s'écrièrent en même temps :

– De la marijuana !

Alice leur montra une petite paire de ciseaux en métal et un peigne noir en disant :

– J'ai l'impression que nos cheveux vont repousser bientôt. Autrement, je ne vois pas très bien l'utilité de ces objets. J'en suis ravie ! Mais qu'est-ce que... qu'est-ce qu'ils croient que je vais faire de ça ?

Elle brandissait un petit tube de rouge à lèvres vermeil.

– Et moi donc ? demanda Frigate en leur montrant un tube semblable.

– Ils ont l'esprit pratique, en tout cas, fit Monat en retournant entre ses mains ce qui était visiblement un paquet de papier hygiénique.

Puis il sortit de son graal une boule de savon vert.

Le steak de Burton était tendre, mais il l'aurait préféré un peu moins cuit. Par contre, Frigate se plaignit parce que le sien était trop saignant.

– Ces menus ne sont pas adaptés au goût du propriétaire de chaque graal, constata-t-il. Surtout quand les femmes en sortent des pipes et les hommes du rouge à lèvres. Il s'agit de toute évidence de production en série.

– Deux miracles en un jour, déclara Burton. Si toutefois ce sont bien des miracles. Pour ma part, j'ai toujours préféré les explications rationnelles et j'ai bien l'intention d'essayer d'en découvrir une. Je ne pense pas que quiconque puisse me dire, pour le moment, de quelle manière nous avons été ressuscités. Mais peut-être que ceux d'entre vous qui ont vécu au xxe siècle peuvent fournir une explication rationnelle à l'apparition quasi magique de toutes ces choses à l'intérieur d'un récipient qui était vide ?

– Si vous comparez bien les dimensions intérieure et extérieure de nos graals, intervint Monat, vous constaterez qu'il y a une différence de cinq centimètres environ. La double paroi est assez large pour abriter un circuit molaire capable de convertir l'énergie en matière. L'énergie, apparemment, est fournie au moment où la flamme bleue s'élève du rocher. En plus du convertisseur énergie-matière, les graals doivent contenir des moules, ou gabarits molaires, dont le rôle est de répartir la matière en différents assemblages d'éléments et de constituants. Je n'invente rien, car nous possédions un convertisseur analogue sur ma planète natale. Mais rien d'aussi miniaturisé que celui-ci, je vous assure.

– Sur la Terre également, dit Frigate, les savants ont synthétisé du fer avec de l'énergie pure avant 2002. Mais le procédé était complexe et coûteux, et le rendement presque microscopique.

– Parfait, dit Burton. Pour nous, en tout cas, tout est gratuit. Du moins, jusqu'à présent...

Il resta quelques instants silencieux. Il pensait au rêve qu'il avait fait avant son réveil. *Tu dois payer*, avait dit Dieu. *Tu me dois le prix de la chair.*

Quelle était la signification de tout cela ? En s'éteignant à Trieste, en 1890, dans les bras de sa femme, il avait demandé... quoi donc ? Un peu de chloroforme ? Quelque chose. Il ne se rappelait pas quoi. Puis l'oubli s'était emparé de lui. Il s'était réveillé ensuite dans cet endroit cauchemardesque où il avait vu des choses qui n'étaient ni sur Terre ni, à sa connaissance, sur cette étrange planète où ils étaient descendus. Mais cette vision-là n'avait pas été un rêve.

8

Après avoir fini de manger, ils rangèrent les récipients vides à l'intérieur des graals. Comme il n'y avait pas d'eau à proximité, il leur faudrait attendre le matin pour faire la vaisselle. Cependant, Frigate et Kazz avaient fabriqué plusieurs récipients avec des sections de bambou géant et l'Américain s'était porté volontaire, si quelqu'un voulait l'accompagner, pour aller les remplir au fleuve.

Burton se demandait ce qui avait poussé Frigate à proposer ainsi ses services. Mais il crut comprendre en regardant Alice. Apparemment, Frigate ressentait le besoin de trouver une âme sœur et avait tout naturellement assumé que le choix d'Alice se porterait sur lui, Burton. Quant aux autres femmes du groupe, Tucci, Nalini, Capone et Fiorri, elles avaient déjà respectivement choisi Galleazzi, Brontich, Rocco et Giunta. Babich avait disparu, sans doute poussé par les mêmes motifs que Frigate.

Monat et Kazz acceptèrent d'accompagner Frigate. Le ciel s'était insensiblement piqueté d'immenses traînées d'étincelles séparées par des masses de lumière laiteuse. Le spectacle de ces agrégats d'étoiles, dont certaines étaient si grosses qu'on eût dit des morceaux de lune éclatée, l'éclat des nébuleuses, tout cela les emplissait d'un respect ému et leur donnait l'impression d'être des créatures pitoyablement microscopiques et défectueuses.

Etendu sur le dos au creux d'un lit de feuilles, Burton savourait un excellent panatela dont il tirait de voluptueuses bouffées. Dans le Londres de son époque, un tel cigare aurait coûté au moins un shilling. Il ne se sentait plus à présent aussi minuscule et indigne que tout à l'heure. Les étoiles, après tout, n'étaient que de la matière inanimée, alors qu'il était vivant. Aucune étoile ne connaîtrait jamais la délicieuse sensation de fumer un cigare de prix. Ni l'extase d'étreindre un corps de femme aux formes rondes et à la peau soyeuse.

De l'autre côté du feu, les Triestins étaient couchés dans l'ombre et les herbes hautes. L'alcool leur avait ôté leurs inhibitions. Sans doute aussi la joie de se sentir vivants et jeunes leur donnait-elle un sentiment de liberté retrouvée. Ils gloussaient et riaient et se roulaient dans l'herbe en s'embrassant bruyamment. Puis, couple par couple, ils se retirèrent dans l'obscurité, ou du moins devinrent plus discrets.

La fillette s'était endormie aux côtés d'Alice. Les flammes faisaient danser des reflets sur le beau visage aristocratique, le crâne lisse, les seins splendides et les cuisses galbées de la jeune femme. Burton eut soudain conscience qu'aucune partie de lui n'avait échappé à la revitalisation. Il n'était plus du tout le vieillard qui, durant les seize dernières années de sa vie, avait payé un si lourd tribut aux innombrables fièvres et maladies qui l'avaient desséché au cours de ses séjours dans les pays tropicaux. Il se sentait jeune comme avant, débordant de vigueur et en proie au démon familier qui exigeait d'être assouvi. En bref, il était en état de résurrection.

L'ennui, c'était qu'il lui avait donné sa protection. Il ne pouvait rien faire ni rien dire qu'elle pût interpréter comme une tentative de séduction.

Mais après tout, elle n'était pas la seule femme au monde. En fait, toutes les femmes du monde étaient, sinon à sa disposition, du moins à portée de sa main. Si toutes celles qui étaient mortes sur la Terre avaient ressuscité sur cette planète, elle n'était qu'une femme parmi des milliards (plus exactement trente-six, à supposer que les estimations de Frigate fussent correctes). Mais il n'y avait, naturellement, aucun moyen de vérifier cela pour l'instant.

Le plus embêtant, dans tout ça, c'était qu'Alice était la seule disponible dans l'immédiat. Il ne pouvait pas se lever et s'éloigner dans la nuit à la recherche d'une autre partenaire, car c'eût été les laisser, elle et l'enfant, sans protection. Elle ne devait pas se sentir en sécurité à proximité de Kazz et de Monat. Il comprenait parfaitement cela. Ils avaient un aspect tellement repoussant! Il ne pouvait pas non plus compter sur Frigate — s'il revenait cette nuit, ce qui était douteux

– car pour l'instant l'Américain était quantité inconnue.

Il éclata de rire tout haut en considérant sa situation. Il décida que, pour ce soir, il resterait bien élevé. Cette pensée déclencha aussitôt une nouvelle cascade de rire bruyant. Il ne cessa que quand Alice lui demanda s'il se sentait en forme pour rire ainsi tout seul.

– Plus que vous ne l'imaginez, dit-il en se tournant de l'autre côté.

Il plongea la main dans son graal pour en sortir le dernier article : une tablette qui ressemblait à de la gomme à mâcher. Avant de s'en aller, Frigate avait fait remarquer que leurs bienfaiteurs inconnus devaient être des Américains pour avoir songé à leur fournir du chewing-gum.

Après avoir écrasé le mégot de son panatela, Burton mit la tablette dans sa bouche.

– Le goût est étrange mais délicieux, dit-il. Avez-vous essayé la vôtre ?

– Je suis tentée, mais j'imagine que je ressemblerais à une vache en train de ruminer.

– Vous devriez oublier un peu que vous êtes une « lady », fit Burton. Croyez-vous que des êtres qui ont le pouvoir de vous ressusciter puissent faire preuve d'un goût vulgaire ?

– Comment savoir ? répondit Alice en souriant légèrement.

Elle mit la tablette de gomme dans sa bouche. Pendant quelques instants, ils mâchèrent en silence en s'observant de part et d'autre du feu, bien qu'elle parût incapable de le regarder dans les yeux plus de quelques secondes à la suite.

– Frigate prétend qu'il vous connaît, déclara enfin Burton. Ou plutôt, qu'il a entendu parler de vous. Serait-il indiscret de vous demander qui vous êtes exactement ?

– Il ne peut y avoir de secrets entre les morts, répliqua-t-elle d'une voix enjouée. Ni parmi les ex-morts, d'ailleurs.

Elle était née Alice Pleasance Liddel, le 25 avril 1852 (Burton avait alors trente ans). Elle était descendante directe du roi Edouard III et de son fils, Jean de Gand. Son père était doyen du Christ Church College d'Oxford et coauteur d'un célèbre dictionnaire grec-anglais (Liddel et Scott ! se dit Burton). Elle avait joui d'une enfance heureuse, d'une excellente éducation et avait fréquenté de nombreuses célébrités de son époque : Gladstone Matthew Arnold, le Prince de Galles, qui avait été confié à son père pendant son séjour à Oxford. Elle avait épousé Reginald Gervis Hargreaves, qu'elle avait aimé durant toute sa vie. C'était un gentleman campagnard qui aimait la chasse, la pêche, le cricket, l'arboriculture et la littérature française. Ils avaient eu trois fils, tous capitaines, dont deux avaient trouvé la mort durant la Grande Guerre de 1914-1918. (C'était la deuxième fois de la journée que Burton entendait parler d'une « grande guerre ».)

Elle continuait à parler inlassablement, comme si elle avait bu trop d'alcool. Ou bien comme si elle voulait ériger une barrière de conversation entre Burton et elle.

Elle évoqua Dinah, la chatte tigrée avec qui elle jouait quand elle était petite fille; les grands arbres que soignait son mari dans son arboretum; son père qui, lorsqu'il travaillait à son dictionnaire grec, éternuait invariablement à midi sonnant, sans que personne eût jamais pu expliquer pourquoi...

A l'âge de quatre-vingts ans, l'université américaine de Columbia lui avait décerné le titre de docteur *honoris causa* pour le rôle vital qu'elle avait joué dans la genèse du fameux ouvrage du révérend Dodgson. (Elle négligea de mentionner le titre et Burton, quoique lecteur vorace, ne se rappelait pas avoir jamais entendu parler d'un auteur de ce nom.)

– C'était un après-midi merveilleux, malgré les prévisions météorologiques officielles. Le 4 juillet 1862... J'avais dix ans... Mes sœurs et moi, nous portions des souliers noirs, des bas blancs ajourés, une robe en coton et une capeline.

Alice avait les yeux brillants, agrandis. Elle tremblait de temps à autre, comme si elle livrait un combat intérieur. Elle se mit à parler plus vite.

– Mr Dodgson et Mr Duckworth portaient les

paniers de pique-nique. Nous avions pris place dans la barque à Folly Bridge pour remonter, une fois n'est pas coutume, la rivière Isis. Mr Duckworth ramait à grands coups d'avirons. Les gouttelettes ruisselaient le long du bois comme des larmes de verre avant de retomber sur le miroir lisse de l'eau et...

Burton entendit les derniers mots comme si elle les avait hurlés à ses oreilles. Stupéfait, il regardait Alice, dont les lèvres bougeaient comme si elle continuait à parler normalement. Mais elle avait les yeux fixés sur lui, ou plutôt elle semblait regarder un point situé au delà, en un autre temps et en un autre espace. Ses mains étaient à demi levées devant elle, comme figées par la surprise.

Tous les bruits étaient amplifiés. Il entendait la respiration de la petite fille, les battements de son cœur et de celui d'Alice, leurs gargouillements intestinaux et le souffle de la brise dans les branches d'arbres. Au loin, une clameur s'éleva.

Il se leva pour écouter. Que se passait-il ? Pourquoi cette exacerbation de tous les sens ? Pourquoi entendait-il battre leurs cœurs et non le sien ? Il sentait aussi la texture de l'herbe sous ses pieds nus. Il percevait presque l'impact de chaque molécule d'air qui rencontrait son corps.

– Qu'y a-t-il ? demanda Alice, qui s'était levée aussi.

Le souffle de sa voix le heurta comme une puissante rafale de vent. Il ne répondit pas, car il était occupé à la regarder. Pour la première fois, lui semblait-il, il voyait vraiment son corps, il la percevait tout entière.

Elle s'avança vers lui, les bras tendus, les yeux mi-clos, les lèvres humides et tremblantes. Elle chancela en roucoulant :

– Richard ! Richard !

Puis elle s'immobilisa, les yeux agrandis. Il marcha vers elle en lui tendant les bras. « Non ! » s'écria-t-elle en faisant brusquement volte-face pour aller se perdre dans l'obscurité des arbres.

Pendant quelques secondes, il demeura immobile. Il ne lui semblait pas possible qu'une femme qu'il aimait aussi intensément ne lui rendît pas son amour.

Elle devait faire cela pour l'exciter. C'était sûrement

pour cette raison. Il se lança à sa poursuite en répétant et répétant son nom.

Plusieurs heures avaient dû s'écouler lorsque la pluie tomba sur eux. Les effets de la drogue s'étaient estompés, ou peut-être la pluie avait-elle aidé à les dissiper, car ils semblèrent émerger au même instant de l'extase et de la torpeur où ils étaient plongés. Elle leva les yeux vers lui au moment où un éclair illuminait leurs traits. Elle émit un hurlement en le repoussant violemment en arrière.

Il tomba dans l'herbe, mais réussit à la rattraper par une cheville tandis qu'elle s'éloignait de lui à quatre pattes.

– Qu'est-ce qui te prend ? hurla-t-il.

Alice cessa de se débattre. Elle s'assit, le visage caché dans ses genoux, le corps secoué de sanglots. Il se rapprocha d'elle, lui souleva le menton et la força à le regarder. Un nouvel éclair révéla son visage torturé.

– Vous aviez promis de me protéger !

– Tu ne m'as pas donné l'impression d'en avoir besoin. Je n'ai jamais promis de te protéger contre une impulsion naturelle.

– Une impulsion naturelle ! Une impulsion ! Que le Seigneur me soit témoin, je n'ai jamais fait de ma vie une chose pareille ! Je me suis toujours bien conduite ! J'étais pure à mon mariage et je suis restée toute ma vie fidèle à mon mari. Mais voilà qu'aujourd'hui... avec un homme que je ne connais pas ! Je me demande ce qui a bien pu s'insinuer en moi !

– Alors, j'ai dû m'y prendre mal, constata Burton sans pouvoir s'empêcher de rire.

Il commençait néanmoins à avoir un peu pitié d'elle. Il n'aurait pas eu de raison d'éprouver le moindre scrupule si elle avait été dans son état normal. Mais cette gomme contenait une drogue puissante qui les avait fait réagir comme des amants dont la passion ne connaissait pas de limite. Ce qui était sûr, c'était qu'elle avait coopéré avec autant d'enthousiasme que la plus experte des femmes à l'intérieur d'un harem turc.

– Tu n'as rien à te reprocher, dit-il en se radoucissant. Tu n'étais pas toi-même. Tu as agi sous l'empire de la drogue.

— Mais je l'ai fait! Je... je... j'en avais envie! Oh! quelle vile et méprisable putain je suis!

— Je n'ai pas le souvenir de t'avoir proposé de l'argent.

Il ne disait pas cela pour être cruel. Il voulait seulement la mettre suffisamment en colère pour qu'elle oublie l'humiliation qu'elle était en train de s'infliger elle-même. Il y réussit parfaitement. Elle bondit sur lui toutes griffes dehors et lui laboura le visage et le torse en le traitant de noms qu'une dame comme il faut de la digne époque victorienne n'aurait jamais dû connaître.

Burton lui saisit les poignets pour limiter les dégâts tandis qu'elle continuait à le couvrir d'injures obscènes. Finalement, quand elle redevint muette et que les sanglots la reprirent, il la raccompagna jusqu'au campement. Le feu n'était plus que cendres mouillées. Il gratta la couche supérieure et mit sur la braise une brassée d'herbes qui avaient été protégées de la pluie par l'arbre. Une petite flamme monta, à la lueur de laquelle il vit la fillette blottie entre Kazz et Monat sous un tas d'herbe à l'abri de l'arbre à fer. Il retourna en hésitant vers Alice, qui s'était assise sous un autre arbre.

— Ne m'approche pas! dit-elle. Je ne veux plus te voir. Tu m'as souillée, déshonorée, après m'avoir donné ta parole de me protéger!

— Tu peux geler si ça te plaît. Je voulais seulement te proposer de dormir ensemble pour nous tenir mutuellement chaud. Si tu préfères l'inconfort, à ta guise. Je te répète que ce que nous avons fait a été provoqué par la drogue. Pas provoqué, d'ailleurs. Les drogues ne provoquent ni désirs ni actes. Elles leur permettent simplement de se concrétiser. Nos inhibitions naturelles ont été levées. Personne n'est à blâmer pour ce qui s'est passé. Par contre... je serais un menteur si je disais que je n'ai pas aimé ça, et toi une menteuse si tu prétendais la même chose. Alors, je ne vois pas où est le mal. Pourquoi retourner le couteau dans ta conscience?

— Parce que je ne suis pas une bête comme toi! Je suis une bonne chrétienne et une femme vertueuse.

— Je n'en doute pas, dit froidement Burton. Seulement, pardonne-moi d'insister encore sur ce point, mais je ne crois pas que tu aurais fait ce que tu as fait si, au fond de ton cœur, tu n'en avais pas eu envie. La drogue a levé tes inhibitions, mais elle ne t'a certainement pas mis dans la tête l'idée d'agir comme tu l'as fait. Elle s'y trouvait déjà. Tout ce que tu as fait après avoir absorbé la drogue vient de toi, de tes propres désirs.

– Je le sais ! hurla-t-elle d'une voix stridente. Tu me prends pour une idiote ? Une fille de salle ? J'ai un cerveau ! Je sais très bien ce que j'ai fait, et pourquoi ! Seulement, je n'aurais jamais imaginé que je pourrais être une telle... une telle... personne ! Mais j'ai dû l'être. Je dois l'être depuis toujours...

Burton s'efforça de la consoler, en lui expliquant que chacun possédait dans sa nature certains éléments jugés indésirables. Il lui fit remarquer que le dogme du péché originel était certainement en relation avec tout cela. Elle était humaine, par conséquent elle avait en elle de noirs désirs. Et ainsi de suite. Mais rien n'y fit. Plus il essayait de la consoler, plus elle se sentait coupable. Finalement, transi de froid, las d'une discussion qui ne menait à rien, il renonça. Il rampa entre Monat et Kazz et prit la petite fille contre lui. Le contact des trois corps nus et la chaleur du nid qu'ils s'étaient fait l'apaisèrent rapidement. Il s'endormit alors que les sanglots d'Alice lui parvenaient encore aux oreilles, étouffés par la couverture d'herbes et de feuilles.

9

Il se réveilla dans la lumière grise qui précède l'aube et que les Arabes appellent *la queue du loup*. Monat, Kazz et l'enfant dormaient encore. Il se gratta quelques instants aux endroits que l'herbe rugueuse avait irrités, puis quitta le nid en rampant. Le feu était éteint. Des gouttelettes d'eau luisaient aux feuilles d'arbres et au bout des brins d'herbe. Il frissonna de froid. Il ne ressentait aucune fatigue particulière. La drogue ne laissait pas de séquelles, comme il aurait pu le craindre. Il trouva un tas de bambous relativement secs à l'abri d'un arbre et entreprit de ranimer le feu. Quelques instants plus tard, une flamme réconfortante s'éleva. Il découvrit alors les seaux en bambou et but quelques gorgées d'eau. Alice était assise au milieu d'un tas d'herbe. Elle le regardait d'un air morose. Elle avait la chair de poule.

– Viens te réchauffer un peu, lui dit-il.

Elle quitta son tas d'herbe, marcha avec raideur jusqu'aux seaux de bambou, se baissa, puisa de l'eau dans ses mains et s'aspergea le visage. Puis elle alla s'accroupir, les mains tendues, devant le feu. C'est drôle, songea Burton, comme les plus pudiques oublient leur pudeur quand tout le monde est nu.

Quelques instants plus tard, il entendit un bruissement d'herbes dans la partie est du campement. La tête de Peter Frigate émergea, suivie d'une autre tête, féminine celle-là. Ils secouèrent les herbes qui les entouraient. La femme avait un très beau corps, quoique un peu mouillé. Ses yeux étaient grands, vert foncé, mais ses lèvres un peu trop épaisses. Les autres traits de son visage étaient exquis.

Frigate arborait un large sourire. Il tira sa compagne par la main en direction du feu.

– Tu ressembles à un chat qui vient d'attraper une souris, lui dit Burton. Mais que t'es-tu fait à la main ?

Frigate regarda les phalanges de sa main droite. Elles étaient enflées. Le dos de la main était égratigné.

– Je me suis battu, dit Frigate en montrant du pouce la femme accroupie près du feu à côté d'Alice. Le bord du fleuve était un véritable pandémonium, hier soir. Je pense que cette gomme doit contenir une espèce de drogue. Tu ne me croirais jamais si je te disais ce que faisaient les gens. Ou peut-être que si. Après tout, tu ne t'appelles pas Richard Francis Burton pour rien. Quoi qu'il en soit, toutes les femmes, même les plus moches, étaient occupées d'une manière ou d'une autre. J'ai eu d'abord un peu peur de tout ce qui se passait, et puis la folie s'est emparée de moi. J'ai frappé deux hommes avec mon graal. Je les ai assommés. Ils s'attaquaient à une petite fille de dix ans. Je les ai peut-être tués. Je l'espère. J'aurais voulu que la petite vienne avec moi, mais elle s'est enfuie dans l'obscurité.

» J'ai décidé alors de revenir ici. Je commençais à me sentir mal à l'aise à cause de ce que j'avais fait à ces deux hommes, même s'ils n'avaient eu que ce qu'ils méritaient. C'était la drogue qui était responsable. Elle a dû déchaîner une vie entière de fureur rentrée et de frustration. J'ai donc pris le chemin du retour quand je suis tombé sur deux autres hommes qui s'attaquaient, cette fois-ci, à une femme. C'est celle qui est ici. Je pense qu'elle ne résistait pas tant parce qu'ils voulaient l'avoir qu'en raison de la manière dont ils entendaient mener l'offensive, sur les deux fronts à la fois, si tu vois ce que je veux dire. Quoi qu'il en soit, elle ne se laissait pas faire. Elle hurlait, ou elle essayait, et elle se débattait. Ils avaient commencé à la frapper quand j'ai cogné sur eux à mon tour, d'abord avec les poings et ensuite sur la tête, avec le graal. Finalement, c'est moi qui l'ai eue. Elle s'appelle Loghu, à propos. C'est à peu près tout ce que je sais d'elle, puisque je ne comprends pas un seul mot de la langue qu'elle parle. Elle m'a suivi. Mais nous nous sommes perdus en route, ajouta-t-il avec un grand sourire.

Abruptement, son sourire le quitta et il frissonna :

– Quand nous nous sommes réveillés, la pluie, le tonnerre et les éclairs nous tombaient dessus comme la colère de Dieu. Ne ris pas, mais j'ai cru, à un moment, que c'était le jour du Jugement dernier, que Dieu nous avait lâché la bride pendant une journée afin de nous permettre de nous juger nous-mêmes et que maintenant nous allions tous finir au trou.

Il eut un rire nerveux et reprit :

– Je me flatte d'être agnostique depuis l'âge de quatorze ans. Je l'étais encore à ma mort, à quatre-vingt-dix ans, bien que j'aie eu la tentation, à un moment, de faire venir un prêtre. Mais le petit enfant avec sa sainte trouille du Père Tout-Puissant, des flammes de l'enfer et de la damnation, il est toujours là, même chez le vieillard, même chez le jeune homme ressuscité d'entre les morts.

– Que s'est-il donc passé? demanda Burton. Le monde a-t-il pris fin dans un éclair et un coup de tonnerre ? Tu es toujours là, à ce que je vois, et tu ne sembles pas avoir renoncé au plaisir de pêcher en compagnie de cette agréable créature.

– Nous avons trouvé une pierre à graal au pied de la montagne, à un peu plus d'un kilomètre à l'ouest du campement. Nous nous étions perdus. Nous étions trempés et transis de froid. Chaque éclair dans le ciel nous faisait sursauter. C'est alors que nous avons découvert le rocher. Il était plein de monde, mais nous avons été bien accueillis. Toute cette chaleur humaine nous a fait du bien, malgré l'humidité qui s'infiltrait dans l'herbe. Quand la pluie a cessé, nous nous sommes endormis. Le lendemain matin, Loghu n'était plus là. Je l'ai cherchée partout, jusqu'à ce que je la trouve endormie dans l'herbe un peu plus loin. Elle s'était perdue, je ne sais comment, pendant la nuit. Quoi qu'il en soit, elle paraissait contente de me retrouver et de mon côté je l'aime bien. Il y a une sorte d'affinité entre nous. Je saurai peut-être pourquoi quand elle aura appris à parler anglais. J'ai essayé toutes les autres langues que je connais : le français, l'allemand, des bribes de russe, lituanien, gaélique, toutes les langues scandinaves, finnois y compris, sans oublier le nahuatl classique, l'arabe, l'hébreu, l'iroquois onondaga, l'ojibway, l'italien, l'espagnol, le latin, le grec moderne et homérique ainsi qu'une bonne douzaine d'autres. Résultat : une série de regards sans expression.

– Tu dois être un sacré linguiste, fit Burton.

– Je ne parle couramment aucun de ces langages. Je les lis à peu près correctement, mais je ne sais dire que quelques phrases usuelles. Je ne suis pas comme toi, qui possèdes trente-neuf idiomes, y compris le pornographique.

Burton se dit que ce type-là semblait bien renseigné sur lui et qu'il faudrait approfondir cela plus tard.

– Je vais être franc avec toi, Peter, déclara-t-il. D'après ce que tu viens de me raconter, tu as fait montre d'une agressivité qui m'étonne. Je ne t'aurais jamais cru capable de t'attaquer à tous ces hommes et de les terrasser de cette façon. Toi qui semblais si délicat, si...

– Ce sont les effets de la gomme, naturellement. Elle a ouvert la porte de la cage.

Frigate s'accroupit à côté de Loghu et frotta son épaule contre la sienne. Elle avait les yeux légèrement bridés. Ce serait une très belle femme, quand ses cheveux repousseraient.

– Si je te donne l'impression de faire le délicat ou d'être timoré, reprit l'Américain, c'est qu'en réalité j'ai peur de moi-même, du désir de violence que je sens parfois affleurer malgré moi. Je crains la violence parce que je suis violent de nature. Je crains ce qui pourrait arriver si je n'étais pas timoré. Mais quoi ! Je sais cela depuis quarante ans, et crois-tu que ça m'ait servi à grand-chose ?

Il se tourna brusquement vers Alice.

– Bonjour !

Elle répondit sans trop bouder. Elle fit même un sourire à Loghu quand elle lui fut présentée. Elle ne refusait pas de regarder Burton. Elle lui répondait quand il lui posait une question directe. Mais à part cela, elle ne lui adressait pas la parole et son visage était de glace.

Monat, Kazz et la petite fille s'approchèrent du foyer en s'étirant et en bâillant. Burton alla faire un tour aux abords du campement pour constater que les Triestins avaient disparu. Certains avaient abandonné leur graal. Il pesta contre une pareille inconscience. Il était presque tenté de les laisser dans l'herbe, pour donner à ces gens une bonne leçon. Il finit par les ramasser pour les porter au rocher avec les autres.

Si leurs propriétaires ne revenaient pas les chercher, ils souffriraient de faim, à moins qu'une âme charitable n'accepte de partager avec eux. Pendant ce temps, la nourriture contenue dans leurs cylindres demeurerait intacte, puisque chaque graal ne pouvait être ouvert que par son propriétaire. Ils avaient découvert cela la veille. En expérimentant à l'aide d'un bâton, ils s'étaient également aperçus qu'il fallait obligatoirement toucher le graal avec une partie de son corps pour que le couvercle puisse être soulevé. Frigate avait une théorie là-dessus. D'après lui, les graals devaient être munis d'un mécanisme sensible à certaines propriétés électriques de la peau de chaque individu. Peut-être aussi contenaient-ils un puissant détecteur d'ondes cérébrales.

Le ciel s'était considérablement éclairci. Le soleil ne s'était pas encore montré au-dessus de la paroi montagneuse orientale. Environ une demi-heure plus tard, la flamme bleue maintenant familière s'éleva de la pierre à graal, accompagnée d'un roulement de tonnerre répercuté dans toute la vallée.

Les graals leur offrirent des œufs au bacon, du jambon, des toasts, du beurre, de la confiture, du lait, un quart de melon, dix cigarettes et un gobelet de paillettes brun foncé que Frigate baptisa « café instantané ». Il but le lait dans une tasse, la rinça avec l'eau des seaux de bambou et la mit à chauffer sur le feu. Quand l'eau fut bouillante, il y ajouta une petite poignée de paillettes et remua le tout. Le café était délicieux. Il y avait assez de paillettes pour faire six tasses. Alice essaya d'en mettre dans de l'eau froide. Ils constatèrent alors qu'ils n'avaient même pas besoin du feu. Trois secondes plus tard, le café était bouillant.

Après avoir mangé, ils firent la vaisselle et replacèrent les récipients à l'intérieur des graals. Burton attacha le sien à son poignet. Il avait l'intention de partir en exploration et il n'était pas question de le laisser derrière lui. Même s'il était le seul à pouvoir s'en servir, il avait trop peur que quelqu'un de malveillant ne le fasse disparaître pour le seul plaisir de le voir crever de faim.

Il commença à donner des leçons d'anglais à la petite fille et à Kazz. Frigate lui demanda de s'occuper aussi de Loghu. Il lui proposa cependant d'adopter une langue universelle de préférence à l'anglais, en raison du nombre incroyable d'idiomes et de dialectes – cinquante à soixante mille, peut-être – que l'humanité avait utilisés au cours de ses millions d'années d'existence et qu'elle utilisait maintenant simultanément dans cette vallée. A supposer, bien sûr, qu'elle eût été ressuscitée dans sa totalité. Après tout, ils n'en connaissaient que quelques kilomètres carrés. Mais ce serait une bonne idée, disait-il, de choisir l'espéranto, cette langue synthétique inventée par l'oculiste polonais Zamenhof en 1887. Elle était dotée d'une grammaire extrêmement simple, sans la moindre irrégularité, et d'un système phonétique qui, pour n'être pas aussi accessible à tous les palais qu'il eût été souhaitable, n'offrait pas moins une relative facilité d'emploi. En outre, le vocabulaire était d'origine latine, avec de nombreux apports de l'anglais, de l'allemand et des autres langages d'Europe occidentale.

– J'en avais déjà entendu parler avant ma mort, déclara Burton, mais je n'ai jamais eu d'exemple sous les yeux. L'espéranto nous servira peut-être. En attendant, je préfère enseigner l'anglais à ces trois-là.

– Mais presque tous les gens qui nous entourent s'expriment en italien ou en slovène ! s'écria Frigate.

– Tu as sans doute raison, bien que nous n'ayons aucune statistique pour l'instant. Mais crois-moi, je n'ai aucune intention de m'éterniser ici.

– Je m'en serais douté, grommela Frigate. Tu n'as jamais été capable de rester en place. Tu as toujours éprouvé le besoin de bouger.

Burton lui lança un regard fulminant, puis reporta son attention sur ses élèves. Pendant une quinzaine de minutes, il leur fit répéter et identifier dix-neuf noms et quelques verbes : feu, bambou, graal, homme, femme, fille, œil, main, pied, dent, manger, marcher, courir, parler, danger, je, tu, ils, nous... Il avait l'intention de profiter de l'occasion pour s'instruire aussi. En temps voulu, il saurait parler, quelles qu'elles fussent, les trois langues de ses élèves.

Le soleil s'éleva au-dessus des monts orientaux. L'atmosphère se réchauffa. Ils laissèrent mourir le feu. Le deuxième jour de leur résurrection commençait. Pourtant, ils ne savaient presque rien de ce monde, ni du sort qui leur était réservé, ni de Celui ou Ceux à qui était donné le pouvoir d'en décider.

Soudain, un visage au grand nez apparut au milieu des herbes hautes et Lev Ruach leur demanda :

– Puis-je me joindre à vous ?

Burton hocha affirmativement la tête et Frigate déclara :

– Bien sûr, pourquoi pas ?

Ruach émergea entièrement des herbes. Il était accompagné d'une femme de petite taille, au teint pâle, aux grands yeux bruns et aux traits délicats et charmants. Ruach la présenta sous le nom de Tanya Kauwitz. Il avait fait sa connaissance la nuit dernière et ils étaient restés ensemble car ils possédaient un grand nombre de points communs. De descendance judéo-slave, elle était née en 1958 dans le Bronx, à New York, avait exercé le métier de professeur d'anglais, s'était mariée à un homme d'affaires qui était devenu millionnaire avant de rendre l'âme alors qu'elle était âgée de quarante-cinq ans, ce qui lui avait permis d'épouser en secondes noces un homme merveilleux qu'elle aimait depuis quinze ans mais elle était morte six mois plus tard, emportée par un cancer. Ce fut Tanya, et non Lev, qui leur donna tous ces renseignements, et ce, en une seule phrase.

– C'était l'enfer sur toute la plaine, hier soir, déclara Lev. Tanya et moi, nous avons dû courir nous réfugier dans la forêt. C'est pour cette raison que j'ai décidé de venir vous trouver pour vous demander la permission de rester avec vous. Je vous présente mes excuses pour ce que j'ai dit impulsivement hier, Mr Burton. Je pense que mes observations étaient fondées, mais les écrits auxquels je faisais allusion doivent être, sans doute, considérés dans le contexte de votre attitude générale.

– Nous verrons cela une autre fois, grommela Burton. A l'époque où j'ai écrit ce livre, je venais de souffrir des racontars perfides et malveillants des usuriers de Damas, qui...

– J'en suis persuadé, Mr Burton. Nous en parlerons plus tard, comme vous dites. Je voulais simplement que vous sachiez que je vous considère comme quelqu'un de très capable et que je souhaiterais faire partie de votre groupe. Nous nous trouvons pour l'instant dans un état d'anarchie totale, si l'anarchie peut être appelée un état, et nous sommes nombreux à avoir besoin d'une protection efficace.

Burton détestait être interrompu. Il plissa le front en disant :

– Permettez-moi de m'expliquer quand même. Je...

Frigate se leva à ce moment-là en s'écriant :

– Voilà les autres. Je me demande où ils pouvaient bien être !

Sur les neuf qui étaient partis, quatre seulement revenaient. Maria Tucci leur expliqua qu'ils s'étaient éloignés ensemble après avoir mâché de la gomme et qu'ils s'étaient finalement retrouvés autour d'un des grands feux de joie qui émaillaient la plaine. Beaucoup de choses s'étaient alors passées. Il y avait eu des mêlées et des agressions. Homme contre femme, homme contre homme, femme contre homme, femme contre femme. Même les enfants s'étaient fait agresser. Le groupe s'était dispersé dans tout ce chaos. Elle n'avait retrouvé les trois autres que par hasard, à peine une heure avant, en parcourant les collines à la recherche de la pierre à graal.

Lev ajouta quelques détails. Les effets de la drogue, que presque tout le monde avait mâchée, avaient été, selon les réactions de chaque individu, tantôt tragiques, tantôt cocasses ou encore agréables. Sur beaucoup, la gomme avait exercé une influence aphrodisiaque. Mais c'était loin d'être le cas pour tout le monde.

Ainsi, une femme et son mari, décédés en 1899 à Opcina, faubourg de Trieste, avaient été ressuscités à quelques mètres l'un de l'autre. Ils avaient pleuré de joie en se voyant réunis alors que tant d'autres couples étaient séparés. Ils s'étaient jetés à genoux pour remercier le ciel de leur bonne fortune, tout en faisant remarquer à haute voix que ce monde-ci ne ressemblait guère à celui qui leur avait été promis. Ils avaient néanmoins connu cinquante ans de félicité conjugale, et espéraient bien demeurer ensemble pour le reste de l'éternité.

Mais quelques minutes à peine après avoir mâché la gomme, l'homme s'était jeté sur la femme pour l'étrangler avant de précipiter son cadavre dans le fleuve. Puis il avait saisi une autre femme par le bras et l'avait aussitôt entraînée dans l'ombre des fourrés.

Un homme s'était juché au sommet d'une pierre à graal pour se lancer dans un discours qui, malgré la pluie, avait duré toute la nuit. Aux quelques personnes qui l'entendaient et à celles, beaucoup plus rares, qui l'écoutaient, il avait expliqué les principes d'une société parfaite et les moyens de les mettre en œuvre. L'aube venue, il était presque aphone. Sur Terre, il s'était rarement donné la peine d'aller voter.

Un homme et une femme, scandalisés à la vue de toute cette fornication publique, avaient vaillamment essayé de séparer des couples. Résultat : ecchymoses, lèvres fendues, nez ensanglanté, double commotion, le tout pour eux deux.

Certains avaient passé toute la nuit à genoux pour prier et se confesser publiquement de leurs péchés.

Des enfants avaient été cruellement battus, violés ou assassinés. Quelquefois les trois à la fois. Mais tout le monde n'avait pas succombé à la folie destructrice. Un certain nombre d'adultes avaient fait leur possible pour les protéger.

Ruach leur décrivit le désespoir et l'écœurement d'un musulman croate et d'un juif autrichien quand ils avaient vu que leur graal contenait du porc. De même, un hindou s'était répandu en obscénités parce qu'il y avait de la viande dans le sien.

Un quatrième homme, hurlant qu'ils étaient aux mains des démons, avait jeté ses cigarettes dans le fleuve. Plusieurs témoins lui demandèrent :

– Pourquoi ne nous as-tu pas donné tes cigarettes, au lieu de les jeter ?

– Le tabac est une invention du diable. C'est la mauvaise herbe semée par Satan dans le jardin de l'Eden !

– Tu aurais pu au moins partager avec nous. Cela ne t'aurait fait aucun tort.

– Si je pouvais, je jetterais toute cette substance démoniaque au milieu du fleuve !

– Tu es un odieux bigot et un pauvre fou par-dessus le marché, lui dit quelqu'un qui s'avança pour lui lancer son poing en pleine figure.

Avant que l'homme anti-tabac ait pu se relever, quatre autres témoins furieux l'entourèrent et le rouèrent de coups.

Un peu plus tard, l'homme ainsi tabassé se releva en titubant et s'écria en pleurant de rage :

– Qu'ai-je fait pour mériter cela, ô mon Dieu ? J'ai toujours marché dans le droit chemin. J'ai donné sans compter à toutes les bonnes œuvres, je t'ai honoré dans ton temple trois fois par semaine, j'ai fait toute ma vie la guerre au vice et à la corruption, j'ai...

– Je te reconnais ! hurla une femme à ce moment-là. (Elle était grande, aux yeux bleus, et possédait un visage attrayant et un corps bien moulé.) Je te reconnais, sir Robert Smithson !

L'homme s'était interrompu et la regardait stupidement :

– Je ne vous connais pas, moi...

– Je sais ! Mais, c'est bien regrettable, car je faisais partie des milliers de filles que tu faisais trimer seize heures par jour, six jours et demi par semaine, afin de vivre dans ta belle maison sur la colline, de porter de beaux habits et de nourrir tes chevaux et tes chiens comme jamais je n'ai pu me nourrir de ma vie. J'étais ouvrière dans ton usine ! Mon père a trimé pour toi, ma mère a trimé pour toi, mes frères et mes sœurs, ceux qui n'étaient pas trop faibles et ont résisté à la malnutrition, à la vermine, au froid et aux morsures de rats, ont trimé pour toi comme des esclaves. Mon père a laissé une main dans une de tes machines. Tu l'as mis à la porte sans lui donner un penny. Ma mère est morte pulmonaire. Je crachais le sang moi aussi, mon joli baronnet, pendant que tu te remplissais la panse de foie gras et te vautrais dans tes salons et t'endormais sur ton banc d'église capitonné. Pendant que tu prodiguais ton fric pour nourrir les pauvres Asiatiques et évangéliser à coups de missionnaires les pauvres païens africains, moi je crachais mes poumons et je faisais le trottoir pour gratter un peu plus d'argent afin de nourrir mes petits frères et mes petites sœurs. J'ai attrapé la syphilis, affreux vampire au cul béni, parce que tu tenais à presser jusqu'à la dernière goutte de sang et de sueur que je pouvais te donner et que pouvaient te donner les pauvres diables que tu exploitais comme moi. Je suis morte en prison ! Tu ne faisais que répéter aux juges qu'il fallait réprimer sévèrement la prostitution. Tu es... tu es...

Smithson était devenu d'abord écarlate, puis blême. Finalement, il dressa fièrement la tête et répliqua :

– Les putains comme toi ont toujours su rejeter sur

quelqu'un d'autre la responsablité de leurs passions lubriques et de leur vie impure. Dieu m'est témoin que j'ai toujours suivi sa voie.

Il tourna les talons et commença à s'éloigner, mais elle le poursuivit en faisant tournoyer son graal. Quelqu'un poussa un cri. Smithson se retourna et se baissa juste à temps. Le graal avait failli l'assommer.

Smithson prit alors ses jambes à son cou et se perdit rapidement dans la foule avant qu'elle ait eu le temps de réagir. Malheureusement, conclut Ruach, bien peu de témoins avaient pu suivre ce qui se passait car la plupart ne comprenaient pas l'anglais.

– Sir Robert Smithson... fit Burton en hochant la tête. Si ma mémoire est bonne, il possédait des filatures et des aciéries à Manchester. Il était réputé pour ses actions philanthropiques et ses bonnes œuvres chez les païens. Il est mort aux environs de 1870, à l'âge de quatre-vingts ans.

– Convaincu, sans nul doute, qu'il serait amplement récompensé au paradis, ajouta Lev Ruach. Naturellement, il ne lui serait jamais venu à l'idée qu'il avait un grand nombre de morts sur la conscience.

– S'il n'avait pas exploité les pauvres, quelqu'un d'autre l'aurait fait à sa place.

– C'est une excuse qui a beaucoup été utilisée dans toute l'histoire des hommes. Heureusement qu'il y avait aussi dans votre pays des industriels qui s'efforçaient d'accorder à leurs ouvriers des salaires et des conditions de travail un peu plus décents. Robert Owen, entre autres.

10

– Je ne vois pas très bien, déclara Frigate, l'intérêt de discuter du passé alors qu'il y a tant de choses à faire pour améliorer notre situation présente.

– Bien dit, Yankee! fit Burton en se levant. Nous avons besoin d'outils, d'un toit au-dessus de nos têtes et de Dieu sait quoi encore. Mais d'abord, je pense que nous devrions aller jeter un coup d'œil aux communautés de la plaine, pour voir ce que les gens y font.

A ce moment-là, Alice émergea d'un bouquet d'arbres un peu plus haut qu'eux à flanc de colline. Frigate l'aperçut le premier. Il s'exclama en riant :

– Le dernier cri de la haute couture!

Avec ses ciseaux, elle avait coupé des herbes qu'elle avait tressées pour se confectionner un vêtement deux-pièces. Le haut était un poncho rudimentaire qui lui couvrait les seins et le bas une jupe qui lui descendait aux mollets.

L'effet produit était bizarre, mais elle aurait dû s'y attendre. Quand elle était nue, la calvitie ne retranchait relativement pas trop à sa beauté féminine. Mais avec ce mastoc et informe vêtement végétal, son visage était soudain devenu hommasse et laid.

Les autres femmes s'attroupèrent autour d'elle pour examiner la manière dont elle avait tressé le deux-pièces et la ceinture qui tenait la jupe.

– C'est très rêche et inconfortable, dit-elle, mais c'est au moins décent.

– Je constate que tu ne parlais pas sérieusement quand tu disais que tu préférais être nue quand tous les autres le sont, commenta Burton.

Elle le regarda froidement :

– J'espère que tout le monde suivra bientôt mon exemple. Tout au moins ceux qui ont encore le sens de la décence.

– Je savais bien que Mrs Grundy finirait par pointer ici son affreux museau, rétorqua Burton.

– J'ai eu une espèce de choc, au début, en me voyant parmi tous ces gens nus, dit Frigate. Pourtant, en 80, le nudisme sur les plages et dans les maisons était devenu chose courante. Quoi qu'il en soit, il n'a pas fallu longtemps pour que tout le monde s'y habitue ici. A part quelques névrosés incurables, j'imagine.

Burton pivota vivement sur ses talons et s'adressa aux autres femmes :

– Qu'en pensez-vous, mesdames? Allez-vous vous transformer vous aussi en horribles et inesthétiques fagots de paille sous prétexte qu'une personne du même sexe que vous a soudain décidé qu'elle possédait de nouveau des endroits intimes ? Des choses qui étaient étalées au grand jour peuvent-elles d'un seul coup redevenir secrètes ?

Loghu, Tanya et Alice n'avaient pu comprendre ce qu'il disait car il avait parlé en italien. Il le répéta en anglais au bénéfice des deux dernières.

Le visage d'Alice s'empourpra tandis qu'elle répondait :

– Ce que je porte ne regarde que moi. Si d'autres préfèrent rester nus pendant que je suis décemment couverte, eh bien... !

Loghu n'avait pas compris un seul mot, mais elle saisissait ce qui se passait. Elle détourna la tête en pouffant de rire. Les autres femmes étaient indécises. Chacune s'efforçait visiblement de deviner les intentions de ses voisines.

– En attendant de vous mettre d'accord, leur dit Burton, pourquoi ne pas descendre jusqu'au fleuve avec nous ? Nous pourrions nous baigner et remplir les seaux. Nous verrons quelle est la situation dans la plaine et ensuite nous reviendrons ici. Nous aurons peut-être le temps de construire des huttes, ou au moins des abris provisoires, avant que la nuit tombe.

Ils prirent le chemin du fleuve, traînant leurs seaux, leurs graals, leurs haches de silex et leurs lances en bambou. Bien avant d'arriver dans la plaine, ils rencontrèrent plusieurs groupes. Apparemment, beaucoup de gens avaient décidé de s'établir aussi dans les collines. Non seulement cela, mais ils avaient eux aussi trouvé du silex et s'étaient confectionné des outils et des armes. Ils avaient dû apprendre à tailler la pierre, peut-être avec des primitifs comme Kazz. Pourtant, jusqu'à présent, Burton n'avait remarqué que deux êtres n'appartenant pas à l'espèce *Homo sapiens*, et ils faisaient partie de son groupe. Quoi qu'il en soit, la technique avait été bien apprise et bien mise à profit. Ils passèrent devant deux huttes en bambou dont la construction était à moitié achevée. Elles étaient circulaires, avec une seule pièce à l'intérieur. Leur toiture, en préparation, consistait en une carcasse de forme conique recouverte d'herbes des collines et des feuilles triangulaires de l'arbre à fer. Un homme accroupi, muni d'une hache et d'une herminette de pierre, était en train de construire un lit court sur pied en bambou.

En bordure de la plaine, quelques groupes édifiaient, sans le moindre outil, des huttes rudimentaires ou de simples abat-vent de branchages. A part quelques personnes qui se baignaient dans le fleuve, le reste de la plaine était désert. Les victimes de la folie meurtrière de la nuit dernière avaient été jetées dans le fleuve. Personne d'autre qu'Alice n'avait encore eu l'idée de porter un pagne. Beaucoup la regardèrent passer avec stupéfaction. Certains sourirent ou firent des commentaires caustiques. Alice devenait écarlate, mais ne faisait aucun geste pour se débarrasser de ses vêtements encombrants, bien qu'il fît de plus en plus chaud au soleil. Elle ne cessait de se gratter sous sa jupe ou sous son corsage. Il fallait vraiment que ses nippes rugueuses la démangent pour qu'elle, pur produit de l'éducation que lui avait donnée la haute société victorienne, se résolût ainsi à se gratter devant tout le monde!

En arrivant au fleuve, cependant, ils trouvèrent, étalés sur la rive, des rectangles d'herbes tressées qui n'étaient autre chose que des pagnes provisoirement abandonnés par leurs propriétaires qui s'ébattaient gaiement dans l'eau.

Un tel spectacle offrait tout de même, songea Burton, un contraste étonnant, par rapport aux plages de son époque. Ces gens devaient être les mêmes que ceux qui, dans une autre existence, considéraient les cabines roulantes, les costumes de bain qui les couvraient des chevilles au cou et tous les autres accessoires de leur pudeur comme absolument moraux et indispensables à la perpétuation d'une société bien-pensante – la leur. Et pourtant, un jour à peine après avoir été ressuscités ici, ils allaient se baigner tout nus. Et ils n'avaient pas l'air de s'en porter plus mal.

Le choc de la résurrection pouvait expliquer en partie leur acceptation de cet état de nudité. D'un autre côté, le premier jour, ils n'auraient pas pu faire grand-chose pour y remédier. Mais il y avait eu aussi le brassage des races, des époques et des civilisations, qui n'avaient pas toutes la même réaction devant la nudité des gens.

Il interpella une femme qui était debout dans l'eau jusqu'à la taille. Elle avait un joli visage aux traits un peu durs et des yeux bleus pétillants de vivacité.

– Elle est bonne ?

– Délicieuse, répondit-elle en souriant.

Lev Ruach, qui se tenait à côté de lui, lui toucha le coude :

– C'est la fille dont je vous ai parlé, celle qui s'est attaquée à sir Robert Smithson. Si je me souviens bien, elle s'appelle Wilfreda Allport.

Burton la considéra avec curiosité, non sans admirer son buste splendide. Il se débarrassa de son graal, posa le seau qui contenait sa hache et son couteau de silex et entra dans l'eau muni de son morceau de savon vert. L'eau devait faire au moins vingt-sept degrés. Il commença à se savonner tout en bavardant avec Wilfreda. Elle avait un accent très fort, sans doute celui du Cumberland. Si elle était encore sous le coup de son altercation avec Smithson, cela ne se remarquait guère.

– J'ai entendu parler de la manière dont vous avez remis à sa place ce grand hypocrite de baronnet, lui dit-il. Vous devriez être heureuse, maintenant. Vous avez retrouvé jeunesse, santé et beauté. Vous n'êtes plus obligée de trimer comme avant pour gagner votre pain. De plus, vous pouvez donner par amour ce que vous étiez obligée de vendre pour de l'argent.

Inutile de prendre des gants pour caresser une fille d'usine dans le sens du poil. D'ailleurs, elle n'en avait pas.

Wilfreda lui jeta un regard d'une froideur digne d'Alice Hargreaves.

– Vous avez un sacré toupet, vous alors. Vous êtes anglais, hein ? Je n'arrive pas bien à situer votre accent; londonien, on dirait, avec une petite pointe d'accent étranger.

– Vous n'êtes pas tombée si loin, dit-il en riant. Je m'appelle Richard Burton, à propos. Ça vous plairait de faire partie de notre groupe ? Nous nous sommes unis pour pouvoir nous défendre. Cet après-midi, nous allons construire quelques maisons. Nous avons une pierre à graal rien que pour nous, dans les collines.

Wilfreda regarda le Tau Cetien et le Neandertalien.

– Ils appartiennent à votre bande, ceux-là? J'ai entendu parler d'eux. On dit que le monstre vient des étoiles. On dit qu'il vient de l'an 2000. C'est vrai, ça?

– Oui, c'est vrai. Mais il ne vous fera aucun mal. Ni lui, ni l'homme préhistorique. Alors, qu'en dites-vous?

– Je ne suis qu'une femme. Qu'ai-je à offrir?

– Tout ce que peut offrir une femme, lui dit Burton, sardonique.

Elle le déconcerta en éclatant de rire. Posant un doigt sur la poitrine de Burton, elle lui demanda :

– Qu'est-ce qui se passe? Vous qui êtes si malin, vous n'avez pas réussi à vous trouver une compagne?

– J'en avais une, mais je l'ai perdue, avoua-t-il en toute simplicité.

Il ne savait d'ailleurs pas si c'était entièrement vrai. Il n'était pas encore fixé sur les intentions d'Alice. Il n'arrivait pas à comprendre pour quelles raisons elle restait dans son groupe s'il l'horrifiait et la dégoûtait à ce point. Peut-être parce qu'elle préférait un mâle connu à des maux inconnus? Pour le présent, lui-même ne ressentait que de l'écœurement devant une attitude aussi stupide. Mais il ne voulait pas qu'elle s'en aille. Même si l'amour qu'il avait ressenti la nuit dernière avait été inspiré par la drogue, il en gardait des séquelles. Alors, pourquoi était-il en train de demander à cette femme de se joindre à eux? Pour rendre Alice jalouse? Pour avoir une fille sous la main, si Alice le repoussait cette nuit? Peut-être... ne le savait-il pas lui-même.

Alice était debout au bord du fleuve, les pieds presque dans l'eau. A cet endroit, la rive n'était qu'à quelques centimètres au-dessus du niveau de l'eau. L'herbe courte et drue de la plaine se prolongeait en un tapis épais qui recouvrait le lit du fleuve et que Burton sentit sous ses pieds tant qu'il put avancer. Quand il vit qu'il n'allait plus avoir pied, il lança son savon sur la rive et nagea vers le milieu du fleuve sur une douzaine de mètres. Puis il plongea. Le courant était soudain devenu beaucoup plus fort. Il descendit jusqu'à ce que ses tympans lui fassent mal et que la lumière manque. Il descendit encore, jusqu'à ce que ses doigts finissent par rencontrer le fond. Il était herbeux, également.

Quand il retourna à l'endroit où il avait laissé le groupe, il vit qu'Alice avait enlevé ses vêtements. Elle était accroupie dans l'eau jusqu'au cou, tout près du bord, et se savonnait le visage et la tête.

Frigate était assis sur la rive, les pieds dans l'eau. Il lui cria :

– Tu ne te baignes pas ?

– Je surveille les graals !

– Ah ! très bien !

Burton pesta intérieurement. Il aurait dû y penser le premier et désigner quelqu'un. Il était obligé d'admettre qu'il n'était pas un fameux chef. Il avait tendance à laisser les choses se dégrader, partir à vau-l'eau. Sur la Terre, il avait commandé un grand nombre d'expéditions; mais dans aucune il ne s'était distingué par son efficacité ni son sens de l'organisation. Il est vrai que, pendant la guerre de Crimée, quand il avait eu la charge, à la tête d'un bataillon d'irréguliers, d'entraîner les terribles bachi-bouzouks de la cavalerie turque, il n'avait pas fait du si mauvais travail. Il n'avait donc pas à se réprimander ainsi...

Lev Ruach sortit de l'eau et passa ses deux mains sur son corps osseux pour en faire partir les gouttes. Burton sortit aussi et alla s'asseoir à côté de lui. Alice lui tournait le dos. Il ne savait pas si elle l'avait fait exprès ou non.

– Ce n'est pas tant d'avoir retrouvé la jeunesse qui me ravit, lui dit Lev Ruach avec son accent prononcé, que d'avoir retrouvé cette jambe.

Il se frappa le genou gauche.

– Je l'ai perdue à l'âge de cinquante ans, sur l'autoroute du New Jersey, dans un accident de la circulation.

Il émit un rire bref et continua :

– Les circonstances étaient si ironiques que d'aucuns leur donneraient le nom de fatalité. Vous comprenez, j'avais été capturé, deux ans avant, par les Arabes. J'étais en train de chercher des minéraux dans le désert de l'Etat d'Israël...

– Vous voulez parler de la Palestine ?

– Les Juifs ont fondé un Etat indépendant en 1948, expliqua Lev. Vous n'avez pas pu en entendre parler, naturellement. Je vous raconterai tout cela en détail un de ces jours. Toujours est-il que je me suis fait capturer puis torturer par des guérilleros arabes. Je n'entrerai pas dans les détails. Cela me rend malade d'y repenser. Mais j'ai réussi à m'échapper un soir, non sans en avoir préalablement assommé deux avec une grosse pierre et descendu deux autres avec un fusil. Le reste s'est enfui. J'ai eu de la chance. J'ai été retrouvé par une patrouille israélienne. Tout cela pour vous dire que deux ans plus tard, alors que j'étais aux Etats-Unis, sur l'autoroute du New Jersey, un poids lourd, un énorme semi-remorque, je vous décrirai ça aussi plus tard, s'est mis devant moi en travers de la voie et je lui suis rentré dedans. J'ai été grièvement blessé. On a dû m'amputer au-dessus du genou droit. Mais l'ironie, c'est que le chauffeur du poids lourd était né en Syrie. Vous voyez, les Arabes voulaient m'avoir et finalement ils m'ont eu. Mais ils n'ont tout de même pas réussi à me tuer. Pour cela, le mérite revient à notre ami le Tau Cetien, bien qu'il n'ait fait rien d'autre, à mon avis, que précipiter un peu le destin de l'humanité.

– Que voulez-vous dire par là ? s'étonna Burton.

– Il y avait déjà des millions de morts chaque année, causées par la famine. Même les Etats-Unis se rationnaient sévèrement. La pollution de l'atmosphère, de l'eau et du sol, faisait également des millions de victimes. Les savants annonçaient que dans moins de dix ans, la moitié des ressources de la Terre en oxygène auraient disparu parce que le phytoplancton des océans, qui fournissait la moitié de l'oxygène du globe, vous comprenez, était en train de mourir. Les océans étaient pollués.

– Les océans ?

– Vous avez du mal à le croire, n'est-ce pas ? Vous êtes mort en 1890, c'est normal. Mais il y avait des gens qui prédisaient déjà en 1968 ce qui s'est passé quarante ans plus tard. Moi, je n'avais pas de mal à les croire. J'étais biochimiste, à l'époque . Mais la plus grande partie de la population, ceux qui comptaient, le grand public ou les politiciens, refusèrent d'y croire jusqu'à ce qu'il soit trop tard. De nouvelles lois étaient votées à mesure que la situation se dégradait, mais elles arrivaient toujours trop tard car elles se heurtaient aux intérêts en place. C'est une longue et triste histoire; mais si nous voulons construire des abris, nous ferions mieux de nous y mettre aussitôt après déjeuner.

Alice sortit de l'eau en essuyant de ses deux mains les gouttelettes qui ruisselaient sur son corps. Le soleil et la brise la séchèrent rapidement. Elle ramassa ses vêtements tressés, mais ne les remit pas. Wilfreda lui demanda pourquoi. Elle répondit qu'ils l'incommodaient trop, mais qu'elle avait l'intention de les porter la nuit s'il faisait froid. Alice était polie avec Wilfreda, mais il était visible qu'elle tenait à garder ses distances. Elle avait suivi la majeure partie de la conversation et n'ignorait donc pas que Wilfreda était une ouvrière qui avait fini par se prostituer et était morte de la syphilis. Du moins, c'était ce que Wilfreda croyait. En réalité, elle n'avait pas le souvenir de sa mort. Comme elle le disait elle-même avec un sourire insouciant, elle avait dû perdre la raison d'abord.

En entendant cela, Alice s'était écartée encore un peu plus d'elle. Burton s'était demandé sardoniquement quelle aurait été sa réaction si elle avait su que lui-même avait souffert de cette maladie, que lui avait transmise une esclave du Caire en 1853, alors qu'il se rendait à La Mecque déguisé en pèlerin musulman. Mais il avait été « guéri », et son cerveau n'avait pas été affecté, bien qu'il eût connu des souffrances mentales indicibles. De toute manière, la résurrection avait rendu à tous ceux qui étaient ici un corps neuf, jeune et totalement sain. Ce qu'une personne avait été au cours de son existence terrestre n'aurait pas dû, normalement, influencer l'attitude des autres à son égard.

Mais tout le monde ne réagit pas « normalement ».

Burton se disait qu'il ne pouvait pas vraiment en vouloir à Alice. Elle était le produit de sa société. Comme toutes les femmes, elle était ce que les hommes avaient fait d'elle. Elle avait eu assez de force de caractère et de souplesse d'esprit pour s'élever au-dessus des préjugés de sa classe et de son époque. Elle s'était relativement bien adaptée à son état de nudité. Elle n'avait pas ouvertement manifesté de mépris ni d'hostilité envers Wilfreda. Elle avait commis avec lui un acte qui allait à l'encontre de toute une vie d'endoctrinement, direct ou indirect. Et cela, la nuit même de son arrivée dans l'« au-delà », alors qu'elle aurait dû au contraire se précipiter à genoux pour entonner des hosannas parce qu'elle avait « péché » et pour promettre de ne plus jamais recommencer, à condition qu'on ne la fasse pas rôtir dans les flammes de l'enfer.

Tandis qu'ils traversaient la plaine en direction des collines, il ne cessait de penser à elle et de se retourner discrètement pour la regarder. Sa calvitie intégrale la vieillissait de plusieurs années, mais en compensation l'absence de pilosité entre les jambes lui donnait un air de petite fille impubère. D'ailleurs, ils étaient tous logés à la même enseigne contradictoire : vieillards au-dessus du cou, enfants au-dessous du nombril.

Il ralentit le pas jusqu'à ce qu'elle le rattrape. Il se trouva ainsi derrière Frigate et Loghu. La vue de cette dernière, même s'il n'obtenait pas le succès escompté en parlant à Alice, lui procurerait au moins une consolation appréciable. Loghu avait un postérieur magnifiquement modelé. Ses fesses avaient la rondeur d'un œuf. Elle se déhanchait aussi merveilleusement qu'Alice.

Il murmura à voix basse :

– Si ce que nous avons fait hier soir te déplaît tellement, pourquoi restes-tu avec moi ?

Un masque de laideur déforma le beau visage d'Alice.

– Je ne reste pas avec toi, je reste avec le groupe ! En outre, malgré ce que cela me coûte, j'ai repensé à ce qui s'est passé et je dois être honnête. C'est la drogue contenue dans cette horrible gomme qui nous a fait commettre... notre acte. Tout au moins, je sais qu'il en est ainsi en ce qui me concerne. Et je t'accorde le bénéfice du doute.

– Alors, il n'y a aucun espoir de répétition ?

– Certainement pas ! Comment peux-tu poser une telle question ? Comment oses-tu ?

– Je ne t'ai jamais forcée. Comme je te l'ai déjà fait remarquer, tu n'as accompli rien d'autre que ce que tu ferais encore si tu n'étais pas retenue par tes inhibitions. Ces inhibitions sont une bonne chose... dans un contexte donné, par exemple quand tu étais légitimement mariée à un homme que tu aimais dans l'Angleterre de ton époque. Mais cette société anglaise n'existe plus, pas plus que la Terre que nous avons connue. Si toute l'humanité ressuscitée a été éparpillée le long de ce fleuve, tu ne reverras peut-être jamais ton mari. Tu n'es plus mariée. Souviens-toi... *Jusqu'à ce que la mort nous sépare...* Tu es morte, par conséquent tu n'es plus mariée. En outre, *il n'y a pas de mariage aux cieux.*

– Vous êtes un vil blasphémateur, Mr Burton. J'ai lu des articles sur vous dans les journaux. J'ai lu certains de vos ouvrages sur l'Afrique et sur l'Inde, et sur les mormons aux Etats-Unis. J'ai entendu dire sur votre compte des choses que j'ai eu peine à croire tant elles faisaient ressortir la noirceur de votre âme. Reginald a été véritablement indigné le jour où il a lu votre *Kasida.* Il disait qu'il ne garderait pas chez lui cette littérature corrompue et athée et il a jeté tous vos livres au feu.

– Si je suis corrompu, et si tu es « déchue », pourquoi ne pars-tu pas ?

– Dois-je te répéter sans cesse les mêmes choses ? Si je change de groupe, je risque de tomber sur pire que toi. Au moins, comme tu as eu la délicatesse de me le faire remarquer, tu ne m'as jamais forcée. Et je suis convaincue qu'il doit se dissimuler un cœur quelque part derrière tes airs cyniques et moqueurs. Je t'ai vu pleurer pendant que tu portais Gwenafra et qu'elle sanglotait.

– Me voilà percé à nu, dit-il avec un sourire sardonique. C'est bien. Il en sera fait selon ta volonté. Je me montrerai chevaleresque. Je ne tenterai de te séduire ni de te forcer d'aucune manière. Seulement, la prochaine fois que tu me verras mâcher de la gomme, tu feras bien de courir te cacher. Mais je te donne ma parole : tu n'as rien à craindre de moi tant que je ne suis pas sous l'empire de la drogue.

Les yeux d'Alice s'agrandirent et elle s'arrêta de marcher :

– Parce que tu as l'intention de t'en servir encore ?

– Pourquoi pas ? Il semble qu'elle ait transformé certains individus en bêtes malfaisantes, mais elle n'a pas eu un tel effet sur moi. Je ne ressens aucun besoin d'en prendre, par conséquent je doute qu'elle crée une accoutumance quelconque. Il m'arrivait de temps à autre de fumer une pipe d'opium, tu sais ? Je n'ai pourtant jamais été un drogué. Je ne crois pas avoir de prédisposition pour ça.

– Par contre, j'ai cru comprendre, Mr Burton, que vous aviez souvent le nez plongé dans votre coupe, vous et cet être répugnant, ce Mr Swinburne...

Elle s'interrompit. Un homme venait de l'interpeller en italien. Bien qu'elle ne connût pas cette langue, elle n'avait pas eu de mal à comprendre le geste obscène qui accompagnait les paroles. Elle rougit de tout son corps et accéléra le pas. Burton jeta à l'homme un regard furieux. Il avait les épaules carrées, le teint foncé, le nez épais et le menton fuyant. Ses yeux étaient petits et rapprochés. Son accent était celui des bas-fonds de Bologne, où Burton avait passé pas mal de temps à étudier les reliques et les tombeaux étrusques. Dix hommes, à la mine aussi patibulaire que leur chef, et cinq femmes marchaient derrière lui. Il était évident que les hommes voulaient ajouter quelques femmes à leur groupe. Il était évident aussi qu'ils convoitaient les haches et les couteaux de pierre que possédait le groupe de Burton. Ils n'étaient armés que de leurs graals et de rudimentaires épieux de bambou.

11

Burton donna des ordres brefs et la colonne se resserra. Kazz avait compris d'instinct ce qui se passait. Il ralentit pour former l'arrière-garde avec Burton. Son aspect inquiétant ainsi que la hache que balançait sa main puissante parurent faire hésiter les Bolonais. Ils suivirent le groupe de loin en lançant des insultes et des menaces. Ce n'est que lorsqu'ils atteignirent les collines que leur chef hurla un ordre. Ils attaquèrent.

Le chef courut droit sur Burton en poussant de grands cris et en faisant tournoyer le graal au bout de sa courroie. Burton, évaluant le mouvement du cylindre, lança son javelot de bambou au moment précis où le graal commençait à partir en arrière. La pointe de silex se planta dans le plexus solaire du Bolonais. Il s'écroula sur le côté, le javelot fiché dans la poitrine. Kazz para un coup de graal avec un épieu, qui lui fut arraché des mains. Il bondit alors à pieds joints et abattit sa hache sur le crâne de son assaillant, qui tomba la tête en sang.

Lev Ruach projeta son graal dans la poitrine d'un attaquant qui tomba en arrière. Profitant de son avantage, Lev se jeta sur lui et lui décocha un coup de talon dans la tête pour l'empêcher de se relever. Puis il lui planta son couteau de silex dans l'épaule. L'homme se dégagea en hurlant et s'enfuit de toute la vitesse de ses jambes.

Frigate se comporta mieux que ne l'avait redouté Burton en le voyant pâlir et se mettre à trembler quand les autres les avaient insultés. Il avait attaché son graal à son poignet gauche et tenait sa hache de pierre à la main droite. Il chargea vaillamment, reçut à l'épaule un coup de graal qu'il réussit à amortir en partie avec le sien et tomba sur le côté. Son adversaire leva à deux mains son épieu de bambou pour l'achever, mais Frigate fit un tour sur lui-même, leva son graal et dévia le coup. Puis il se releva et chargea tête baissée son adversaire, qu'il déséquilibra. Il se retrouva à califourchon sur lui et abattit deux fois sa hache sur sa tempe.

Alice avait jeté son graal au visage d'un homme et s'était ensuite acharnée sur lui avec la pointe durcie au feu d'une lance en bambou. Loghu était survenue par-derrière et lui avait assené sur la tête un tel coup de bâton qu'il en était tombé à genoux.

Le combat fut terminé en moins de soixante secondes. Les Bolonais survivants prirent la fuite en entraînant leurs femmes. Burton retourna du pied leur chef encore vivant, qui se mit à hurler, et arracha d'un coup sec le javelot planté dans sa poitrine. La pointe ne s'était enfoncée que de deux centimètres.

L'homme se remit debout, tenant à deux mains sa blessure sanglante, et s'éloigna en titubant vers la plaine. Deux membres de sa bande, assommés, avaient des chances de survivre. Celui qui avait attaqué Frigate était mort.

L'Américain, de pâle, était devenu cramoisi, puis de nouveau blême. Il ne paraissait cependant ni écœuré ni contrit. Si son visage exprimait quelque chose, c'était plutôt de la jubilation. Et aussi un grand soulagement.

– C'est le premier homme que j'aie jamais tué, le premier ! s'exclama-t-il.

– Je doute que ce soit le dernier, lui dit Burton. A moins que tu ne sois tué toi-même.

– Les morts ont exactement le même aspect ici que sur la Terre, commenta Ruach. Je serais curieux de savoir ce qu'il advient d'eux après ce second trépas.

– Si nous vivons assez longtemps, nous le découvrirons peut-être, dit Burton. En tout cas, Alice et Loghu ont été formidables.

– Je n'avais pas le choix, dit Alice.

Elle s'éloigna aussi dignement que possible. Mais elle était pâle et tremblante. Loghu, par contre, paraissait tout excitée.

Ils arrivèrent à la pierre à graal un peu avant midi. Mais les choses avaient changé. Leur petit coin tranquille était occupé par une soixantaine de personnes, dont plusieurs travaillaient des rognons de silex. Un homme avait eu l'œil ensanglanté par un éclat de pierre qui lui avait perforé la cornée. Beaucoup d'autres s'étaient blessés aux mains ou au visage.

Burton était très ennuyé, mais il ne pouvait rien y faire. Son seul espoir de récupérer le campement était que le manque d'eau finirait par dissuader les intrus de rester. Mais cet espoir fut vite déçu. Une femme leur expliqua qu'il y avait une chute d'eau à deux kilomètres cinq cents environ à l'ouest du campement. Elle se jetait du haut de la montagne vers l'extrémité en V d'un défilé pour aboutir ensuite dans un grand trou qui n'était pour l'instant qu'à moitié rempli. Mais il finirait bien par déborder pour former un cours d'eau qui trouverait son chemin dans les collines jusqu'à la plaine. A moins, bien sûr, que quelqu'un n'utilise les pierres de la montagne pour le détourner.

– Ou que nous ne fabriquions des canalisations en bambou, ajouta Frigate.

Ils placèrent leurs graals dans les trous du rocher et s'assirent pour les surveiller. Burton avait l'intention de partir dès qu'ils seraient remplis. Un emplacement à mi-chemin de la pierre à graal et de la chute d'eau serait avantageux, et sans doute moins encombré.

La flamme bleue surgit juste au moment où le soleil entrait au zénith. Cette fois-ci, les graals leur fournirent un *antipasto* de salade et de charcuterie, des tartines de pain italien avec du beurre à l'ail, des spaghetti avec des boulettes de viande, un verre de vin rouge, du raisin, des paillettes de café soluble, des cigarettes, un joint de marijuana, un cigare, du papier hygiénique, une savonnette et quatre chocolats fourrés. Certains se plaignirent de ne pas aimer la nourriture italienne, mais personne ne refusa de manger.

Tout en fumant un cigare ou une cigarette, ceux du groupe longèrent le pied de la montagne jusqu'à la chute d'eau. A la pointe du défilé en forme de triangle, là où se trouvait le bassin, plusieurs hommes et femmes avaient établi un campement. L'eau était glacée. Après avoir nettoyé les graals et rempli les seaux, Burton et les siens retournèrent dans la direction de la pierre à graal. Après avoir parcouru un kilomètre, ils jetèrent leur dévolu sur une colline couverte de grands pins, à l'exception du sommet où s'élevait un arbre à fer. Il y avait aussi du bambou à profusion. Sous la direction de Kazz et de Frigate, qui avait vécu plusieurs années en Malaisie, ils commencèrent à construire des huttes en bambou. Elles étaient circulaires, munies d'une seule porte et d'une seule fenêtre orientées en sens opposé. La toiture était conique et recouverte de feuilles d'arbre à fer. Ils travaillèrent rapidement, sans chercher à innover. Quand il fut l'heure d'aller dîner, il ne manquait plus que les toitures à finir. Frigate et Monat furent désignés pour rester tandis que les autres allaient remplir les graals. Arrivés au rocher, ils trouvèrent au moins trois cents personnes en train de construire des huttes et des abris rudimentaires. Burton avait prévu que la plupart des gens refuseraient de faire un kilomètre à pied trois fois par jour pour aller se nourrir. Ils préféraient s'agglutiner autour des pierres à graal. Leurs huttes étaient placées n'importe comment, et beaucoup plus serrées les unes par rapport aux autres qu'il n'était vraiment nécessaire. Mais il y avait toujours le problème de l'approvisionnement en eau. Comme Burton s'étonnait de voir tant de monde ici, une jolie Slovène lui expliqua que quelqu'un avait découvert une source dans les environs immédiats de la pierre à graal. Burton alla voir où elle se trouvait. Effectivement, un filet d'eau coulait d'un trou situé à mi-hauteur d'un grand rocher lisse pour former à son pied un bassin de quinze mètres de long sur deux mètres cinquante de profondeur. Burton avait déjà vu le rocher, mais il n'avait pas remarqué de bassin à cet endroit.

Il se demanda s'il ne s'agissait pas d'un apport de dernière minute de la part de « ceux » qui avaient créé ce monde.

Il fut de retour parmi les autres juste au moment où la flamme bleue s'élevait.

Kazz s'accroupit soudain pour se soulager. Il ne s'était même pas donné la peine de se tourner. Loghu se mit à glousser. Tanya rougit. Les Italiennes avaient l'habitude de voir leurs hommes s'appuyer contre un mur chaque fois que l'envie les prenait. Wilfreda ne s'étonnait de rien. Alice, contre toute attente, l'ignora exactement comme s'il était un chien. A vrai dire, c'était sans doute l'explication réelle de son attitude. Pour elle, Kazz n'était pas un être humain et ne pouvait donc pas se comporter en tant que tel.

Burton se disait que, pour cette fois-ci seulement, il n'y avait pas lieu de réprimander le Neandertalien, d'autant moins qu'il n'aurait pas su de quelle manière s'adresser à lui. Mais la prochaine fois que Kazz entreprendrait une telle chose devant eux, surtout quand ils étaient en train de manger tranquillement, il faudrait lui faire comprendre par signes que cela ne se faisait pas. Tout le monde devrait apprendre à respecter au moins certaines limites. Par exemple, ne pas se battre en mangeant. Mais pour être juste, Burton devait reconnaître qu'il avait lui-même, dans sa vie antérieure, participé à plus d'une bagarre à l'occasion d'un repas.

Il tapota le sommet du crâne en pain de sucre de l'homme préhistorique quand celui-ci passa devant lui.

Kazz le regarda. Burton secoua la tête. Il essaya de prendre un air désapprobateur, en se disant que Kazz comprendrait peut-être, mais quelque chose lui fit oublier son intention première et il porta vivement la main au sommet de son propre crâne. Mais oui! Il sentait un léger duvet!

Il se toucha les joues, qu'il trouva plus lisses que jamais. Mais il avait aussi du duvet aux aisselles. La région pubienne était par contre restée glabre. Cela voulait peut-être simplement dire que la repousse se ferait plus lentement. Il alerta les autres. Tout le monde se mit à s'inspecter et à inspecter ses voisins. C'était vrai. Les cheveux repoussaient, ainsi que les poils aux aisselles. Kazz était la seule exception. Il avait des poils qui poussaient partout sauf au visage.

Cette découverte les rendit joyeux. Ils se mirent à rire et à plaisanter tout en marchant en file indienne à l'ombre de la montagne. Puis ils obliquèrent en direction de l'est et franchirent les hautes herbes de quatre collines avant d'arriver sur le versant de celle qu'ils considéraient maintenant comme la leur. Mais à mi-chemin de leur campement, ils se figèrent, silencieux. Monat et Frigate n'avaient pas répondu à leur appel.

Après avoir donné l'ordre de ralentir et de se déployer, Burton atteignit le premier le haut de la colline. Il n'y avait personne au campement. Plusieurs huttes avaient été renversées ou endommagées. Burton sentit un frisson parcourir son corps, comme si un vent glacé s'était mis à souffler. Tout cela ne présageait rien de bon.

Une minute plus tard, ils entendirent crier et virent émerger, parmi les hautes herbes, les crânes de Monat et de Frigate. Le premier avait l'air grave, mais l'Américain souriait, bien qu'il eût une joue tuméfiée et les phalanges des deux mains meurtries.

– Nous avons mis en fuite quatre hommes et trois femmes qui voulaient s'approprier nos huttes, raconta-t-il en haletant. Je leur ai expliqué qu'ils auraient mieux fait d'en construire d'autres, car vous alliez revenir d'un moment à l'autre et les faire décamper par la force. Ils me comprenaient parfaitement puisqu'ils parlaient anglais eux-mêmes. Ils ont été ressuscités près de la pierre à graal qui se trouve à deux kilomètres au nord de la nôtre, au bord du fleuve. La plupart des gens de là-bas sont des Triestins de ton époque, Richard, mais parmi eux il y avait une dizaine de personnes qui sont mortes à Chicago aux environs de 1985. La répartition des morts est bizarrement faite, tu ne trouves pas ? Comme si elle obéissait à une volonté de brassage aléatoire.

» N'importe comment, je leur ai cité les paroles que Mark Twain attribuait au diable : *Vous, les Chicagoans, vous vous prenez pour ce qu'il y a de mieux ici, alors qu'en vérité vous êtes seulement ce qu'il y a de plus nombreux.* Ils n'ont pas tellement apprécié cela. Ils semblaient croire que j'allais faire copain-copain avec eux simplement parce que j'étais un Américain moi aussi. Une des femmes s'est même offerte à moi si j'acceptais de changer de camp et de les aider à s'approprier les huttes. Elle vivait déjà avec deux des hommes. J'ai répondu non. Ils ont dit qu'ils prendraient les huttes de toute façon, même s'ils devaient me tuer pour ça.

» Mais ils étaient courageux en paroles plus qu'en actes. Monat leur faisait peur rien qu'en les regardant. Nous avions également nos haches de pierre et nos javelots. Leur chef semblait avoir du mal à les convaincre de nous attaquer, quand soudain mon regard s'est figé sur l'un d'eux.

» Il était chauve, bien sûr, et j'avais un peu de mal à le reconnaître sans son épaisse crinière de cheveux bruns. De plus, il avait trente-cinq ans à l'époque où je l'avais connu, et de grosses lunettes en écaille. Cela faisait cinquante-quatre ans, à ma mort, que je ne l'avais pas revu. Je me suis rapproché de lui pour mieux examiner son visage. Il avait le même sourire de putois qu'autrefois. Je me suis exclamé : « Lem ? Lem Sharkko ? C'est bien toi, n'est-ce pas, Lem Sharkko ? »

» Ses yeux se sont écarquillés; son sourire s'est encore agrandi. Il a pris ma main dans les siennes, oui, ma main, après tout ce qu'il m'a fait, l'ordure, et il s'est écrié, comme si nous étions deux frères qui se retrouvaient après une longue séparation : « Mais c'est bien ça, mon Dieu ! C'est bien ce vieux Peter Frigate ! »

» J'étais presque heureux de le voir, moi aussi, sans doute pour les mêmes raisons que lui. Mais je me suis dit : « N'oublie pas que c'est l'éditeur véreux qui t'a escroqué quatre mille dollars et a tué dans l'œuf, pour plusieurs années, ta carrière d'écrivain. C'est l'immonde marchand de soupe qui t'a volé, ainsi que quatre autres écrivains au moins, avant de déclarer faillite et de disparaître. Plus tard, il a hérité d'un oncle et prouvé, en menant la belle vie, que le crime paye, après tout. Tu n'as jamais pu oublier ce type. Pas seulement à cause de ce qu'il t'a fait, à toi et aux autres, mais parce que tu n'as jamais pu, par la suite, avoir affaire à un éditeur douteux sans penser à lui. »

Burton lui sourit en disant :

– J'ai écrit un jour quelque part que ni les prêtres, ni les politiciens, ni les éditeurs, ne franchiraient jamais le seuil du paradis. Mais il faut croire que je m'étais trompé, si nous sommes au paradis.

– C'est vrai. Je n'ai jamais oublié ces mots. Pour en revenir à mon histoire, j'ai vite surmonté ma joie de revoir un visage connu. Je lui ai dit « Sharkko... »

– Avec un nom pareil, comment avais-tu pu lui faire confiance ? demanda Alice (1).

– Il prétendait que c'était un nom tchèque qui voulait dire « honorable ». Un mensonge, naturellement, comme tout le reste. Toujours est-il que j'avais presque décidé qu'il valait mieux nous retirer, Monat et moi, en attendant votre retour pour pouvoir les chasser en force. Mais quand j'ai reconnu Sharkko, je suis entré dans une telle rage que je lui ai dit : « Je suis bien content de revoir ta sale gueule après tout ce temps. Surtout dans un endroit où il n'y a ni flics ni tribunaux ! »

» Et je lui ai lancé mon poing dans la figure... Il est tombé à la renverse. Le sang giclait de son nez. Les autres nous ont attaqués. J'en ai mis un hors de combat, mais j'ai reçu un coup de graal en travers de la joue qui m'a laissé groggy. Monat en a assommé un avec la hampe de sa lance, puis il a fait craquer les côtes du quatrième. Il n'est pas gros, mais rapide

(1) *Shark* signifie « requin » en anglais. (N.d.T.)

comme tout; et les techniques défensives – comme offensives, d'ailleurs – ne semblent pas avoir de secret pour lui ! Sharkko s'est relevé alors et je l'ai reçu d'un direct du gauche, mais mon poing n'a fait qu'effleurer sa joue. J'ai dû me faire plus mal que lui. Il s'est tout de même enfui et j'ai couru à sa poursuite. Les autres ont pris la fuite aussi tandis que Monat les pourchassait en brandissant sa lance. J'ai suivi Sharkko jusqu'à la colline voisine. Je l'ai rattrapé quand il dévalait le versant opposé. Quelle correction il a reçue ! Il essayait de s'enfuir à quatre pattes en implorant ma pitié, que je lui ai accordée sous la forme d'un bon coup de pied au derrière qui l'a envoyé rouler jusqu'au bas de la pente !

Frigate était encore tremblant d'émotion, mais paraissait ravi.

– J'avais peur, au début, de faire figure de lâche dans ce monde-ci, poursuivit-il. Je me disais qu'après tout nous étions peut-être là pour pardonner à nos ennemis – et à certains de nos amis – et pour nous faire pardonner nos offenses. Mais d'un autre côté, est-ce que ce n'était pas également l'occasion de rendre une petite partie de tout ce que nous avions dû subir sur la Terre ? Qu'en penses-tu, toi, Lev ? Que dirais-tu si l'occasion t'était donnée de faire rôtir Hitler à petit feu ? A tout petit feu ?

– Je ne crois pas qu'on puisse établir une comparaison entre Hitler et un éditeur malhonnête, répondit Ruach. Non, je n'aurais aucune envie de le faire rôtir. Je serais peut-être tenté de le faire crever de faim, ou de le nourrir juste assez pour qu'il ne crève pas, mais je ne crois pas que j'agirais ainsi. A quoi bon ? Est-ce que ça le ferait changer d'avis en quoi que ce soit ? Est-ce que ça le convaincrait que les juifs sont des êtres humains comme les autres ? Non; si Hitler était en mon pouvoir, je me contenterais de le tuer pour qu'il ne nuise plus à personne. Seulement, je ne crois pas qu'il suffirait de le tuer pour qu'il soit mort. Pas ici, en tout cas.

– Voilà des pensées dignes d'un bon chrétien, ricana Frigate.

– Je croyais que tu étais mon ami ! s'indigna Ruach.

12

C'était la deuxième fois que Burton entendait prononcer le nom de Hitler et il était bien décidé à obtenir d'autres renseignements sur lui. Mais pour le moment, ils avaient assez bavardé. Il fallait réparer les huttes et poser les toitures. Ils se mirent tous à l'ouvrage. Ils coupèrent des herbes et grimpèrent à l'arbre à fer pour en détacher les longues feuilles triangulaires veinées de rouge. Leur technique laissait à désirer. Burton se promit de découvrir un spécialiste qui leur enseignerait l'art de faire tenir une toiture. Pour dormir, ils se contenteraient, pour le moment, de litières de feuilles et d'herbes séchées. Elles leur serviraient à la fois de matelas et de couvertures.

– Grâce à Dieu, ou à je ne sais qui, il n'y a pas d'insectes ici, dit Burton.

Il leva le gobelet de métal gris qui contenait encore deux doigts du meilleur scotch qu'il eût jamais goûté.

– A la santé de je ne sais qui. S'il nous avait ressuscités pour nous déposer sur une réplique exacte de la Terre, nous serions condamnés à partager notre lit avec dix mille espèces de vermines grouillantes, rampantes, volantes, griffues, crochues, dévoreuses et suceuses de sang.

Ils burent, puis allèrent s'asseoir autour du feu pour fumer et bavarder un peu. Le crépuscule était tombé. Le ciel s'était obscurci. Les étoiles géantes et les nébuleuses laiteuses, fantômes tout juste entrevus avant la tombée du soir, fleurirent de toutes parts. Le ciel s'était transformé en un glorieux embrasement.

– On dirait une illustration de Sime, fit remarquer Frigate.

Burton n'avait pas la moindre idée de ce que pouvait être une illustration de Sime. La moitié de la conversation, avec les gens qui n'étaient pas du XIXe siècle, consistait à expliquer ou à se faire expliquer les références utilisées de part et d'autre.

Il se leva et alla s'asseoir près d'Alice, de l'autre côté du feu. Elle venait de revenir après avoir mis Gwenafra au lit dans une des huttes. Burton lui tendit un morceau de gomme en disant :

– Je viens d'en prendre la moitié. Veux-tu le reste ?

Elle lui jeta un regard sans expression en répondant :

– Non, merci.

– Nous avons construit huit huttes. La répartition par couples ne fait aucun doute à l'exception de Wilfreda, toi et moi.

– Je ne pense pas qu'il puisse y avoir un doute.

– Ainsi, tu préfères dormir avec Gwenafra ?

Elle refusait de le regarder. Il resta encore quelques secondes accroupi à côté d'elle, puis retourna s'asseoir de l'autre côté du feu, près de Wilfreda.

– Passez votre chemin, sir Richard, lui dit-elle en plissant dédaigneusement la lèvre. Dieu m'est témoin que j'ai horreur de servir de second choix. Vous auriez pu être un peu plus discret avec elle. J'ai ma petite fierté, moi aussi.

Il demeura quelques instants silencieux. Sa première impulsion avait été de lui clouer le bec à l'aide d'une insulte bien sentie. Mais il reconnaissait qu'elle avait raison. Il avait été beaucoup trop méprisant envers elle. Même si elle avait fait le métier de putain, elle avait le droit d'être traitée comme un être humain. Surtout quand elle maintenait que c'était la faim qui l'avait acculée à la prostitution. Mais là, Burton était un peu sceptique. Trop de prostituées se croyaient obligées de trouver des excuses à leur entrée dans la profession. Trop d'entre elles avaient besoin de justifications morales. Pourtant, son comportement et son accès de rage envers Smithson semblaient indiquer que Wilfreda était sincère.

– Je ne voulais pas t'offenser, dit-il en se levant.

– Tu es amoureux d'elle ? demanda Wilfreda en le regardant curieusement.

– Je n'ai eu qu'une seule fois l'occasion de dire à une femme que je l'aimais.

– Ta femme ?

– Non; elle est morte avant que j'aie eu le temps de l'épouser.

– Et tu es resté marié combien de temps avec l'autre ?

– Vingt-neuf ans, bien que cela ne te regarde pas.

– Dieu du ciel ! Pendant vingt-neuf ans, tu n'as pas trouvé le moyen de lui dire une seule fois que tu l'aimais ?

– Ce n'était pas nécessaire, fit sèchement Burton en se levant pour s'éloigner.

Il élut domicile dans la hutte déjà occupée par Monat et Kazz. Ce dernier ronflait bruyamment. Monat, appuyé sur un coude, fumait un joint de marijuana. Il préférait cela aux cigarettes ordinaires, car le goût lui rappelait davantage le tabac de sa planète. Mais la marijuana faisait peu d'effet sur lui. Par contre, les cigarettes ou les cigares lui donnaient quelquefois des hallucinations passagères, mais très riches en couleurs.

Burton décida de garder pour une autre occasion le reste de sa gomme à rêver, comme il l'avait baptisée. Il alluma un joint, tout en sachant que la marijuana risquait d'assombrir sa fureur et son sentiment de frustration. Il posa à Monat des questions sur sa planète natale, Ghuurrkh. Le sujet le passionnait, mais la marijuana le trahit et il dériva dans une torpeur où la voix du Tau Cetien devenait de plus en plus faible et lointaine.

« ...vous cacher les yeux maintenant, les enfants ! » fit Gilchrist avec son rugueux accent écossais.

Richard regarda Edward à la dérobée. Edward sourit et mit sa main devant ses yeux, mais il devait sûrement regarder quand même entre ses doigts. Richard se cacha les yeux lui aussi, tout en restant sur la pointe des pieds. Son frère et lui étaient juchés sur des caisses, mais la foule qui se trouvait devant eux les forçait à tendre le cou pour bien voir.

La tête de la femme était maintenant en place dans la lunette. Ses longs cheveux bruns retombaient sur son visage. Il aurait voulu voir son expression tandis qu'elle regardait la corbeille qui l'attendait, ou plutôt qui attendait sa tête.

« Ne regardez pas maintenant, les enfants ! » répéta Gilchrist.

Il y eut un roulement de tambour, un cri bref, et le

couperet tomba tandis que s'élevait de la foule une clameur mêlée de lamentations. La tête roula. Le sang jaillit du cou béant à gros bouillons inépuisables. Toute la foule fut aspergée. Richard se trouvait à cinquante mètres de l'échafaud, mais il en reçut sur les mains, entre les doigts, sur les joues, dans les yeux. Il ne voyait plus rien, ses lèvres étaient poisseuses et salées. Il se mit à hurler...

– Réveille-toi, Dick ! lui dit Monat en le secouant par l'épaule. Réveille-toi ! Tu as dû faire un cauchemar !

Frissonnant et haletant, Burton se dressa. Il se toucha les mains et le visage. Ils étaient mouillés, mais de transpiration.

– J'ai rêvé, dit-il. J'avais tout juste six ans. Je vivais en France, dans la ville de Tours, avec mon frère Edward. Notre tuteur, John Gilchrist, nous avait emmenés voir l'exécution d'une femme accusée d'avoir empoisonné toute sa famille. C'était une *occasion,* disait-il.

» Tout le monde était excité. Gilchrist nous répétait de ne pas regarder quand le couperet de la guillotine tomberait, mais j'ai regardé. Je ne pouvais pas m'en empêcher. Je me rappelle avoir ressenti une légère nausée au creux de l'estomac, mais ce fut ma seule réaction devant ce spectacle lugubre. Tout s'était passé comme si je m'étais dissocié de moi-même. J'avais eu l'impression d'assister à la scène au travers d'une vitre épaisse, comme si elle était irréelle. Ou comme si j'étais moi-même irréel.

Monat alluma un nouveau joint. La lueur fut suffisante pour que Burton le vît en train de hocher la tête :

– Quelles mœurs barbares ! Cela ne vous suffisait pas de tuer vos criminels, il fallait aussi que vous leur coupiez la tête en public ! Et vous permettiez aux enfants d'assister à cela !

– Ils étaient un peu plus humains, en Angleterre, dit Burton. Les criminels étaient pendus.

– Mais les Français, au moins, ne cachaient pas au peuple le sang répandu. Je ne sais pas si la foule se rendait compte qu'elle avait du sang sur les mains. Elle le savait inconsciemment, cependant. La preuve, c'est que... combien ? soixante-trois ans après ?... tu fumes un peu de marijuana, et tu revis un incident dont tu étais persuadé qu'il ne t'avait jamais frappé. Mais cette fois-ci, tu as une réaction d'horreur. Tu hurles comme un enfant épouvanté. Tu fais ce que tu aurais dû faire sur le moment. Tout se passe comme si la marijuana avait libéré d'un seul coup des matériaux refoulés depuis tout ce temps.

– C'est possible, déclara Burton.

Il se tut pour mieux tendre l'oreille. Le tonnerre roulait au loin et il y avait des éclairs. Quelques instants plus tard, un bruit de trombe se rapprocha et les premières gouttes de pluie crépitèrent sur la toiture. Le même orage avait éclaté la nuit dernière, vers 3 heures du matin, comme en ce moment. Heureusement, le toit était bien fait et ne laissa passer aucune goutte d'eau. Par contre, la partie de la hutte adossée à flanc de colline laissa filtrer de l'eau. Mais ils ne furent pas incommodés grâce au matelas d'herbes et de feuilles qui les isolait du sol.

Burton bavarda avec Monat jusqu'au moment où la pluie cessa, environ une demi-heure plus tard. Monat s'endormit. Kazz ne s'était réveillé à aucun moment. Burton était incapable de trouver le sommeil. Jamais il ne s'était senti si seul. Il avait peur de retomber dans son cauchemar de tout à l'heure. Finalement, il sortit de la hutte et se dirigea vers celle où se trouvait Wilfreda. Il sentit l'odeur du tabac avant d'arriver sur le seuil. Le bout incandescent d'une cigarette était visible dans l'obscurité. Wilfreda était assise au milieu d'un tas d'herbes et de feuilles.

– Salut, dit-elle. J'espérais que tu viendrais...

– Le désir de possession est un instinct, déclara Burton.

– Je doute que ce soit un instinct chez l'homme, lui répondit Frigate. Quoique certains auteurs, dans les années 60 – je veux dire 1960, bien entendu –, aient tenté de démontrer que l'homme possédait un tel instinct, qu'ils appelaient « impératif territorial ».

– J'aime cette expression. Je trouve qu'elle sonne bien.

– Ça ne m'étonne pas qu'elle te séduise. Mais

Ardrey et les autres voulaient surtout prouver que l'instinct de revendiquer un certain territoire avait été légué à l'homme par un lointain ancêtre primate qui était aussi un tueur, et que le goût de tuer demeurait très fort dans son héritage. Ce qui pouvait expliquer chez l'homme les frontières, le nationalisme, le patriotisme, la guerre, le capitalisme, le crime et ainsi de suite. Toutefois, l'autre école, celle des influences tempéramentales, soutenait que toutes ces choses sont conditionnées par la culture, ou la continuité culturelle de sociétés vouées depuis des temps immémoriaux à des conflits tribaux, aux guerres, aux meurtres et ainsi de suite. Changeons la culture, et le primate tueur disparaît. Il disparaît pour la simple raison qu'il n'a jamais été là en réalité, comme le petit homme dans l'escalier. Le tueur, c'était la société, et la société engendrait des tueurs avec chaque nouvelle génération de bébés. Mais il y a eu des sociétés, primitives, il est vrai, qui n'ont pas produit de tueurs. Ces sociétés étaient la preuve que l'homme ne descend pas d'un primate tueur. Ou plutôt, il en descend peut-être, mais ne porte plus en lui des gènes de tueur, pas plus qu'il ne porte les gènes d'une épaisse arcade orbitaire, ni d'un épiderme velu, ni d'une capacité crânienne réduite à 650 cm^3.

– Tout cela m'intéresse beaucoup, fit Burton, et j'espère que nous pourrons approfondir ces théories plus tard. Pour le moment, je voudrais seulement te faire remarquer que presque tous les représentants ressuscités de l'humanité que nous voyons autour de nous sont issus de cultures qui ont pratiqué et encouragé la guerre, la violence, le crime, le viol et une large mesure de folie collective. C'est parmi ces gens-là que nous nous trouvons et c'est à eux que nous avons affaire. Il se peut qu'une nouvelle génération éclose ici un jour. Je ne sais pas. Il est trop tôt pour le dire, puisque nous ne sommes là que depuis une semaine. Mais que cela nous plaise ou non, nous vivons dans un monde peuplé de créatures qui se comportent, la plupart du temps, comme si elles étaient bel et bien des primates assoiffés de sang. En attendant, je crois que nous ferions mieux de nous occuper de notre maquette.

Ils étaient assis sur des tabourets de bambou, devant la hutte de Burton. Sur une petite table adossée à la hutte, il y avait un modèle réduit de bateau, en bois de pin et en bambou. C'était un catamaran dont la double coque était surmontée d'une plate-forme entourée d'une rambarde basse. Il avait un mât élevé, une voile aurique, un foc ballon et une superstructure à l'arrière de laquelle était fixée la roue de gouvernail. Burton et Frigate avaient fabriqué cette maquette à l'aide de leurs couteaux de pierre et des ciseaux fournis par leurs graals. Burton avait décidé d'appeler le bateau – quand il serait construit – le *Hadji.* Il avait, en effet, l'intention de lui faire accomplir un pèlerinage, mais pas à La Mecque. Le projet de Burton était de remonter le Fleuve (la majuscule était devenue de rigueur) jusqu'à ce que son cours ne soit plus navigable.

Les deux hommes avaient été amenés à parler d'« impératif territorial » en raison des obstacles qu'ils s'attendaient à rencontrer quand ils entreprendraient la construction du bateau. Les gens de la région s'étaient en effet plus ou moins installés partout. Ils avaient délimité leurs propriétés et construit des habitations de toutes sortes, allant de la simple cabane aux demeures les plus somptueuses, en pierre ou en bambou, qui comprenaient parfois un étage et quatre ou cinq pièces. La plupart se dressaient à proximité des pierres à graal, le long du Fleuve ou au pied de la montagne. D'après le recensement que Burton avait effectué deux jours avant, il devait y avoir une densité moyenne de cent personnes au kilomètre carré. Pour chaque kilomètre carré de plaine de part et d'autre du Fleuve, il y avait environ deux kilomètres carrés et demi de collines. Mais Burton estimait que moins d'un tiers de la superficie des collines était habitable. Par contre, la topographie était telle qu'un petit groupe pouvait s'y sentir plus en sécurité qu'au milieu de la plaine. En fait, dans les trois zones qu'il avait recensées, Burton avait trouvé la même répartition de peuplement, déterminée avant tout par la proximité des pierres à graal. Un tiers avait choisi celles du bord du

Fleuve et un autre tiers celles des collines. Le reste était disséminé un peu partout.

Malgré la densité de population, la plaine était presque déserte dans la journée. Ses habitants étaient dans les bois ou au bord du Fleuve, occupés à pêcher. Quelques-uns avaient eu l'idée de fabriquer une pirogue en évidant un tronc d'arbre, ou de construire un radeau de bambou. Ils voulaient sans doute pêcher au milieu du Fleuve, ou bien partir en exploration, comme Burton.

Les bouquets de bambous avaient vite été épuisés, mais tout indiquait qu'ils repousseraient très vite. Burton estimait qu'il ne fallait pas plus d'une dizaine de jours à une pousse pour atteindre quinze mètres de haut.

Le groupe avait travaillé dur et accumulé assez de bois et de bambou pour la construction du bateau. Cependant, pour tenir les voleurs à distance, ils avaient dû couper d'autres arbres afin de pouvoir dresser une solide palissade autour du campement. Ils l'avaient achevée le même jour que la maquette du catamaran. L'ennui, c'est qu'ils ne pouvaient songer à construire le bateau sur place. Il y aurait trop d'obstacles à contourner ou à franchir au moment de le mettre à l'eau.

– Mais si nous quittons ce campement pour aller établir un chantier ailleurs, nous nous heurterons à d'innombrables oppositions, avait dit Frigate. Il n'y a pas un centimètre carré de plaine qui ne soit revendiqué par quelqu'un. Déjà, pour arriver jusqu'à un endroit plat, il faut empiéter sur le territoire des gens. Jusqu'à présent, personne n'a essayé de faire respecter strictement ses droits de propriété, mais les choses peuvent changer d'un moment à l'autre. Et puis, même si tu établis le chantier en bordure de la plaine, dans l'idée de traîner par la suite le bateau jusqu'au Fleuve, il faudra organiser une surveillance de jour et de nuit si tu ne veux pas qu'il soit volé ou détruit par ces barbares.

Il songeait aux huttes saccagées en l'absence de leurs propriétaires, aux points d'eau inutilement souillés ou aux habitudes antihygiéniques d'une partie de la population locale qui refusait de se servir des latrines édifiées par quelques-uns pour le mieux-être de tous.

– Nous construirons de nouvelles maisons et un chantier aussi près de la plaine que nous pourrons nous en approcher, fit Burton. Ensuite, nous abattrons les arbres qui nous gênent et nous attaquerons quiconque nous refusera le droit de passage.

Ce fut Alice qui alla trouver un groupe de personnes qui occupaient trois huttes en bordure de la plaine. Ils n'aimaient pas cet emplacement trop exposé, et elle n'eut aucun mal à les persuader de faire l'échange. Elle n'avait parlé à personne de cette démarche. Dès que l'accord fut officiellement conclu, les trois couples emménagèrent dans le campement de Burton. C'était un mardi, le douzième jour après la Résurrection. Par convention, il était établi que le Jour de la Résurrection était un dimanche. Ruach disait qu'il aurait préféré qu'on l'appelle samedi, ou même simplement le « premier jour ». Mais la majorité étant non juive, elle en avait décidé autrement, et il ne pouvait que suivre le mouvement. Il avait planté un bambou devant sa hutte et chaque matin, en se levant, il faisait une encoche sur ce calendrier improvisé pour tenir le compte des jours.

Il fallut quatre journées de labeur pour transporter tout le bois sur le nouveau chantier. Entre-temps, les couples italiens avaient décidé qu'ils en avaient assez de « s'user les mains jusqu'à l'os » pour construire un bateau qui les conduirait dans un endroit probablement semblable à celui où ils se trouvaient déjà. Après tout, il était évident qu'ils avaient été ressuscités pour pouvoir se payer un peu de bon temps. Sinon, à quoi servaient l'alcool, les cigarettes, la marijuana, la gomme à rêver et la nudité?

Le groupe se sépara sans rancune de part et d'autre. Il y eut même une petite fête en l'honneur de leur départ. Le lendemain, qui était le vingtième jour de l'an I après la Résurrection, deux événements se produisirent, dont le premier résolut une énigme et le second en créa une autre, quoique de mineure importance.

Le groupe avait traversé la plaine à l'aube pour se rendre à la pierre à graal. Là, ils avaient trouvé deux hommes endormis qui s'étaient réveillés aussitôt mais avaient eu un comportement étrange, comme s'ils étaient totalement désorientés. Le premier était grand, au teint brun, et parlait une langue que personne ne connaissait. L'autre était également très grand, de carrure athlétique. Il avait les yeux gris et les cheveux bruns. Ils ne le comprirent pas non plus au début, mais Burton s'aperçut, au bout d'un moment, que la langue qu'il parlait n'était autre que de l'anglais. Il s'agissait d'un dialecte du Cumberland parlé sous le règne d'Edouard Ier, quelquefois appelé « Longues-Jambes ». Une fois que Frigate et Burton eurent appris à identifier les sons et à opérer certaïnes transpositions, ils purent avoir une conversation à peu près normale avec lui. Pour Frigate, cependant, bien qu'il eût étudié le moyen et le vieil anglais, beaucoup de tournures et usages grammaticaux demeuraient obscurs, et Burton dut faire l'interprète à plusieurs reprises.

John de Greystock était né au manoir de Greystoke, dans la région du Cumberland. Il avait accompagné le roi Edouard Ier en France, lors de l'invasion de la Gascogne, où il s'était illustré, à l'en croire, par de hauts faits d'armes. Par la suite, il avait été appelé à siéger au Parlement sous le nom de baron Greystoke, et était retourné participer aux guerres de Gascogne. Il avait fait partie de la suite de l'évêque Anthony Bec, patriarche de Jérusalem. Pendant les vingt-huitième et vingt-neuvième années du règne d'Edouard, il s'était à nouveau battu contre les Ecossais. Il était mort en 1305, sans enfants, en laissant son manoir et sa baronnie à son cousin Ralph, du Yorkshire, fils de Lord Grimthorpe.

Il avait été ressuscité quelque part sur la rive du Fleuve, en compagnie de quatre-vingt-dix pour cent environ d'Anglais et d'Ecossais du XIVe siècle, le reste consistant surtout en Sybarites de l'Antiquité. Sur la rive opposée du Fleuve, il y avait un mélange de Mongols de l'époque de Kublai-Khân et d'une peuplade à la peau foncée que Greystock avait été incapable d'identifier. D'après sa description, il s'agissait sans doute d'Indiens d'Amérique du Nord.

Le dix-neuvième jour après la Résurrection, les sauvages avaient traversé le Fleuve. Apparemment, ils n'avaient pas d'autre raison d'attaquer que la perspective d'un bon combat, ce en quoi ils ne furent pas déçus. Les seules armes étaient les bambous et les graals, car cette région était très pauvre en silex. John de Greystock avait terrassé dix Mongols avec son graal avant d'être lui-même assommé par une grosse pierre et transpercé par la pointe durcie au feu d'un javelot de bambou. Il s'était réveillé nu, muni de son seul graal – ou bien d'un autre – près de ce rocher en forme de champignon.

Le deuxième homme expliqua par gestes ce qui lui était arrivé. Il était en train de pêcher au milieu du Fleuve quand sa ligne avait été soudain attirée vers le fond par quelque chose de si puissant qu'il avait été lui aussi entraîné dans l'eau. En remontant à la surface, il avait bêtement heurté le fond de sa barque et s'était noyé.

Ainsi, la question du sort réservé à ceux qui mouraient dans cette après-vie était résolue. Pourquoi ils ne renaissaient pas près de l'endroit où ils étaient morts, cela, c'était un autre mystère.

Le second événement inhabituel fut l'absence de nourriture dans les graals à la distribution de midi. Mais les cylindres n'étaient pas vides. Ils contenaient chacun six carrés de tissus de couleurs, motifs et formats variés. Certains étaient visiblement conçus pour être portés autour de la taille, comme des kilts. Ils étaient munis à un bord d'un système de fermeture par simple contact. D'autres étaient plus légers et presque transparents. On pouvait les porter comme soutien-gorge, par exemple. La matière dont ils étaient faits était douce et spongieuse, mais d'une résistance à toute épreuve. Même le bambou le plus pointu ou le silex le plus aiguisé ne pouvait l'entamer.

L'humanité poussa un hourra collectif quand elle découvrit ce « linge ». La plupart des hommes et des femmes s'étaient habitués, ou du moins résignés, à rester tout nus, mais ceux qui avaient le moins de souplesse, ou le plus de sens esthétique, trouvaient que l'étalage des organes génitaux humains était quelque chose de laid, voire de répugnant. Maintenant, tout le monde avait des kilts, des turbans et des soutiens-gorge.

Les turbans, pour beaucoup, étaient particulièrement bienvenus en attendant que les cheveux finissent de repousser. Mais même plus tard, les gens devaient s'habituer à les garder.

Les poils poussaient partout sauf au visage. Burton s'en désolait. Il avait toujours été fier de ses grosses moustaches et de sa barbe fourchue. Il prétendait que sans elles, il se sentait plus nu que sans son pantalon. Cela avait faire rire Wilfreda, qui lui avait dit :

– Je suis contente que tu ne les aies plus. J'ai toujours détesté tous ces poils sur le visage des hommes. Pour moi, embrasser un homme qui a de la barbe, c'est pire que fourrer sa tête dans un vieux matelas de crin éventré.

13

Soixante jours s'étaient écoulés. Ils avaient poussé le bateau jusqu'au Fleuve en le faisant glisser sur de gros segments de bambou. Le jour du lancement était arrivé. Le *Hadji* avait treize mètres de long. Il consistait essentiellement en une double coque en bambou aux étraves en pointe, une plate-forme également en bambou, un beaupré qui pouvait servir à amurer un foc ballon et un mât à gréement aurique. Les voiles étaient en fibres de bambou tissées. Il n'y avait pas de gouvernail ni de roue, comme sur la maquette, car leur réalisation avait posé trop de problèmes. Une longue rame en pin devait servir à barrer. Jusque-là, ils ne disposaient, comme matériau pour faire les cordages, que de fibres végétales. Mais ils espéraient pouvoir se servir bientôt du cuir tanné ou des entrailles des plus gros poissons du Fleuve. Pour compléter le tout, enfin, une pirogue creusée par Kazz dans un tronc de pin était attachée à l'avant du bateau.

Au moment du lancement, Kazz fit quelques difficultés. Il avait appris à s'exprimer dans un anglais sommaire émaillé de jurons en arabe, baloutchi, italien et swahili, qu'il avait glanés au contact de Burton.

– Faut... comment appelle ça?... *wallah!* Quel mot ça?... tuer quelqu'un... avant mettre bateau dans Fleuve... *merda*... connais pas mot, Burton-*nak*... donne mot, Burton-*nak*... mot pour tuer... pour que dieu *Kabburkanakruebemss*... dieu des eaux... pas faire couler bateau... en colère... manger nous.

– Un sacrifice?

– Merci bordel, Burton-*nak*. Sacrifice! Couper gorge... mettre dans bateau... frotter bois avec sang... très bon ça... dieu des eaux pas fâché...

– Ça ne se fait pas chez nous, dit Burton.

Kazz insista, mais finit par accepter de monter quand même à bord. Son visage s'était assombri et on voyait bien qu'il n'était pas tranquille. Pour le rassurer, Burton essaya de lui expliquer qu'ils ne se trouvaient pas sur la Terre, qu'ils étaient sur un monde différent, comme il pouvait le voir aisément en levant la tête vers les étoiles, et qu'il n'y avait pas de dieux dans cette vallée. Kazz l'écouta en hochant gravement la tête. Il finit par sourire, mais il gardait l'air de quelqu'un qui s'attend à voir les yeux globuleux, la barbe verte et le visage hideux de *Kabburkanakruebemss* surgir des profondeurs d'un instant à l'autre.

La plaine, ce matin, était couverte de monde. La foule était venue de loin assister au lancement du bateau. Elle n'avait pas souvent de distraction comme celle-là. Les gens criaient, riaient et lançaient des plaisanteries à l'adresse de l'équipage. Avant la mise à l'eau, Burton grimpa sur la « passerelle », une simple plate-forme légèrement surélevée, et leva la main pour demander le silence. Le brouhaha s'apaisa peu à peu. Burton prit la parole en italien.

– Compagnons *lazari,* amis, habitants de la vallée de la Terre promise! Nous allons vous quitter dans quelques minutes...

– Si le bateau ne chavire pas! murmura Frigate.

– ... pour remonter le Fleuve, contre le vent et le courant. Nous choisissons la route la plus difficile, parce que c'est celle qui rapporte toujours la plus grosse récompense, si vous croyez les moralistes de la

Terre, et vous savez tous, maintenant, à quel point on peut leur faire confiance !

Rires, accompagnés çà et là de protestations des « religionistes » inconditionnels.

– Sur la Terre, comme certains d'entre vous le savent peut-être, j'ai autrefois conduit une expédition au plus profond et au plus noir de l'Afrique pour explorer le cours supérieur du Nil. Je n'ai pas pu trouver sa source, bien que j'aie été à deux doigts de le faire. La récompense m'a été ravie par un homme qui me devait tout, un certain John Hanning Speke. Si jamais je devais le trouver encore sur ma route au cours de ce voyage, je sais très bien comment je le traiterais...

– Bon Dieu ! sursauta Frigate. Tu ne serais pas capable de le laisser se suicider une seconde fois de honte et de remords ?

– ... mais le fait est que ce Fleuve que nous voulons remonter pourrait très bien se révéler beaucoup plus important que le Nil, qui était le plus long de la Terre, comme vous le savez peut-être en dépit des prétentions erronées des Américains en faveur de leur Amazone ou de leur complexe Missouri-Mississippi. Je sais que certains d'entre vous se demandent pourquoi nous nous sommes assignés un but dont la distance, et même l'existence sont parfaitement hypothétiques. A ceux-là, je répondrai que nous faisons voile vers l'Inconnu parce que l'Inconnu existe et que nous voudrions le rendre connu. Il n'y a pas d'autre raison ! Ici, contrairement aux affligeantes expériences que nous avons connues sur la Terre, nous n'avons eu besoin de personne pour nous financer ou nous commanditer. L'argent-roi est mort, bon débarras ! Nous n'avons pas eu non plus à faire des démarches officielles, à remplir des centaines de papiers ni à demander audience aux gens influents ou aux bureaucrates mesquins pour qu'ils nous accordent la permission de naviguer sur le Fleuve. Ici, il n'y a pas de frontières nationales...

– Pas encore, dit Frigate.

– ... pas de passeports, pas de pots-de-vin à distribuer. Nous avons construit ce bateau sans avoir eu à quémander de licence, et nous allons appareiller sans demander la permission à un quelconque nabab, petit, moyen, ou gros. Pour la première fois dans l'histoire de l'homme, nous sommes libres. Libres comme l'air ! Et nous vous disons adieu, car je n'aime pas dire au revoir...

– Tu ne l'as jamais voulu, grommela Frigate.

– ... Nous reviendrons peut-être dans dix mille ans ! Permettez-moi donc de vous dire adieu, ainsi que mon équipage, et de vous remercier pour toute l'aide que vous nous avez apportée dans la construction et le lancement du bateau. Je déclare solennellement renoncer à ma charge de consul de Sa Majesté Britannique à Trieste en faveur de quiconque désire prendre ma succession, et je me nomme libre citoyen du Monde du Fleuve. Je ne paierai tribut à personne, je ne devrai allégeance à personne. Envers moi seul je resterai fidèle !

Fais ce que te dicte ton honneur d'homme;
De nul autre que toi n'attends d'encouragements.
La plus noble manière de vivre et de mourir
Est de suivre ses propres lois.

Burton regarda froidement Frigate, qui venait de l'interrompre en récitant cet extrait d'un de ses poèmes, intitulé : *La Kasida du Haji Abdu Al-Yazdi.* Ce n'était pas la première fois que l'Américain le citait. Mais bien qu'il trouvât son attitude fort irritante, Burton ne pouvait se résoudre à se mettre en colère contre quelqu'un qui l'avait admiré au point d'apprendre par cœur une partie de ses œuvres.

Quelques minutes plus tard, quand le *Hadji* fut poussé à l'eau par quelques volontaires et que la foule les acclama une dernière fois, Frigate, contemplant la foule assemblée sur la rive avec ses turbans, ses kilts et ses corsages multicolores agités par le vent, cita de nouveau Burton :

Ah ! gai le jour où dans le soleil clair, la brise vive et la foule joyeuse,
J'allais jouer au bord du fleuve, quand j'étais jeune, quand j'étais jeune.

Le bateau glissa lentement sur l'eau et, le courant et le vent aidant, s'orienta dans le mauvais sens. Mais Burton cria quelques ordres; les voiles furent hissées et la grande rame manœuvrée pour que le navire se tourne au vent. Il y avait de la houle au milieu du Fleuve. La double étrave fendait l'eau avec un bruit sifflant. Le soleil était éclatant. La brise les rafraîchissait. Ils se sentaient heureux, mais aussi un peu angoissés en voyant s'éloigner les rives et les visages familiers. Ils n'avaient ni cartes ni récits de navigateurs pour les guider. Chaque kilomètre en avant serait un monde nouveau.

Ce soir-là, comme ils accostaient pour la première fois, un incident étrange se produisit, qui fit beaucoup réfléchir Burton par la suite. Kazz venait de descendre à terre au milieu d'un groupe de curieux quand il manifesta les signes d'une agitation extrême. Il se mit à parler très vite dans sa langue natale et tenta de saisir le bras d'un homme qui se tenait là. Celui-ci prit la fuite et se perdit rapidement dans la foule.

Lorsque Burton lui demanda pourquoi il avait fait cela, Kazz répondit :

– Lui pas... euh... comment s'appelle ça... ça... ça...

Et il montra son front. Puis il traça dans l'air plusieurs symboles incompréhensibles. Burton avait l'intention d'approfondir la question, mais à ce moment-là Alice poussa un cri et se précipita à son tour sur quelqu'un d'autre. Elle expliqua ensuite qu'elle avait cru reconnaître un de ses fils, mort au cours de la Première Guerre mondiale. Dans la confusion qui s'ensuivit, Burton oublia, momentanément tout au moins, l'incident avec l'homme préhistorique.

Exactement quatre cent quinze jours plus tard, le *Hadji* avait laissé derrière lui, sur la rive droite du Fleuve, vingt-quatre mille neuf cents pierres à graal. Tirant des bords, remontant le courant et le vent, parcourant une centaine de kilomètres par jour, s'arrêtant à midi pour recharger leurs graals et le soir pour dormir, faisant parfois escale une journée ou deux pour se dégourdir les jambes et se renseigner sur les populations locales, ils avaient remonté le Fleuve sur quarante mille kilomètres. Sur la Terre, cela revenait à faire le tour du monde au niveau de l'équateur. Si le Mississippi-Missouri, le Nil, le Congo, l'Amazone, le Yangtze Ch'ang, l'Amour, la Volga, le Huang Ho, la Léna et le Zambèze avaient été mis bout à bout pour former un seul grand fleuve, il n'aurait même pas atteint la longueur du tronçon qu'ils venaient de parcourir. Pourtant, le Fleuve continuait devant eux, faisant des méandres à travers une plaine qui était sensiblement la même partout et que bordait, au delà des collines boisées, la même muraille de montagnes infranchissables.

Parfois, la plaine se rétrécissait et les collines avançaient leur pente jusqu'au bord du Fleuve. Parfois, c'était le Fleuve qui s'élargissait pour devenir un lac. A plusieurs reprises, les parois montagneuses s'étaient resserrées au point de former des gorges étroites au fond desquelles le Fleuve devenait torrentueux. Dans ces moments-là, ils s'étaient crus perdus, oppressés qu'ils étaient par les formidables murailles noires qui ne laissaient entrevoir, loin au-dessus de leurs têtes, qu'un très mince filet de ciel bleu.

Mais toujours, partout, l'humanité était présente. Hommes, femmes et enfants occupaient sans discontinuité les rives du Fleuve. D'après ce que les navigateurs avaient pu constater, le genre humain ressuscité était réparti, grosso modo, par ordre chronologique et ethnique le long du Fleuve. Après avoir quitté la région où se trouvaient des Slovènes, des Italiens et des Autrichiens morts à la fin du XIXe siècle, ils étaient passés tour à tour devant des communautés hongroise, norvégienne, finnoise, grecque, albanaise et irlandaise. De temps à autre, il y avait une enclave où vivaient des gens appartenant à une époque et à un groupe ethnique tout à fait éloignés de ceux de leurs voisins. Ainsi, sur une trentaine de kilomètres, ils n'avaient rencontré que des aborigènes australiens qui n'avaient jamais vu un seul Européen durant leur vie terrestre. A un autre endroit, sur plus de cent cinquante kilomètres, vivaient des Tokhariens. C'était le peuple de Loghu. Ils venaient de l'époque du Christ, où ils habitaient ce qui devait s'appeler plus tard le Turkestan chinois. Ils représentaient la branche la plus orientale des groupes indo-européens de l'ancien temps. Leur culture s'était épanouie pendant un moment, puis s'était éteinte devant la progression du désert et les invasions des barbares.

D'après ses relevés hâtifs et approximatifs, Burton estimait qu'il devait y avoir en moyenne, dans chaque zone qu'ils avaient traversée, environ soixante pour cent de ressortissants d'une époque et d'une nation données, trente pour cent d'un autre groupe ethnique et d'une époque généralement différente, et dix pour cent à classer dans la catégorie divers.

Tous les hommes étaient circoncis. Toutes les femmes s'étaient retrouvées vierges, bien que, fit remarquer Burton, cet état n'eût pas duré, pour la plupart d'entre elles, plus de quelques heures.

Jusqu'à présent, ils n'avaient pas vu une seule femme enceinte. Ceux qui les avaient mis là avaient dû les stériliser, pour une raison évidente. Si l'humanité avait la possibilité de se reproduire, on ne pourrait bientôt plus bouger dans la vallée du Fleuve déjà passablement encombrée.

Ils avaient cru, au début, qu'il n'y avait pas d'animaux dans le monde du Fleuve. Mais ils savaient maintenant que plusieurs espèces de vers sortaient du sol la nuit. En outre, les eaux fluviales contenaient plus d'une centaine d'espèces de poissons ou de monstres dont le plus impressionnant, le « dragon du Fleuve », atteignait la taille d'un cachalot et vivait dans le lit du Fleuve, à trois cents mètres de profondeur. D'après Frigate, ces animaux répondaient à une nécessité. Les poissons étaient là pour assurer la purification de l'eau. Les vers faisaient disparaître les déchets et les cadavres, ou accomplissaient les autres fonctions habituelles dévolues aux vers de terre.

Gwenafra était un peu plus grande. Tous les enfants grandissaient normalement. D'ici à une douzaine d'années, il n'y en aurait plus un seul dans toute la vallée, si les conditions correspondaient partout à ce que les navigateurs avaient déjà constaté.

En pensant à cela, Burton avait dit un jour à Alice :

– Ton ami, le révérend Dodgson, celui qui n'aimait

que les petites filles... il va finir par se sentir frustré, tu ne crois pas ?

Frigate avait répondu pour elle :

– Dodgson n'était pas un pervers. Mais songe un peu à ceux dont la sexualité ne peut s'exercer que sur des enfants ! Comment feront-ils quand ils n'en trouveront plus ? Et ceux qui prenaient leur pied en maltraitant ou torturant des animaux ? Tu sais, j'ai regretté l'absence d'animaux, au début. J'ai toujours adoré les chiens et les chats, les ours, les éléphants, presque toutes les bêtes. Mais pas les singes. Ils ressemblent trop aux humains. Eh bien, finalement, je suis bien content qu'il n'y en ait pas ici. Personne ne peut plus leur faire de mal. Toutes ces pauvres bêtes qui souffraient, ou qui mouraient de faim ou de soif à cause de la méchanceté ou de l'indifférence des gens... c'est fini, tout ça, maintenant.

Il tapota les cheveux blonds de Gwenafra, qui avaient maintenant près de quinze centimètres de long.

– Les enfants aussi étaient parfois traités comme des animaux, reprit-il.

– Quel est l'intérêt d'un monde sans enfants ? demanda Alice. Sans animaux aussi, d'ailleurs. Si on ne peut plus les maltraiter, on ne peut pas les aimer et les cajoler non plus.

– Une chose compense l'autre dans ce monde, déclara Burton. On ne peut pas avoir d'amour sans haine, de gentillesse sans méchanceté, de paix sans guerre. De toute manière, nous n'avons pas le choix. Les maîtres invisibles qui régentent ce monde ont décrété que nous n'aurions pas d'animaux et que nos femmes n'enfanteraient plus. Il en sera fait selon leur volonté.

La matinée du quatre cent seizième jour de leur voyage fut semblable aux autres. Le soleil s'était levé au-dessus de la chaîne montagneuse qui se trouvait à leur gauche. Le vent soufflait du sud à une vitesse de vingt-cinq kilomètres à l'heure, comme toujours. L'atmosphère se réchauffait rapidement et atteindrait la température maximale de vingt-neuf degrés aux environs de 14 heures. Le *Hadji* progressait par longues bordées. Burton, debout sur la « passerelle », tenait à deux mains la longue rame qui se trouvait à sa droite et qui servait de gouvernail. Ses épaules musclées, son dos tanné, presque noir, étaient exposés aux rayons ardents du soleil. Il portait un kilt à carreaux rouges et noirs qui lui arrivait presque aux genoux, et un collier fabriqué avec les vertèbres convolutées, noires et brillantes, du poisson-licorne. Ce poisson, d'une longueur de près de deux mètres, se distinguait par l'appendice osseux d'une quinzaine de centimètres qui faisait ressembler son front à celui de l'animal fabuleux de la Terre. Il vivait à une trentaine de mètres de la surface et il n'était pas commode de le remonter avec une ligne. Mais ses vertèbres permettaient de faire de magnifiques colliers et sa peau, correctement tannée, des sandales, des ceintures, des boucliers, des cuirasses et des cordages souples et résistants. Sa chair était délicieuse. Mais le plus précieux et le plus recherché était la corne. Elle pouvait servir de pointe à une lance ou bien, attachée à un manche en bois, constituer une dague efficace.

Posé sur un socle à côté de Burton, protégé par un étui cousu dans une vessie de poisson transparente, il y avait un arc. Cette arme gigantesque avait été faite avec les défenses recourbées qui sortaient de part et d'autre de la gueule du « dragon du Fleuve ». Une fois coupées et assemblées par leurs extrémités les plus épaisses, ces défenses formaient un arc à double cambrure qui, équipé d'un boyau issu du même dragon, représentait une arme redoutable aux mains d'un homme assez fort pour la tendre. Burton était tombé dessus par hasard, quarante jours auparavant. Il avait offert à son propriétaire, en échange de l'arc, quarante cigarettes, dix cigares et un litre de whisky. L'offre avait été refusée. Burton et Kazz étaient revenus dans la nuit et avaient volé l'arc. Ou plutôt, ils avaient fait un marché, puisque Burton, poussé par un curieux scrupule, s'était senti obligé de laisser son arc en bois d'if en échange de l'autre.

Depuis, il s'était convaincu de la légitimité de son acte. Le précédent propriétaire de l'arc s'était vanté d'avoir tué un homme pour s'en emparer. En le lui prenant à son tour, Burton n'avait fait que voler un voleur et un assassin, ce qui établissait une sorte de justice. Cependant, il n'y pensait jamais sans que sa conscience lui fasse éprouver un certain malaise. Heureusement pour lui, il ne lui arrivait pas souvent d'y penser.

Ils louvoyaient maintenant dans un étroit canal. Sur une dizaine de kilomètres derrière eux, le Fleuve formait un lac de quatre à cinq kilomètres de large qui se rétrécissait ensuite en un goulet d'une centaine de mètres. Au delà, la vue était entièrement bouchée par les falaises d'un cañon.

Le courant était devenu très fort, mais il n'y avait pas de raison de s'alarmer pour autant. Ce n'était pas la première fois que le *Hadji* franchissait un passage de ce genre. Pourtant, chaque fois que cela s'était produit, Burton n'avait pas pu s'empêcher de se dire que le bateau, en quelque sorte, renaissait. Il sortait d'un lac comme d'un utérus, par une étroite ouverture qui donnait accès à un nouvel environnement. Tout se passait dans le jaillissement des eaux. Et une fois de l'autre côté, ils s'attendaient toujours, malgré eux, à une révélation ou à quelque fabuleuse aventure.

Le catamaran passa à moins d'une vingtaine de mètres d'une pierre à graal. La plaine, à cet endroit, n'avait pas plus de huit cents mètres de large. La foule amassée sur la rive pour voir passer le *Hadji* leur faisait de grands signes de bras ou agitait le poing d'une manière menaçante. Certains criaient des obscénités dans un langage que Burton ne connaissait pas, mais qu'il n'avait aucun mal à traduire en raison des gestes qui accompagnaient les paroles. Dans l'ensemble, pourtant, ils ne paraissaient pas plus hostiles que d'autres. C'était simplement la manière locale d'accueillir les étrangers.

La plupart des gens de l'endroit étaient petits et maigres. Ils avaient les cheveux bruns et le teint foncé. Leur langage, d'après Ruach, devait être d'origine proto-chamito-sémitique. Ils avaient vécu, sur la Terre, quelque part en Afrique du Nord ou en Mésopotamie, à une époque où ces régions étaient beaucoup plus fertiles. Ils portaient les kilts, mais les femmes se servaient des « soutiens-gorge » comme foulards et allaient les seins nus. Ces peuplades occupaient la rive droite sur une soixantaine de graals, c'est-à-dire environ cent kilomètres. Ceux qui étaient avant eux avaient un territoire d'une longueur de quatre-vingts graals. Il s'agissait de Cinghalais du xe siècle après J.-C., mêlés à une minorité maya de l'époque précolombienne.

« Le creuset du Temps », disait Frigate chaque fois qu'ils avaient sous les yeux un nouvel exemple de l'étrange répartition de l'humanité. « Le plus grand laboratoire d'anthropologie sociale jamais réalisé. »

Il n'exagérait pas tellement. Tout se passait comme si les diverses civilisations et ethnies avaient été brassées pour qu'elles puissent apprendre au contact les unes des autres. Dans certains cas, les groupes en présence avaient réussi à créer des mécanismes-tampons qui leur permettaient de coexister dans une entente relative. Mais dans d'autres, cela avait signifié le massacre de la minorité par la majorité, ou bien l'inverse, ou l'extermination réciproque, ou encore l'esclavage pour les vaincus.

Pendant quelques semaines après la Résurrection, l'anarchie avait régné à peu près partout. Puis les gens s'étaient groupés pour former de petites unités locales d'autodéfense. Par la suite, les meneurs d'hommes et les assoiffés de pouvoir étaient montés en première ligne, et les brebis s'étaient alignées derrière les chefs qu'elles s'étaient choisis – ou qui s'étaient choisis eux-mêmes, dans de nombreux cas.

L'un des systèmes politiques résultant de cet état de choses était l'« esclavage des graals ». Un groupe dominant dans une région donnée emprisonnait les autres. Ils leur donnaient juste assez à manger pour qu'ils ne meurent pas de faim, car le graal d'un esclave mort ne produisait plus rien, et ils leur prenaient tout le reste.

Plus d'une fois, au moment d'accoster près d'une pierre à graal, le *Hadji* avait failli tomber aux mains d'un groupe d'esclavagistes. Mais Burton et les autres étaient perpétuellement sur le qui-vive quand il fallait s'approcher des côtes. Souvent, les gens les prévenaient des dangers qui les attendaient plus loin. A plusieurs reprises, des embarcations les avaient poursuivis. Quatre ou cinq fois, ils avaient dû virer de bord et fuir leurs ennemis en redescendant le Fleuve jusqu'à ce qu'ils repassent la frontière de l'Etat voisin, où la poursuite cessait généralement. Il fallait alors refaire la nuit, tous feux éteints, le chemin déjà accompli, pour franchir l'endroit dangereux.

Souvent, le *Hadji* ne pouvait pas accoster à l'heure des repas en raison de l'hostilité des riverains. Il fallait alors se contenter de demi-rations ou manger du poisson lorsqu'on pouvait en pêcher.

Les peuplades chamito-sémitiques de la région s'étaient finalement montrées amicales quand l'équipage du *Hadji* avait manifesté ses bonnes intentions. Un Moscovite du XVIIIe siècle les avait renseignés sur les esclavagistes qui habitaient de l'autre côté du goulet. Quelques navigateurs locaux s'étaient risqués à traverser le passage dangereux, mais pratiquement aucun n'en était revenu. Les rares rescapés avaient d'effroyables histoires à raconter sur ce qu'ils avaient vu.

Le *Hadji* fut chargé de pousses de bambou, de poisson séché et de diverses provisions qui devaient leur permettre de ne pas s'arrêter en route pendant une quinzaine de jours ou plus.

Ils étaient à présent en vue de l'entrée du goulet. L'attention de Burton était partagée entre sa navigation et l'équipage. Tout le monde était étendu sur le pont, pour prendre le soleil, ou bien adossé au surbau de ce qu'ils appelaient le « gaillard d'avant ».

John de Greystock était occupé à fixer des morceaux de cartilage mince, provenant d'un poisson-licorne, au talon d'une flèche. Dans un monde sans oiseaux et par conséquent sans plumes, le cartilage remplissait assez bien son rôle d'empennage. Greystock, ou Lord Greystoke, comme l'appelait Frigate (il n'avait jamais voulu dire pourquoi, mais cela semblait l'amuser énormément), était une recrue de choix quand il fallait se battre ou qu'il y avait un travail pénible à faire. C'était aussi un parleur infatigable et fort intéressant, au langage pittoresque et incroyablement obscène. Il avait d'innombrables anecdotes à raconter sur les guerres de Gascogne, sur ses conquêtes féminines, sur Edouard Longues-Jambes, et pouvait fournir, naturellement, de précieux renseignements sur son époque en général.

Mais il avait aussi la tête dure et l'esprit très étroit dans beaucoup de domaines – tout au moins du point de vue de ceux qui venaient d'une époque postérieure. Il n'était pas non plus très propre. Il affirmait qu'il avait mené sur la Terre une vie très pieuse, et il disait sans doute la vérité, sinon il n'aurait pas eu l'honneur de faire partie de la suite du patriarche de Jérusalem. Mais maintenant que sa foi avait été ébranlée, il déclarait haïr les prêtres. Chaque fois qu'il en rencontrait un, il l'accablait de ses sarcasmes, dans l'espoir que celui qu'il provoquait ainsi finirait par le défier. C'est ce qui s'était produit plus d'une fois, et s'il n'y avait pas encore eu de mort, c'était par miracle. Burton lui avait reproché doucement sa conduite (on n'élève pas la voix en présence d'un Greystock, sauf si on est prêt à se battre avec lui jusqu'à la mort), en lui faisant valoir qu'ils étaient de simples hôtes en pays étranger et que, écrasés par le nombre, ils devaient respecter les lois de l'hospitalité. Greystock était parfaitement d'accord avec lui, mais il ne pouvait s'empêcher de provoquer tous les hommes d'Église qu'il rencontrait. Heureusement, ils ne passaient pas souvent dans des endroits où l'on pouvait trouver des prêtres chrétiens. En outre, parmi ceux-ci, il y en avait très peu qui auraient avoué ce qu'ils avaient été.

A côté de Greystock, en train de lui parler avec animation, se trouvait sa femme du moment, née Mary Rutherford en 1637, morte Lady Warwickshire en 1674. Elle était anglaise comme lui, mais d'une époque de trois cents ans postérieure à la sienne, de sorte qu'ils différaient souvent dans leurs actes et leurs opinions. Burton ne leur donnait plus encore très longtemps à rester ensemble.

Kazz était affalé sur le pont, la tête sur les cuisses de Fatima, une Turque dont le Neandertalien avait fait la connaissance à l'occasion d'une escale, quarante jours auparavant. Fatima paraissait, comme disait Frigate, atteinte de « pilomanie ». C'est ainsi que l'Américain expliquait l'attraction exercée par Kazz sur cette boulangère d'Ankara du XVIIe siècle. Elle le trouvait excitant à tous points de vue, mais c'était surtout son système pileux qui la mettait en pâmoison. Tout le monde, et

Kazz le premier, s'en réjouissait. Il n'avait pas vu une seule femelle de son espèce depuis le début de leur long voyage, bien que l'existence de hordes neandertaliennes leur eût été signalée une fois ou deux. La plupart des femmes, au contraire de Fatima, éprouvaient de la répulsion pour lui à cause de son aspect bestial et velu. Jusqu'à sa rencontre avec la boulangère d'Ankara, il n'avait jamais eu de compagne attitrée.

Lev Ruach, adossé au panneau du gaillard d'avant, était en train de fabriquer une fronde avec la peau d'un poisson-licorne. Un sachet de cuir posé à côté de lui contenait une trentaine de pierres qu'il avait ramassées au cours de leurs différentes escales. A ses côtés, exhibant sans cesse ses longues dents blanches dans un discours volubile, se trouvait Esther Rodriguez. Elle avait remplacé Tanya, qui portait déjà la culotte dans leur ménage avant le départ du *Hadji.* Tanya avait beaucoup de charme, mais son gros défaut était de vouloir toujours « remodeler » les hommes qui l'entouraient. Lev s'était aperçu qu'elle avait ainsi « remodelé » son père, son oncle, deux de ses frères et aussi deux maris. Elle avait essayé de faire la même chose à Lev, en général de la manière la plus bruyante possible, afin que tous les mâles du voisinage puissent profiter de ses conseils. Un jour, alors que le *Hadji* était en train d'appareiller, Lev avait sauté d'un bond à bord, puis s'était retourné en lui criant : « Adieu, Tanya. Je ne peux plus supporter ta morale de harengère du Bronx. Trouve-toi quelqu'un d'autre, qui soit parfait, si possible. »

Tanya était devenue blême et figée, puis elle s'était mise à hurler des insultes. Elle criait toujours, à en juger d'après ses gesticulations et les mouvements de ses lèvres, longtemps après que le *Hadji* les eut mis hors de portée d'oreille. Tout le monde riait et congratulait Ruach, mais celui-ci souriait tristement. Quinze jours plus tard, dans une région à prédominance libyenne, il devait faire la connaissance d'Esther, une juive sépharade du XVe siècle.

– Pourquoi ne tentes-tu pas ta chance avec une *goy?* lui avait demandé Frigate.

– J'ai essayé, avait répondu Lev en haussant ses

épaules étroites. Mais tôt ou tard, il y a forcément une scène de ménage et elles finissent par vous traiter de « sale youpin ». C'est la même chose avec les femmes juives, mais venant d'elles, à la rigueur, je peux l'accepter.

— Ecoute, mon vieux. Il y a des milliards de *goyim* au bord de ce Fleuve qui n'ont jamais su ce que c'était qu'un Juif. Pourquoi ne pas essayer une de leurs femmes ? Elle ne pourra pas avoir de préjugé.

— Entre deux maux, je préfère celui que je connais.

— Tu es une vraie tête de mule, avait conclu Frigate.

Burton se demandait parfois pourquoi Lev Ruach restait avec eux. Bien qu'il n'eût plus jamais fait allusion au livre intitulé *Le Juif, le Gitan et l'Islam*, il avait souvent questionné Burton sur certains autres aspects de son passé. Il se montrait amical, mais sans se départir d'une indéfinissable réserve. Malgré sa petite taille, il se comportait comme un lion au combat et avait fourni à Burton une aide précieuse en lui enseignant le judo, le karaté et le jukado. La mélancolie qui émanait de lui, même quand il riait, ou faisait l'amour, selon Tanya, venait des cicatrices mentales que lui avaient laissées les terribles camps de concentration russes ou allemands, du moins d'après ce qu'il disait. Selon Tanya, toujours, Lev Ruach était simplement né triste. Il avait hérité les gènes de la mélancolie du temps où ses ancêtres s'asseyaient à l'ombre des saules de Babylone.

Monat, aussi, était un cas, bien que ses accès de vague à l'âme fussent plus aisément explicables. Le Tau Cetien était à la recherche de ses compagnons, les trente mâles et femelles qui faisaient partie de l'expédition et qui avaient été lynchés par la foule en folie. Lui-même ne s'accordait pas beaucoup de chances à vrai dire. Trente individus sur trente-cinq ou trente-six milliards, selon leurs estimations, essaimés au bord d'un fleuve qui avait peut-être vingt ou trente millions de kilomètres de long, cela rendait une rencontre hautement improbable. Mais il ne perdait rien à essayer.

Alice Hargreaves était assise de l'autre côté du gaillard d'avant. Seule sa tête dépassait. Chaque fois que le bateau s'approchait suffisamment d'une rive, elle scrutait anxieusement les visages, dans l'espoir de découvrir son mari, Reginald, mais aussi ses trois fils, sa mère, son père, ses frères et ses sœurs. Il était implicitement entendu qu'elle quitterait le bateau dans une telle éventualité. Burton n'avait rien dit, mais il ressentait un étrange malaise au creux de l'estomac chaque fois qu'il pensait à cela. Il souhaitait à la fois qu'elle parte et qu'elle ne parte pas. Loin de ses yeux signifierait inévitablement loin de son cœur. Mais il n'était pas sûr de vouloir que l'inévitable s'accomplisse. Il éprouvait pour elle le même amour que pour sa Persane. S'il la perdait aussi, il connaîtrait, sa vie durant, les mêmes affres que dans son existence terrestre.

Pourtant, il ne lui avait jamais fait part de ses véritables sentiments. Il se contentait de bavarder avec elle, de plaisanter avec elle et de lui manifester une sollicitude qui l'emplissait d'humiliation amère, car Alice ne le payait jamais de retour. A la longue, cependant, elle avait fini par se montrer détendue en sa présence. Ou plutôt, elle était souriante et détendue s'il y avait du monde autour d'eux. Mais dès qu'ils étaient seuls, elle se raidissait de nouveau.

Elle n'avait jamais voulu utiliser la gomme après leur première nuit. Burton l'avait utilisée trois fois en tout. Le reste du temps, il mettait sa part de côté pour pouvoir l'échanger contre des objets plus utiles. La dernière fois qu'il avait mâché de la gomme, c'était avec Wilfreda, dans l'espoir de connaître avec elle des moments d'amour extatiques. Mais contrairement à son attente, la drogue avait eu pour effet de lui faire revivre les moments les plus atroces de sa maladie des « petits fers », qui avait failli l'emporter lors de son expédition au lac Tanganyika. Speke était présent dans son cauchemar, et il l'avait tué. Dans la réalité, Speke était mort d'un « accident » de chasse que tout le monde avait interprété comme un suicide, bien que personne ne l'eût dit. Speke, tourmenté de remords parce qu'il avait trahi Burton, s'était tué d'une balle. Mais dans le cauchemar de Burton, celui-ci avait étranglé Speke quand son compagnon s'était penché sur lui pour lui demander comment il allait. Ensuite, au moment où la vision avait commencé à s'estomper, Burton avait embrassé le cadavre sur les lèvres.

14

Pourquoi le nier ? Il savait qu'il aimait Speke tout en le détestant, pour de bonnes raisons d'ailleurs. Mais il le savait de manière éphémère et épisodique, et il n'avait jamais pensé que cela pourrait l'affecter ainsi. Dans le cauchemar provoqué par la drogue, il avait été horrifié de découvrir la profondeur de ce sentiment caché et il avait poussé un hurlement. Wilfreda, affolée, l'avait secoué par les épaules jusqu'à ce qu'il se réveille et lui avait demandé en tremblant ce qui se passait. Wilfreda avait eu l'occasion de fumer de l'opium, ou d'en boire dans sa bière quand elle se trouvait sur la Terre. Mais ici, après avoir mâché de la gomme une seule fois, elle n'avait plus jamais accepté d'y toucher. Son aversion était due au fait que la drogue lui avait fait en même temps revoir la mort de sa petite sœur, emportée par la tuberculose, et revivre sa première expérience de prostituée.

– C'est une substance psychédélique aux propriétés pour le moins curieuses, avait déclaré Ruach. (Il avait expliqué le terme « psychédélique » à Burton, et ils en avaient ensuite discuté pendant des heures.) Elle semble faire émerger des incidents traumatiques d'une manière qui mêle étroitement le symbolisme à la réalité. Mais elle n'agit pas toujours ainsi. Parfois, c'est un aphrodisiaque. Parfois, comme on disait, elle fait accomplir un merveilleux voyage. Mais si on me demandait mon avis, je dirais qu'elle nous a été fournie dans un but thérapeutique, voire cathartique. C'est à nous, en fait, de découvrir la meilleure façon de l'utiliser.

– Pourquoi n'en prends-tu pas plus souvent ? demanda Frigate.

– Pour la même raison que les gens qui refusaient

la psychothérapie, ou abandonnaient en cours de traitement. Parce que j'ai peur.

– Moi aussi, dit Frigate en hochant la tête. Mais un de ces jours, quand on fera une assez longue escale, je vais me mettre à en mâcher chaque soir, et il arrivera ce qu'il arrivera. Même si je dois crever de trouille. Bien sûr, je sais que c'est facile à dire.

Peter Jairus Frigate était né vingt-huit ans à peine après la mort de Burton. Pourtant, il y avait un fossé entre leurs deux époques. Sur d'innombrables questions, leurs points de vue étaient radicalement différents. Ils auraient eu de violentes discussions, si Frigate avait été capable de discuter violemment. Pas sur des points pratiques, comme l'organisation ou la discipline à bord du bateau, mais sur la façon de voir le monde en général. Le plus curieux, dans tout cela, c'était que, sous bien des rapports, les deux hommes étaient étrangement semblables. C'était là, sans doute, la raison pour laquelle, sur la Terre, Frigate avait été tellement fasciné par Burton. En 1938, il avait déniché par hasard une édition à bon marché du livre de Fairfax Downey intitulé : *Burton, l'Aventurier des Mille et Une Nuits.* L'illustration de première page représentait l'explorateur à l'âge de cinquante ans. Le visage farouche, le haut front aux arcades orbitaires saillantes, les épais sourcils noirs, le nez droit à l'arête incisive, la cicatrice qui lui barrait la joue, les lèvres épaisses et sensuelles, les grosses moustaches tombantes, la barbe taillée en fourche, tout cela, en même temps que l'agressivité bourrue qui se dégageait du portrait, avait incité Frigate à acheter le livre.

– Je n'avais jamais entendu parler de toi, tu comprends? Mais je l'ai lu dès que je suis rentré chez moi, et j'ai été enthousiasmé. Il y avait quelque chose qui me troublait chez toi, à part ton côté évident d'aventurier casse-cou et de lettré audacieux. J'admirais le bretteur hors pair, le polyglotte accompli, l'explorateur capable de se déguiser, selon les besoins de la cause, en érudit local, ou en marchand, ou en pèlerin allant à La Mecque. Tu étais le premier Européen qui était ressorti vivant de la ville sainte de Harar. Tu avais découvert le lac Tanganyika et failli découvrir les sources du Nil. Tu avais droit aux titres de cofondateur de la *Royal Anthropological Society*, d'inventeur de l'expression « perception extra-sensorielle », de traducteur des *Mille et Une Nuits*, de spécialiste de l'érotologie orientale, et j'en passe...

» Mais à côté de tout cela, il y avait cette étrange affinité qui nous liait. J'ai commencé par aller à la bibliothèque – Peoria était une petite ville, mais elle possédait plusieurs volumes écrits par toi, ou sur toi, qui faisaient partie de la donation d'un de tes admirateurs décédés – pour y dévorer tout ce que je trouvais. En même temps, je m'étais mis à collectionner les éditions originales de tes œuvres, ou de celles qui te concernaient. Plus tard, j'ai choisi la carrière de romancier, mais j'avais l'intention d'écrire ta biographie complète et définitive, de voyager partout où tu étais allé, de réunir des notes et des photographies sur tous ces endroits et de fonder une « société des amis de sir Richard Francis Burton », qui se serait chargée, entre autres, de collecter des fonds pour la préservation de ta tombe...

C'était la première fois que quelqu'un lui parlait de sa tombe ! Burton, interloqué, bredouilla :

– Ma tombe ? Où était... Ah, oui ! C'est vrai... J'oubliais ! Mortlake, j'imagine. Et est-ce qu'elle avait la forme d'une tente arabe, comme il était convenu entre Isabel et moi ?

– Bien sûr. Mais le cimetière avait été encerclé par un quartier de taudis, des vandales avaient profané la tombe et tu avais de l'herbe jusqu'au coccyx. Il était question de transférer les dépouilles dans une région plus tranquille, mais je me demande si une telle chose existait dans l'Angleterre de cette époque.

– Est-ce que tu as pu fonder cette société pour la conservation de ma tombe ?

Il s'était maintenant habitué à l'idée qu'il était mort; mais parler ainsi à quelqu'un qui avait réellement vu sa tombe lui faisait froid dans le dos. Il vit que Frigate hésitait avant de répondre :

– C'est-à-dire que... En fait, non. A l'époque où je possédais les moyens de faire ce que j'avais rêvé, je me serais senti trop coupable de consacrer tout ce temps et tout cet argent à un mort. Le monde était plongé dans la confusion. Il y avait trop à faire pour s'occuper des vivants. La pollution, la misère, l'injustice, c'était cela qui comptait le plus.

– Et cette fameuse biographie complète et définitive ?

De nouveau, Frigate hésita et répondit comme pour s'excuser :

– Quand j'ai appris ton existence pour la première fois, je me figurais être le seul à m'intéresser à toi, ou même à savoir que tu avais existé. Mais dans le courant des années 60, il y a eu une véritable prolifération d'études consacrées à toi. Il y a même eu un livre sur ta femme.

– Isabel ? Quelqu'un a écrit un livre sur elle ? Pourquoi ?

Frigate avait souri d'un air gêné.

– C'était quelqu'un de très intéressant. Un caractère exaspérant, je l'admets, ridiculement superstitieuse, schizophrène et outrancière. Très peu lui ont pardonné d'avoir brûlé tes manuscrits et tes carnets...

– Hein ? rugit Burton. Brûlé mes...

C'était l'une des rares fois de sa vie où il était resté bouche bée. Frigate avait hoché la tête et poursuivi :

– Ton médecin, Grenfell Baker, a très bien décrit cela comme « l'impitoyable holocauste qui a suivi sa regrettable disparition ». Elle a brûlé ta traduction du *Jardin Parfumé* en arguant que tu ne l'aurais publiée que si tu avais eu besoin d'argent, et que tu n'en aurais jamais plus besoin maintenant, évidemment, puisque tu étais mort.

Frigate avait regardé Burton du coin de l'œil, en souriant d'une étrange façon, comme s'il s'amusait de sa détresse.

– Jeter au feu *le Jardin Parfumé*, continua l'Américain, c'était déjà très grave, mais ce n'était pas le plus grave. Ce que, personnellement, je ne lui ai jamais pardonné, c'est d'avoir brûlé tes deux séries de carnets, pas seulement ceux qui étaient privés et qui étaient censés contenir tes pensées les plus profondes et tes haines les plus intimes, mais également tes carnets de voyage officiels, où tu consignais les événements jour par jour. C'était une perte irréparable. Un seul de ces carnets, tout petit, avait échappé au massacre, mais celui-là aussi a été détruit lors des bombardements de Londres pendant la Seconde Guerre mondiale.

Frigate s'interrompit, puis posa la question qui lui brûlait les lèvres :

– Est-il exact que tu te sois converti à la foi catholique sur ton lit de mort, comme elle l'a prétendu ?

– C'est possible, déclara Burton. Cela faisait des années qu'elle essayait de me convaincre, sans jamais oser me le demander directement. Quand j'ai vu que la fin était proche, je lui ai peut-être dit oui, pour la tranquilliser. Elle était si désemparée, si épouvantée à l'idée que mon âme allait brûler éternellement en enfer.

– Tu l'aimais, alors ?

– J'aurais fait la même chose pour un chien.

– J'avoue que pour quelqu'un d'aussi franc et direct que tu sais l'être habituellement, tes réponses ont parfois quelque chose d'étonnamment ambigu.

Cette conversation avait eu lieu environ deux mois après le Jour de la Résurrection. L'effet produit sur Burton devait être analogue à celui qu'aurait ressenti le Dr Johnson en rencontrant un second Boswell après sa mort.

Cela avait marqué le début du second stade de leurs relations. Frigate était devenu à la fois plus proche et plus irritant. L'Américain avait jusque-là toujours observé une certaine retenue dans ses propos sur Burton, probablement de peur de le mettre en colère. En toutes circonstances, Frigate s'efforçait de ne heurter personne, tout au moins de manière consciente, car inconsciemment, il semblait au contraire enclin à se montrer hostile envers les autres. Cet antagonisme latent se manifestait la plupart du temps, mais pas toujours, de manière très subtile. Burton n'appréciait guère cela. Il était, quant à lui, d'un tempérament très direct et ne craignait pas de se mettre en colère. Peut-être, comme le lui avait fait un jour remarquer Frigate, recherchait-il même trop les confrontations ouvertes.

Un soir, alors qu'ils étaient tous assis autour d'un feu à proximité d'une pierre à graal, Frigate avait parlé de

Karâchi. Burton avait appris, à cette occasion, la création, en 1947, d'une nouvelle nation, le Pâkistân, dont Karâchi était devenue la capitale. Du temps de Burton, ce n'était qu'un modeste village de deux mille habitants. En 1970, disait Frigate, la population avait été multipliée par mille. Cela avait amené l'Américain à interroger Burton, d'une manière un peu détournée, sur ce rapport qu'il avait remis un jour à son général, sir Robert Napier, sur les maisons de prostitution mâle de Karâchi. Le rapport aurait dû normalement rester dans les archives secrètes de l'Armée des Indes orientales, mais il était tombé aux mains d'un des nombreux ennemis de Burton. Bien qu'il n'eût jamais été mentionné publiquement, il avait été utilisé à plusieurs reprises, au cours de la vie de Burton, pour le discréditer. Pour pénétrer dans l'une de ces maisons, Burton avait dû se déguiser en indigène. Il avait rapporté des observations qu'aucun Européen n'aurait jamais pu espérer effectuer lui-même. Il avait été fier de l'efficacité de son déguisement, et accepté cette mission rébarbative tout simplement parce qu'il était le seul à pouvoir l'accomplir et que Napier, son supérieur bien-aimé, le lui avait demandé.

Burton avait répondu aux questions de Frigate d'une manière un peu bourrue. Le matin même, Alice l'avait irrité – cela se produisait de plus en plus fréquemment, ces derniers temps – et il cherchait le moyen de la contrarier à son tour. Il avait aussitôt profité de l'occasion que lui offrait Frigate. Il s'était lancé dans une description sans complaisance de tout ce qui se passait dans les maisons de Karâchi. Ruach, finalement, s'était levé pour s'éloigner. Frigate avait l'air écœuré, mais il était resté. Wilfreda riait au point de se rouler par terre. Kazz et Monat gardaient une expression stoïque. Gwenafra dormait sur le pont du bateau, de sorte que Burton n'avait pas à tenir compte d'elle. Loghu paraissait fascinée, mais aussi un peu dégoûtée.

Alice, en l'honneur de qui il s'était mis en frais, avait blêmi, puis rougi. Elle s'était finalement levée en disant :

– Je savais que tu étais un être vil. Mais te vanter de ces... de ces... Il faut que tu sois une créature dégénérée et méprisable. D'ailleurs, je ne crois pas une seule de ces ignobles choses que tu racontes. Comment imaginer que quelqu'un puisse se conduire comme tu prétends l'avoir fait, et accepter de s'en vanter après ? Tu essaies simplement de te hisser à ta réputation d'homme qui se complaît à choquer les autres, quoi qu'il en coûte pour son honneur.

Sur ces mots, elle s'était éloignée dignement et s'était fondue dans l'obscurité. Au bout d'un moment de silence, Frigate avait repris :

– Peut-être qu'un jour tu me diras ce qu'il y a de vrai dans tout ça. En tout cas, moi aussi je pensais comme elle, à une époque. Mais à mesure que je vieillissais, de nouveaux éléments s'ajoutaient au dossier. Un de tes biographes a même tenté une analyse de ta personnalité, en s'aidant de ton écriture et de différents documents concernant ta vie.

– Et quelles furent ses conclusions ? demanda Burton d'un ton moqueur.

– Une autre fois, Dick... « Dick le Débauché », ajouta Frigate avant de s'éloigner à son tour.

Et maintenant, debout à la barre, il contemplait ses compagnons insouciants allongés sur le pont tandis que la double étrave fendait avec un sifflement le courant de plus en plus puissant et que le gréement grinçait, rythmant sa rêverie. Il se demandait ce qui les attendait de l'autre côté du goulet qu'ils se préparaient à franchir. Pas la fin du Fleuve, pour sûr. Il y avait des chances pour que leur voyage ne finisse jamais. Mais peut-être la fin du groupe. Ils étaient restés trop longtemps ensemble. Ils avaient passé trop de jours sur ce pont étroit, sans avoir autre chose à faire que parler et s'occuper de la navigation. Ils avaient fini par s'user au contact les uns des autres. Même Wilfreda, depuis quelque temps, s'était montrée passive et froide avec lui. Il est vrai qu'il n'avait pas fait beaucoup pour la stimuler. Il s'avouait franchement qu'il commençait à se fatiguer d'elle. Il n'avait rien à lui reprocher de spécial, il était simplement las d'elle, et le fait qu'il la possédait parce qu'il ne pouvait pas posséder Alice n'arrangeait pas les choses.

Lev Ruach semblait l'éviter plus que jamais. Il lui

parlait rarement. Il se disputait de plus en plus souvent avec Esther. Elle lui reprochait son régime alimentaire, ses rêvasseries continuelles et son manque de conversation.

Frigate semblait lui en vouloir à propos de quelque chose, mais l'Américain n'était pas du genre à dire franchement ce qu'il avait sur le cœur. Pour cela, il fallait l'acculer dans un coin et le tourmenter jusqu'à ce qu'il explose. Loghu était de mauvaise humeur parce qu'elle lui reprochait de lui faire la tête autant qu'aux autres. Loghu était également en mauvais termes avec Burton parce qu'il avait repoussé ses avances, un jour où ils s'étaient trouvés ensemble dans les collines pour cueillir des bambous. Il lui avait dit non, en ajoutant qu'il aurait bien aimé faire l'amour avec elle, mais qu'il ne pensait pas qu'il serait de bonne politique de trahir Frigate ou n'importe quel autre membre du groupe. Loghu lui avait dit que ce n'était pas parce qu'elle n'aimait pas Frigate. Elle ressentait simplement le besoin d'un peu de changement de temps en temps, tout comme Frigate lui-même, pensait-elle.

Alice lui avait avoué qu'elle avait perdu l'espoir de retrouver jamais aucun de ses proches. Ils étaient déjà passés, selon leurs estimations, devant quarante-quatre millions trois cent soixante-dix mille personnes, et pas une fois elle n'avait reconnu de visage familier. A plusieurs reprises, elle s'était trompée en croyant retrouver quelqu'un. De plus, elle devait admettre qu'elle ne voyait distinctement qu'une infime proportion des visages qui défilaient devant elle. Mais cela n'avait plus d'importance. Elle sombrait de jour en jour dans un abîme dépressif où sa seule distraction consistait à tenir la barre de temps à autre et à remuer les lèvres dans un effort de conversation la plupart du temps futile.

Burton ne voulait pas se l'avouer, mais il avait peur qu'un jour elle ne descende à terre avec son graal et ses quelques affaires en lui disant au revoir, à bientôt, dans une centaine d'années peut-être. Jusqu'à présent, la seule chose qui l'avait retenue à bord était Gwenafra. Elle élevait la petite Celte comme une enfant victorienne. Dans cette époque post-résurrectionnelle, le tout formait un mélange curieux, mais sans doute pas plus curieux que tout ce qui se passait au bord du Fleuve.

Burton lui-même était fatigué de naviguer éternellement sur cet étroit vaisseau. Il rêvait de trouver quelque région hospitalière où il pût s'arrêter pour se reposer, puis étudier, puis s'adonner à des activités locales, en somme retrouver ses racines terrestres afin de reconstituer peu à peu son goût de l'aventure et son désir de repartir. Mais s'il se fixait, il voulait que ce soit avec Alice pour compagne.

« La chance ne sourit qu'aux audacieux », grommela-t-il entre ses dents. Il faudrait bien qu'il se décide un jour à faire quelque chose au sujet d'Alice. Il s'était comporté suffisamment longtemps en gentleman avec elle. Il lui ferait une cour assidue. Il la prendrait d'assaut, si nécessaire. Il avait été plus agressif que ça dans ses amours de jeune homme. Ensuite, quand il s'était marié, il avait pris l'habitude qu'on l'aime, au lieu d'aimer. Ses anciennes tournures d'esprit, ses vieux circuits neuraux étaient toujours en place. Il était un vieillard dans un corps de jeune homme.

Le *Hadji* entra brusquement dans le passage sombre et mouvementé. Les murailles bleu-noir se dressaient de chaque côté, plus menaçantes que jamais. Le vaisseau s'engagea dans une courbe du Fleuve et le lac, derrière eux, fut définitivement perdu de vue. Tout le monde s'était levé et s'affairait à la manœuvre. Le *Hadji*, louvoyant d'une rive à l'autre de l'étroit canal, soulevait de sa double étrave de gigantesques lames qui balayaient le pont. Chaque fois qu'ils viraient de bord, c'est-à-dire fréquemment, le mât craquait et le bateau piquait dangereusement du nez. Ils étaient souvent obligés de frôler les parois du cañon, sur lesquelles le courant glissait en soulevant des cataractes écumeuses. Mais Burton guidait ce navire depuis si longtemps qu'il avait l'impression de faire corps avec lui, et son équipage était si bien rodé qu'il savait prévoir les manœuvres, sans toutefois aller jusqu'à les exécuter avant ses commandements.

Il fallut environ une demi-heure pour franchir le passage dangereux. Certains devaient être angoissés — nul doute que Frigate et Ruach faisaient partie de ceux-là – mais tous ressentaient une véritable excitation. L'ennui et la morosité avaient, temporairement au moins, disparu.

Le *Hadji* déboucha dans des eaux plus calmes. Ici, le Fleuve formait un lac de six kilomètres de large qui s'étendait au nord à perte de vue. Les montagnes de chaque côté s'évasaient rapidement, et la plaine retrouvait ses droits.

Cinquante à soixante petites embarcations étaient en vue. Il y en avait de toutes sortes, depuis la pirogue en bois de pin jusqu'au deux-mâts en bambou. La plupart semblaient occupées à pêcher. Sur la rive gauche, un kilomètre plus loin, s'élevait l'universelle pierre à graal. Des silhouettes noires s'agitaient au bord du Fleuve. Derrière elles, la plaine et les collines étaient couvertes de huttes en bambou construites dans le style habituel, auquel Frigate donnait le nom de « néo-polynésien », ou encore : « Architecture fluvio-post-tombale ».

Sur la rive droite, à deux kilomètres de la sortie du cañon, se dressait une impressionnante forteresse aux murailles et aux tours en rondins. Elle dominait une dizaine d'embarcadères massifs le long desquels étaient rangés plusieurs bateaux de différentes tailles. Quelques minutes après l'apparition du *Hadji*, des coups de tambour se firent entendre. Pour autant que Burton pût en juger d'après leur son lointain, ces tambours devaient être faits de troncs creux tendus de peaux de poissons ou bien de peaux humaines, préalablement tannées.

Une troupe était déjà sortie de la forteresse. De toutes parts, des hommes accouraient et gagnaient les embarcadères. Plusieurs bateaux appareillaient en hâte.

Sur la rive gauche, les silhouettes noires mettaient à l'eau pirogues, canots et bateaux à un ou deux mâts.

On eût dit qu'il y avait un concours entre les deux rives pour savoir qui réussirait à s'emparer du *Hadji* le premier.

Burton était obligé de louvoyer pour remonter le vent. A plusieurs reprises, ils durent passer entre les bateaux. Les hommes de la rive droite étaient blancs et très bien armés, mais ils n'avaient pas encore utilisé leurs arcs. Un homme qui se tenait à la proue d'une pirogue de guerre propulsée par trente rameurs leur cria, en allemand, de se rendre.

– Il ne vous sera fait aucun mal!

– Nos intentions sont pacifiques! hurla Frigate.

– Tu crois qu'il ne le sait pas? demanda ironiquement Burton. Il voit bien que nous ne sommes pas en train de les attaquer!

Les tambours résonnaient maintenant de chaque côté du Fleuve. On eût dit que les rives du lac étaient couvertes de tam-tams. En tout cas, elles étaient certainement couvertes d'hommes en armes. Plus loin, des bateaux se mettaient déjà à l'eau pour les intercepter. Derrière eux, ceux qui s'étaient lancés les premiers à leur poursuite perdaient du terrain, mais ne renonçaient pas.

Burton hésitait. Fallait-il rebrousser chemin pour essayer de repasser de nuit? Ce serait difficile et dangereux, car au fond de l'étroit goulet, les parois montagneuses, hautes de sept mille mètres, leur couperaient totalement la lumière des étoiles et des nébuleuses. Ils seraient obligés de naviguer à l'aveuglette dans des conditions périlleuses.

Le *Hadji* semblait plus rapide que n'importe lequel des navires qui l'entouraient. Jusqu'à présent, du moins, car de nombreuses voiles se rapprochaient d'eux rapidement. Cependant, elles avaient le courant pour elles. Quand elles devraient virer de bord, si le *Hadji* réussissait à les éviter, peut-être auraient-ils une chance de distancer tout le monde?

Tous les vaisseaux que Burton avait vus jusqu'à présent étaient chargés d'hommes. Leur poids devait les ralentir considérablement. Même un navire capable des mêmes performances que le *Hadji* aurait toujours ce désavantage sur eux.

Il décida de continuer à remonter le Fleuve.

Dix minutes plus tard, alors qu'ils naviguaient au plus près, une pirogue de guerre se mit en travers de leur route. Elle contenait deux rangées de seize rameurs. A chaque extrémité, la proue et la poupe formaient une plate-forme où se trouvaient deux hommes en train de manœuvrer une baliste montée sur un socle en bois. Les deux hommes de proue placèrent un objet rond fumant dans le creux de l'engin et déclenchèrent le mécanisme. Il y eut une secousse qui ébranla la pirogue et troubla un instant le rythme des rameurs. L'objet fumant parcourut une trajectoire élevée jusqu'à ce qu'il se trouve à environ six mètres du *Hadji* et trois de la surface de l'eau. Il explosa alors dans un grand bruit, en dégageant une fumée noire vite dissipée par le vent.

Plusieurs femmes hurlèrent. Un homme poussa un cri. Burton songea qu'il devait y avoir du soufre dans cette région, pour qu'ils aient pu fabriquer de la poudre.

Il demanda à Loghu et à Esther Rodriguez de le remplacer à la barre. Les deux jeunes femmes avaient pâli, mais semblaient conserver leur calme. Pourtant, aucune n'avait jamais eu l'expérience des bombes.

Gwenafra était à l'abri sous le gaillard d'avant. Alice avait son arc en bois d'if à la main et un carquois plein de flèches à l'épaule. La pâleur de ses joues contrastait avec ses lèvres fardées et ses yeux maquillés. Mais elle avait participé à une dizaine de combats fluviaux, et ses nerfs étaient aussi solides que les falaises blanches de Douvres. D'ailleurs, c'était elle qui était la championne du lot quand il s'agissait de tirer à l'arc. Burton était capable de magnifiques prouesses avec une arme à feu, mais manquait d'entraînement pour le tir à l'arc. Kazz bandait son arc extraordinaire encore mieux que lui, mais il n'avait aucune précision. D'après Frigate, il n'avait guère de chance de s'améliorer jamais. Comme chez la plupart des primitifs, le sens de la perspective lui faisait défaut.

La pirogue ne lança pas d'autre bombe. Visiblement, la première n'avait constitué qu'un coup de semonce destiné à leur faire comprendre qu'ils devaient s'arrêter. Mais pour rien au monde, Burton n'aurait obéi. Si leurs poursuivants avaient voulu les stopper, ils auraient déjà pu dix fois cribler de flèches tous les occupants du *Hadji*. Qu'ils ne l'aient pas fait signifiait qu'ils tenaient à s'emparer d'eux vivants.

La pirogue, dont l'étrave soulevait une double gerbe

d'écume, frôla de près l'arrière du *Hadji*. Les deux hommes de proue y sautèrent au passage. Le premier se retrouva dans l'eau après avoir raclé désespérément le bordage du bout des doigts. Le second retomba accroupi au bord du pont. Il avait entre les dents un couteau de bambou et à sa ceinture deux étuis d'où dépassaient une petite hache de pierre et une dague. Pendant une seconde, tandis qu'il essayait de retrouver son équilibre sur le pont glissant, son regard rencontra celui de Burton. Il avait des cheveux d'un blond vif et des yeux d'un bleu très pâle. Les traits de son visage étaient classiques et harmonieux. Son intention était sans doute de blesser un ou deux membres de l'équipage, puis de s'enfuir à la nage, peut-être en emportant une femme avec lui. Pendant que l'équipage du *Hadji* s'occuperait de lui, ses compagnons se lanceraient à l'abordage. C'était aussi simple que ça.

Il n'avait pas beaucoup de chances de mener à bien son plan. Il le savait sans doute, mais ne craignait peut-être pas la mort. La plupart des hommes la redoutaient encore, car la peur était imprimée dans les cellules de leur corps et ils réagissaient instinctivement. Certains l'avaient pourtant vaincue. D'autres ne l'avaient jamais ressentie, même au cours de leur existence terrestre.

Burton fit quelques pas en avant et abattit l'homme d'un seul coup du plat de sa hache. Ses mâchoires s'ouvrirent et lâchèrent le couteau de bambou. Il s'écroula sur le pont. Burton ramassa le couteau, dégrafa la ceinture du guerrier et le poussa du pied dans l'eau. Aussitôt, une clameur furieuse s'éleva de la pirogue, qui revenait sur eux après avoir accompli un cercle. Burton vit que la rive se rapprochait dangeureusement et commanda la manœuvre. Le *Hadji* vira de bord dans un grincement de son mât. Ils repartirent diagonalement vers le milieu du lac, où une douzaine de bateaux faisaient voile vers eux. Ils furent bientôt en vue de quatre canots, chacun avec quatre hommes à bord, quatre pirogues de guerre et cinq goélettes à deux mâts. Ces dernières étaient chargées d'hommes et armées de plusieurs balistes.

Arrivé au milieu du Fleuve, le *Hadji* vira de bord. La

manœuvre permit aux voiliers de se rapprocher, mais Burton avait prévu cela. Naviguant de nouveau au plus près, le *Hadji* passa entre deux goélettes. Elles étaient si rapprochées qu'ils pouvaient distinguer sans peine tous les visages à bord. La plupart étaient de race caucasienne, mais certains étaient très bruns. Le capitaine du vaisseau qui les croisait sur bâbord cria en allemand à Burton :

– Il ne vous sera fait aucun mal si vous vous rendez, mais vous serez torturés si vous poursuivez le combat !

Il avait un accent d'origine sans doute hongroise.

Pour toute réponse, Burton et Alice leur décochèrent une flèche. Celle d'Alice frôla le capitaine et toucha le timonier qui s'écroula à la renverse et passa par-dessus bord. Le vaisseau vira immédiatement. Le capitaine bondit pour redresser la barre. La seconde flèche de Burton l'atteignit au pli du genou.

Les deux goélettes se heurtèrent avec fracas. Les espars volèrent, les coques s'éventrèrent. Les hommes roulaient sur le pont ou tombaient à l'eau en hurlant. Même si les deux vaisseaux ne sombraient pas, ils étaient définitivement hors de combat.

Mais juste avant qu'ils entrent en collision, leurs archers avaient réussi à placer une douzaine de flèches incendiaires dans la coque et la voilure du *Hadji.* Elles étaient munies à leur extrémité de touffes d'herbe sèche imbibée de térébenthine, sans doute fabriquée avec la résine des pins, et les flammes, propagées par le vent, attaquaient rapidement les voiles en fibre de bambou.

Burton reprit la barre aux deux femmes. Il lança rapidement des ordres. L'équipage plongea des seaux et des graals dans l'eau du Fleuve et commença à asperger les flammes. Loghu, qui grimpait comme un singe, escalada le mât avec un cordage autour de l'épaule. Une fois en haut, elle laissa descendre le cordage et remonta les seaux.

Pendant ce temps, les autres goélettes et plusieurs pirogues de guerre s'étaient rapprochées. L'une d'elles se trouvait juste en travers de la route du *Hadji.* Burton vira de bord, mais la manœuvre s'effectua mal à cause du poids de Loghu en haut du mât. Le tangon se mit à battre de manière incontrôlée. De nouvelles flèches touchèrent les voiles ou se fichèrent sur le pont. Pendant quelques instants, Burton se dit que l'ennemi avait changé d'avis et voulait les abattre, mais les flèches les évitaient soigneusement.

De nouveau, le *Hadji* passa entre deux goélettes. Les capitaines et les équipages les regardèrent passer en ricanant. Peut-être étaient-ils restés longtemps inactifs et prenaient-ils goût à la poursuite. Cela n'empêchait pas que la plupart des hommes baissaient la tête quand ils étaient à portée de tir du *Hadji.* Ils préféraient laisser le capitaine, les officiers, le timonier et les archers essuyer les quelques flèches qui leur étaient décochées au passage.

Il y eut une série de claquements secs et une volée de traits noirs à la tête rougeoyante et à la traîne bleue alla se ficher dans les voiles et dans la mâture en une douzaine d'endroits. Plusieurs piquèrent dans l'eau en sifflant. Un trait enflammé passa à quelques centimètres de la tête de Burton.

Alice, Ruach, Kazz, Greystock, Wilfreda et lui essayaient de répondre aux coups de l'ennemi. Esther tenait la barre. Loghu était figée au milieu du mât en attendant que cesse la pluie de flèches. Les cinq flèches qu'ils avaient lancées avaient fait trois victimes : un capitaine, un timonier et un matelot qui avait relevé la tête au mauvais moment pour lui.

Esther poussa un cri. Burton pivota brusquement. Une pirogue venait de surgir derrière l'une des goélettes qui l'avait cachée à leur vue. Elle se trouvait à quelques mètres de la proue du *Hadji.* La collision était inévitable. Les deux hommes de proue de la grande pirogue s'étaient déjà jetés à l'eau. Les rameurs essayaient de quitter leurs bancs pour faire de même. Le *Hadji* heurta la galère sur son bâbord avant. Eventrée, elle chavira, jetant son équipage à l'eau. Ceux du *Hadji* furent projetés en avant. Greystock tomba à l'eau. Burton glissa sur le pont à plat ventre, en se râpant la peau du visage, des mains, de la poitrine et des genoux.

Esther avait été arrachée à la barre. Elle avait roulé

sur le pont jusqu'à ce qu'elle heurte le panneau du gaillard d'avant, où elle était restée inanimée.

Burton leva les yeux. La grand-voile était en flammes. Il n'y avait plus d'espoir de la sauver. Loghu n'était plus accrochée au mât. Le choc avait dû la projeter dans l'eau. Juste au moment où il se relevait, Burton la vit en train de nager vers le *Hadji*. Greystock nageait à côté d'elle. Autour d'eux, il y avait des naufragés de la pirogue qui se débattaient. Beaucoup d'entre eux, à en juger d'après les cris qu'ils poussaient, ne savaient pas nager.

Pendant que ceux qui étaient valides hissaient Loghu et Greystock à bord, Burton inspecta les dégâts. La double étrave avait été percée. L'eau s'engouffrait rapidement dans la coque. Le mât était à son tour attaqué par les flammes. Une fumée âcre retombait sur eux. Alice et Gwenafra toussaient.

Une nouvelle pirogue de guerre descendait rapidement du nord. Deux goélettes cinglaient vers eux.

Ils pouvaient résister et abattre un certain nombre d'ennemis, qui feraient leur possible jusqu'au dernier moment pour les prendre vivants. Ou bien ils pouvaient essayer de s'enfuir à la nage. Mais dans les deux cas, ils avaient toutes les chances de se faire capturer.

Loghu et Greystock étaient en train de récupérer à bord. Frigate annonça qu'ils n'avaient pas pu ranimer Esther. Ruach lui prit le pouls et lui souleva les paupières. Puis il déclara :

– Elle n'est pas morte, mais elle est complètement K.O.

Burton s'adressa aux femmes de l'équipage :

– Vous savez ce qui vous attend. C'est à vous de décider, bien sûr, mais à votre place, je plongerais le plus loin possible vers le fond du Fleuve et puis je laisserais mes poumons se remplir d'eau d'un seul coup. C'est le meilleur moyen de se réveiller frais et dispos demain matin.

Gwenafra avait quitté le gaillard d'avant. Elle vint se placer à côté de Burton. Elle avait les yeux secs, mais le regard apeuré. Il lui agrippa l'épaule en disant :

– Toi, tu iras avec Alice.

– Où ça ? demanda cette dernière.

Elle se mit à tousser de nouveau et tourna la tête au vent pour échapper à la fumée qui l'entourait.

— Quand tu descendras, dit Burton.

Il abaissa le pouce en direction du Fleuve.

— Je ne pourrai jamais, dit-elle.

— Tu voudrais qu'ils la prennent aussi? Ce n'est qu'une fillette, mais ce n'est pas cela qui les arrêtera.

Alice semblait sur le point de s'effondrer et d'éclater en sanglots. Mais elle réussit à se contenir.

— Très bien. J'imagine que ce n'est plus un péché, ici, de se suicider. J'espère seulement...

— Oui?

Il n'avait pas prononcé ce mot, comme il faisait souvent, à sa manière traînante. Ce n'était plus le moment de traîner en quoi que ce soit. La grande pirogue n'était plus qu'à une dizaine de mètres d'eux.

— Nous risquons de nous réveiller dans un endroit qui sera encore pire que celui-ci, poursuivit Alice. Et Gwenafra sera toute seule. Tu sais qu'il n'y a pratiquement aucune chance pour que nous restions ensemble.

— On ne peut rien y faire, dit Burton.

Elle serra les lèvres, pour les rouvrir aussitôt :

— Je me battrai jusqu'au dernier moment. Ensuite...

— Il sera peut-être trop tard, acheva Burton.

Il ramassa son arc et tira une flèche de son carquois. Greystock avait perdu son arme. Il emprunta celle de Kazz. Le Neandertalien prit sa fronde et se mit à la faire tournoyer. Lev sortit aussi la sienne et y plaça un caillou. Monat, qui avait également perdu son arc, utilisa celui d'Esther.

Le commandant de la pirogue leur cria en allemand :

— Déposez vos armes! Nous ne vous ferons aucun mal!

Une seconde plus tard, il tomba de la plate-forme pour s'écrouler sur un rameur, la poitrine transpercée par une flèche qu'avait tirée Alice. Une autre flèche, probablement tirée par Greystock, toucha le second homme de proue qui tomba à l'eau. En même temps, une pierre heurta un autre homme à l'épaule. Il s'affala en poussant un cri. Une deuxième pierre rebondit sur la tête d'un nouveau rameur, qui lâcha son aviron.

La pirogue s'approchait toujours. Les deux hommes

de poupe encourageaient les rameurs à forcer l'allure. Ils tombèrent en même temps, transpercés par deux flèches.

Burton regarda derrière lui. Les deux goélettes amenaient les voiles. Elles avaient évidemment l'intention d'aborder le *Hadji* en utilisant leurs grappins, mais elles ne voulaient pas que les flammes se communiquent à leur voilure.

La pirogue heurta le *Hadji* de son étrave. Quatorze membres de son équipage étaient morts ou hors de combat. Les autres avaient abandonné les rames pour brandir de petits boucliers de cuir. Deux flèches se fichèrent dans les boucliers et deux autres dans les bras qui les tenaient. Il restait quand même vingt hommes contre six, plus cinq femmes et une petite fille.

Il est vrai que l'un d'eux était un homme velu, au visage effrayant, doté d'une force phénoménale et armé d'une énorme hache de pierre. Avant même que la grande pirogue ait heurté la coque tribord du *Hadji*, Kazz avait bondi à pieds joints et atterri au milieu des rameurs juste au moment où l'embarcation s'immobilisait. La hache fracassa deux crânes, puis troua le fond du navire. L'eau commença à pénétrer à flots. Greystock hurla quelque chose dans son dialecte du Cumberland et bondit à son tour aux côtés de Kazz. Il tenait un poignard d'une main et une massue de chêne hérissée d'éclats de silex de l'autre.

Le reste de l'équipage du *Hadji* continuait méthodiquement à décocher ses flèches. Soudain, Kazz et Greystock regagnèrent en hâte le catamaran. La pirogue était en train de sombrer, en entraînant avec elle ses morts, ses blessés et quelques rescapés terrorisés. Parmi ceux-ci, plusieurs se noyèrent. Les autres s'éloignèrent à la nage ou tentèrent de s'accrocher au *Hadji*. Ceux-là retombèrent à l'eau, les doigts tranchés ou les phalanges broyées.

Il y eut un choc sur le pont à côté de Burton, puis quelque chose s'enroula autour de son cou. Il bondit et trancha d'un coup de poignard la lanière de cuir qui le tirait en avant. Il fit un nouveau bond de côté pour en éviter une deuxième. Une troisième s'enroula autour de son bras. Il tira sauvagement et l'homme qui la tenait à l'autre bout passa par-dessus bord. Il tomba en hurlant, la tête la première, sur le pont du *Hadji*. Burton lui enfonça le crâne d'un coup de hache.

Les hommes et les grappins pleuvaient maintenant sur le pont. La fumée et les flammes ajoutaient à la confusion générale, jouant peut-être davantage en faveur de ceux du *Hadji* que de leurs assaillants.

Burton cria à Alice de prendre Gwenafra et de sauter dans le Fleuve. Mais il ne la voyait nulle part et dut se défendre contre un géant noir qui le menaçait d'une lance. L'homme avait dû oublier ses ordres de le capturer vivant. La volonté de tuer brillait dans son regard. Burton esquiva la courte lance et pivota, projetant au passage sa hache à la tête du Noir. Il continua de pivoter, ressentit une violente douleur dans les côtes, une autre au niveau de l'épaule, puis se retrouva dans l'eau, non sans avoir abattu deux hommes entre-temps. Il tomba entre la goélette et le *Hadji*, nagea vers le fond tout en laissant tomber sa hache et retira sa dague de son étui. Quand il remonta à la surface, ce fut pour voir un géant roux et décharné qui soulevait à deux mains le corps de Gwenafra et le précipitait dans l'eau.

Il plongea de nouveau. En remontant, il aperçut le visage de Gwenafra à moins de deux mètres du sien. Il était gris et ses yeux semblaient éteints. Puis Burton s'aperçut que l'eau du Fleuve était rougie autour d'elle. Elle disparut avant qu'il pût se rapprocher d'elle. Il plongea de nouveau, la trouva et la remonta à la surface. Elle avait un os de poisson-licorne planté dans le dos.

Il lâcha le corps de la petite fille. Il se demandait pourquoi cet homme l'avait tuée alors qu'il aurait pu la capturer facilement. A moins que ce ne soit Alice qui l'ait poignardée, et que l'homme aux cheveux roux n'ait fait que jeter son cadavre en pâture aux poissons.

Deux corps jaillirent de la fumée et tombèrent dans l'eau. Le premier homme avait le cou brisé et était déjà mort. Le deuxième était encore vivant. Burton lui encercla le cou de son bras gauche et le poignarda à la jonction de l'oreille et de la mâchoire. L'homme cessa de se débattre et coula aussitôt.

Frigate jaillit à son tour du pont enfumé du *Hadji*. Il

avait le visage et les épaules couverts de sang. Il heurta l'eau selon un mauvais angle et coula aussitôt. Burton nagea vers lui pour lui porter secours. Il était inutile qu'ils essaient de remonter à bord du *Hadji*, et d'autres embarcations s'approchaient rapidement.

La tête de Frigate émergea. Son visage était livide, là où le sang ne le rougissait pas. Burton lui cria :

– Est-ce que les femmes ont réussi à se sauver?

Frigate secoua négativement la tête, puis hurla :

– Attention!

Burton fit une culbute en avant pour plonger. Quelque chose heurta ses jambes. Il continua de nager vers le fond, mais ne put se résoudre à emplir ses poumons d'eau comme il en avait eu l'intention. Il remonta vers la surface, décidé à se battre jusqu'à ce qu'ils le tuent.

En arrivant à la surface, il s'aperçut que l'eau grouillait d'ennemis qui avaient plongé pour le capturer en même temps que Frigate. L'Américain, à demi inconscient, était sur le point d'être hissé à bord d'une pirogue. Trois hommes encerclaient Burton. Il réussit à en poignarder deux avant qu'un autre, penché au bord d'un canot, ne l'assomme d'un coup de gourdin.

15

Les prisonniers furent conduits à terre à proximité d'un grand édifice entouré de murailles en rondins. A chaque pas qu'il faisait, Burton avait l'impression que sa tête allait éclater. Les blessures qu'il avait à l'épaule et au niveau des côtes avaient cessé de saigner, mais demeuraient très douloureuses.

La forteresse était entièrement construite en rondins. Elle possédait un étage entouré de galeries en encorbellement. Partout, il y avait des sentinelles et des gardes armés. Ils pénétrèrent dans l'enceinte en franchissant un énorme portail qui fut refermé aussitôt. Ils traversèrent un espace libre d'une vingtaine de mètres puis, après avoir franchi un second portail, furent introduits dans une vaste salle de quinze mètres sur dix. A l'exception de Frigate, qui était trop faible pour tenir debout, ils furent poussés vers une grande table ronde en chêne. Le passage de la lumière à la pénombre fraîche qui régnait à l'intérieur les empêcha tout d'abord de distinguer clairement les deux hommes assis derrière la table.

Des gardes armés de lances, de massues et de haches de pierre circulaient partout. Un escalier en bois, à l'extrémité de la salle, conduisait à une galerie protégée par une haute rampe. Plusieurs visages de femmes les observaient de cette galerie.

L'un des deux hommes assis à la table était trapu et musclé. Son torse était poilu, ses cheveux bruns et bouclés, son nez aquilin. Il avait un regard d'épervier. L'autre était beaucoup plus grand. Il avait des cheveux blonds, des yeux d'une couleur difficile à déterminer dans la pénombre, mais probablement bleus. Son visage replet avait un type nettement teuton. Son embonpoint et ses bajoues naissantes indiquaient clairement l'usage qu'il faisait de l'alcool et de la nourriture qu'il volait aux esclaves.

Frigate s'était assis par terre, mais deux gardes le relevèrent sur un signe de l'homme blond. Frigate dévisagea ce dernier en disant :

– Vous ressemblez à Hermann Gœring, quand il était jeune.

Il tomba aussitôt à genoux en hurlant de douleur. Un garde venait de lui pousser la hampe de son javelot dans les reins.

Le blond parla en anglais avec un fort accent allemand :

– Pas de ça ! Vous attendrez que j'en aie donné l'ordre. Laissez-les parler !

Il dévisagea Frigate en silence pendant quelques instants, puis déclara :

– Je suis bien Hermann Gœring.

– Qui est Gœring ? demanda Burton.

– Votre ami vous l'expliquera plus tard. S'il est encore vivant. Je ne vous en veux pas de vous être bien défendus contre mes hommes. J'admire les guerriers courageux. Il y a de la place pour vous dans mes troupes. Il faut bien remplacer tous ceux que vous avez tués. Je vous laisse le choix. Aux hommes uniquement, bien entendu. Ou bien vous vous ralliez à moi, et vous aurez à profusion de quoi manger, boire, fumer, sans compter toutes les femmes que vous voudrez, ou bien vous travaillez pour moi comme esclaves.

– Pour *nous*, intervint le second personnage assis à la table. Fous oubliez, mon jair Hermann, que j'ai aussi mon mot à dire dans zette affaire.

Gœring sourit, se racla la gorge et répondit :

– Cela va de soi ! C'était un « je » de majesté, en quelque sorte. Eh bien ! Qu'en dites-vous ? Acceptez-vous de vous enrôler parmi *nous* et de *nous* prêter serment d'allégeance, à moi, Hermann Gœring, et à celui qui fut roi de la Rome antique, j'ai nommé Tullus Hostilius ?

Burton regarda avec curiosité l'homme assis à côté de Gœring. Etait-ce vraiment là le roi légendaire de l'ancienne Rome ? Du temps où celle-ci n'était encore qu'un modeste village menacé par les autres tribus italiques, les Sabins, les Eques et les Volsques, soumis à leur tour aux attaques des Ombriens, eux-mêmes harcelés par les puissants Etrusques ? Etait-ce bien là Tullus Hostilius, successeur belliqueux du pacifique Numa Pompilius ? Rien dans son visage ne permettait de le distinguer de milliers de personnes que Burton avait rencontrées dans les rues de Sienne. Pourtant, s'il était bien celui qu'il prétendait être, il pourrait constituer, historiquement et linguistiquement parlant, un véritable trésor de renseignements. Etant lui-même probablement d'origine étrusque, il devait connaître ce langage en plus du latin préclassique, du sabin et peut-être même du grec de Campanie. Qui sait s'il n'avait pas connu Romulus en personne, le légendaire fondateur de Rome ? Que d'histoires ne pourrait-il pas raconter !

– Que décidez-vous ? demanda Gœring.

– Que devrons-nous faire si nous acceptons ? voulut savoir Burton.

– Tout d'abord, je... *nous* devrons nous assurer que vous êtes bien le genre d'hommes dont nous avons besoin. En d'autres termes, que vous serez prêts à exécuter sur-le-champ et sans hésiter tous les ordres que nous pourrons vous donner. Pour cela, nous allons vous soumettre à une petite épreuve.

Il donna un ordre et quelques minutes plus tard un groupe de prisonniers fut amené dans la salle. Tous étaient décharnés et souffraient d'une infirmité quelconque.

– Ils ont été blessés en travaillant aux carrières ou à la construction des remparts, fit Gœring. Tous sauf deux, qui ont été repris alors qu'ils tentaient de s'enfuir et qui méritent d'être châtiés. De toute manière, ils sont tous promis à la mort, car ils nous sont inutiles. Vous ne devriez donc pas avoir de scrupules à les tuer pour nous prouver votre détermination de travailler pour nous.

Il marqua un bref temps d'arrêt, puis poursuivit :

– En outre, ils sont tous juifs. Qui s'inquiéterait de leur sort ?

Campbell, le rouquin géant qui avait précipité Gwenafra dans le Fleuve, tendit à Burton une énorme massue incrustée d'éclats de silex. Deux gardes se saisirent d'un esclave qu'ils forcèrent à s'agenouiller. C'était un grand blond aux yeux bleus et au profil grec. Il lança à Gœring un regard haineux, puis cracha dans sa direction. Gœring éclata de rire :

– Il a toute l'arrogance de sa race. Je pourrais, si je le voulais, le réduire à l'état de masse pulpeuse implorant la mort comme une bénédiction. Mais la torture ne m'intéresse pas. Mon collègue aimerait lui rôtir un peu la plante des pieds, mais cela répugne à mes sentiments essentiellement humanitaires.

– Je suis prêt à tuer pour défendre ma vie ou ceux qui ont besoin de protection, déclara Burton. Mais je ne suis pas un assassin.

– En tuant ce juif, vous défendez votre vie, car sinon, c'est vous qui mourrez. Seulement, cela risque de prendre un peu plus de temps.

– Je refuse, répondit catégoriquement Burton.

Gœring soupira :

– Ah, ces Anglais ! Enfin... J'aurais préféré vous avoir dans mon camp. Mais si vous refusez d'être raisonnable, tant pis pour vous.

Il se tourna vers Frigate.

– Et vous ?

L'Américain, qui semblait souffrir atrocement de ses blessures, répliqua en grimaçant :

– Vos cendres ont fini sur un tas d'ordures à Dachau en expiation de ce que vous avez fait. Avez-vous l'intention de renouveler vos crimes sur ce monde-ci ?

Gœring éclata de rire :

– Je sais très bien comment j'ai fini. Mes esclaves juifs me l'ont raconté mille fois. Mais quel est donc ce monstre ? ajouta-t-il en se tournant vers Monat.

Burton lui donna rapidement quelques explications. Le visage de Gœring s'assombrit.

– Je ne pourrais jamais lui faire confiance, avec la tête qu'il a. Il rejoindra les esclaves. Et toi, homme-singe, quelle est ta réponse ?

A la surprise de Burton, Kazz fit un pas en avant et déclara :

– Je tue pour toi. Kazz jamais être esclave.

Il prit la massue tandis que les gardes le tenaient en respect avec leurs lances pour le cas où il aurait eu envie de s'en servir à sa manière. Après leur avoir jeté un regard terrible sous ses arcades sourcilières proéminentes, il leva la massue. Il y eut un craquement bref et l'esclave tomba le visage contre terre. Kazz rendit la massue à Campbell et fit un pas de côté en évitant de croiser le regard de Burton.

– Tous les esclaves seront rassemblés ce soir, ordonna Gœring. Ils auront un aperçu de ce qui les attend s'ils essaient de s'enfuir. Les coupables seront rôtis à petit feu, puis il sera mis fin à leurs tourments. Mon distingué collègue maniera personnellement la massue. Je sais qu'il aime bien cela.

Il désigna du doigt Alice :

– Celle-ci est pour moi.

Tullus se dressa vivement :

– Non, Hermann ! Elle me blaît ! Brenez les deux autres, ze vous les laisse. Mais ze veux celle-ci ! Elle a l'air... gomment dites-vous... aristocratique... Une... reine ?

Burton, poussant un véritable rugissement, arracha la massue des mains de Campbell et bondit sur la table. Gœring fit un brusque mouvement en arrière. La massue retomba à quelques millimètres de son nez. Au même instant, le Romain projeta sa lance qui blessa Burton à l'épaule. Ce dernier fit tournoyer sa massue. L'arme vola des mains de Tullus.

Les esclaves se jetèrent en hurlant sur les gardes. Frigate arracha un javelot à quelqu'un qui passait à sa portée et donna un formidable coup de hampe sur la tête de Kazz. Le Neandertalien s'affaissa. Monat décocha à un garde un coup de genou dans les parties viriles et s'empara de sa lance.

Après cela, Burton ne se souvenait plus de rien. Il reprit connaissance quelques heures avant la tombée de la nuit. Sa tête lui faisait encore plus mal que précédemment. Ses épaules et son dos étaient ankylosés par la douleur. Il était étendu dans l'herbe dans un enclos carré d'une quinzaine de mètres. Le mur d'enceinte en rondins était renforcé d'un chemin de ronde, à cinq mètres du sol, qui était continuellement parcouru par des sentinelles en armes.

Burton se redressa avec un gémissement. Frigate, accroupi à côté de lui, murmura :

– Je croyais que tu avais ton compte.

– Où sont les femmes ?

Frigate se mit à soupirer comme s'il allait éclater en sanglots. Burton hocha la tête :

– Assez de gamineries. Tu ne sais pas ce qu'ils ont fait d'elles ?

– Que crois-tu donc ? éclata Frigate. Oh, mon Dieu ! Mon Dieu !

– N'y pense plus. Tu ne peux rien pour elles. Pour l'instant tout au moins. Pourquoi ne m'ont-ils pas tué quand j'ai attaqué Gœring ?

Frigate sécha les larmes qui perlaient à ses yeux.

– Je n'en sais rien, dit-il. Peut-être qu'ils veulent nous faire mourir à petit feu, pour que nous servions d'exemple aux autres. J'aurais préféré périr en combattant.

– Comment ? Tu viens d'accéder au paradis, et tu es déjà pressé de le quitter ?

Burton se mit à rire, mais cela s'acheva en grimace car la douleur lui vrillait les tempes.

L'un des esclaves qui étaient dans l'enclos s'approcha d'eux. Il se nommait Robert Spruce. C'était un Anglais, né à Kensington en 1945. Il leur apprit que Gœring et Tullus s'étaient emparés du pouvoir depuis moins d'un mois. Pour le moment, ils ne s'étaient pas encore attaqués aux territoires voisins. Mais, naturellement, cela faisait partie de leurs plans. Ils avaient l'intention, pour commencer, d'annexer le territoire des Onondagas, une tribu indienne qui occupait la rive opposée du lac. Jusqu'à présent, aucun esclave n'avait pu s'échapper pour leur donner l'alerte.

– Mais les populations voisines s'aperçoivent bien qu'ils font travailler des esclaves, dit Burton.

Spruce fit la grimace :

– Gœring fait courir le bruit que tous ses esclaves sont juifs, et qu'il n'en veut point d'autres. Alors, ils ne s'inquiètent pas. Mais vous avez vu par vous-même que c'est tout à fait faux. A peine la moitié sont juifs.

Au crépuscule, on vint chercher Burton, Frigate, Ruach, Greystock et Monat pour les conduire à une pierre à graal. Il y avait là au moins deux cents esclaves, gardés par une soixantaine d'hommes en armes. Les graals furent mis en place et tout le monde attendit. Quand la flamme bleue eut jailli, les graals furent retirés de leurs alvéoles et chaque esclave ouvrit le sien. Les gardes passèrent parmi eux pour prélever le tabac, l'alcool et la moitié de la nourriture.

Frigate avait d'affreuses blessures à la tête et à l'épaule. Cependant, il ne saignait plus comme avant et avait retrouvé une partie de ses couleurs.

– Nous voilà donc devenus esclaves, dit-il. Je serais curieux de savoir ce que tu en penses, Dick, toi qui as tant parlé de cette institution. Quel effet cela te fait-il d'être de ce côté de la barrière ?

– Je me suis intéressé uniquement à la forme orientale de l'esclavage. Ici, ces pauvres types n'ont aucune chance de regagner leur liberté. Entre le maître et l'esclave, il n'y a d'autre sentiment que la haine. En Orient, c'était différent. Cela dit, comme toutes les autres institutions humaines, celle-là aussi avait ses défauts.

– Je n'ai jamais rencontré de type aussi têtu que toi. Tu as vu que la moitié des esclaves qui sont ici sont des juifs ? Quelle ironie ! Ils viennent pour la plupart de la deuxième moitié du XXe siècle, où ils vivaient dans l'Etat d'Israël. D'après cette fille qui est là-bas, Gœring aurait fait naître l'esclavage des graals en suscitant d'abord un vaste courant d'antisémitisme dans la région. En fait, il devait exister déjà à l'état latent parmi les populations concernées. Mais quand il s'est emparé du pouvoir avec l'aide de Tullus, il a réduit en esclavage une grande partie de ses anciens partisans !

Frigate soupira. Il se massa l'épaule en grimaçant.

– Le plus drôle dans tout ça, reprit-il, c'est que Gœring n'est pas, relativement parlant, bien sûr, un authentique antisémite. Il est intervenu personnellement auprès d'Himmler et d'autres pour tenter de sauver des juifs. Mais il a un défaut encore pire que le racisme. C'est un opportuniste. L'antisémitisme a balayé l'Allemagne comme un raz de marée. Pour arriver où que ce soit, il était nécessaire de chevaucher la vague. Gœring l'a fait là-bas comme il est en train de le faire ici. Des antisémites authentiques comme Gœbbels ou Frank croyaient dans les principes qu'ils professaient. Des principes mauvais et haïssables, certes, mais des principes tout de même. Tandis que ce bouffi à la va-comme-je-te-pousse ne s'est jamais soucié des juifs, ni d'une manière ni d'une autre. Tout ce qu'il voulait, c'était se servir d'eux.

– Tout ça, c'est très joli, dit Burton, mais qu'est-ce que ça a à voir avec moi ? Ah, oui ! Je vois ! Quand tu fais cette tête-là, c'est que tu es prêt à me sermonner.

– Dick, permets-moi de te dire que je t'admire comme j'ai rarement admiré d'autres hommes. J'ai autant d'estime et d'affection pour toi qu'un homme peut en éprouver. Je suis aussi ravi d'avoir eu l'extraordinaire bonne fortune de tomber sur toi que l'aurait été, disons, Plutarque, s'il avait connu Alcibiade ou Thésée. Mais je ne suis pas aveugle. Je connais tes points faibles, qui sont nombreux, et je les déplore.

– Lequel est-ce, cette fois-ci ? demanda Burton.

– Ce livre. *Le Juif, le Gitan et l'Islam.* Comment as-tu pu l'écrire ? Un recueil haineux d'insanités sanglantes, de superstitions grotesques et de contes de bonnes femmes à dormir debout. Des crimes rituels, ah, oui ! Vraiment !

– J'étais sous le coup de la colère. Je venais d'être injustement traité à Damas. On m'avait expulsé du consulat à cause des honteuses calomnies que répandaient mes ennemis, au nombre desquels...

– Ce n'était pas une excuse pour écrire des mensonges sur tout un groupe...

– Des mensonges ! Tout ce que j'ai écrit est vrai !

– Tu l'as peut-être cru. Mais je viens d'une époque où nous savions la vérité de façon certaine. D'ailleurs, même à la tienne, personne de sensé ne pouvait ajouter foi à ces inepties.

– Les faits sont pourtant là. La vérité, c'est que les usuriers juifs de Damas pratiquaient des taux d'intérêt exorbitants, allant jusqu'à mille pour cent. La vérité, c'est qu'ils ne rançonnaient pas seulement ainsi les pauvres d'origine chrétienne ou musulmane, mais aussi ceux de leur race. La vérité, c'est que lorsque mes ennemis, en Angleterre, m'ont accusé d'antisémitisme, beaucoup de juifs de Damas ont pris ma défense. N'est-ce pas moi qui ai solennellement protesté auprès des Turcs quand ils ont vendu la synagogue des juifs damascènes à l'évêque orthodoxe grec, pour qu'il la transforme en église ? N'ai-je pas réuni moi-même dix-huit musulmans qui sont venus témoigner en faveur des juifs ? N'ai-je pas protégé des Druzes les missionnaires chrétiens ? Qui donc a prévenu ces mêmes Druzes que ce gros Turc plein de graisse, Rachid Pacha, voulait les inciter à se révolter afin de mieux pouvoir les massacrer ensuite ? Sais-tu que, lorsque j'ai été rappelé de mes fonctions consulaires, à cause des mensonges des prêtres et des missionnaires chrétiens, de Rachid Pacha et des usuriers juifs, des milliers de chrétiens, juifs et musulmans sont venus m'apporter leur soutien, bien qu'il fût déjà trop tard à ce moment-là ? Sais-tu aussi que je n'ai à répondre de mes actions ni devant toi ni devant personne ?

C'était bien de Frigate, de mettre sur le tapis un sujet de conversation aussi déplacé en de pareilles circonstances. Peut-être l'Américain voulait-il éviter d'avoir à se blâmer lui-même en détournant sur lui sa rage et ses angoisses. Peut-être avait-il vraiment l'impression que son héros lui avait failli.

Lev Ruach était assis à côté d'eux sans rien dire, la tête entre les mains. Il se tourna soudain vers Burton et déclara d'une voix emphatique :

– Je te souhaite la bienvenue dans ce camp de concentration, Richard. Je suppose que c'est ta première expérience. Pour moi, c'est une vieille histoire. Je la connais par cœur depuis le début. J'ai été déporté dans un camp nazi, et j'en ai réchappé. J'ai séjourné dans un camp russe, et j'en ai réchappé. En Israël, j'ai été capturé par des Arabes, et j'en ai réchappé. Peut-être que je sortirai d'ici aussi, mais pour aller où ? Dans un autre camp ? Ils semblent n'avoir pas de fin. Les hommes ne cessent de les construire pour y jeter cet éternel prisonnier, le juif, ou un de ses nombreux substituts. Même ici, où nous avions pris un nouveau départ, où toutes les religions, tous les préjugés, auraient dû être fracassés sur l'enclume de la Résurrection, bien peu de choses ont changé.

– Tais-toi donc un peu, dit un homme qui venait de s'asseoir à côté de Ruach.

Il avait des cheveux roux si bouclés qu'on eût dit qu'ils étaient crépus, des yeux bleu clair et un visage dont les traits auraient été harmonieux n'eût été son nez cassé. Il mesurait un mètre quatre-vingts et avait un corps de lutteur.

– Je m'appelle Dov Targoff, poursuivit-il avec l'accent d'Oxford. Ex-commandant de la Marine israélienne. Ne faites surtout pas attention aux propos de cet homme. C'est un juif de l'ancienne génération, un pessimiste, un de ces types qui ne savent que se lamenter devant le Mur au lieu de se battre comme des hommes.

Ruach se dressa d'un bond, indigné :

– Ecoutez-moi ce *sabra* insolent ! Je me suis battu, moi aussi ! J'ai tué ! Je n'ai pas l'habitude de pleurnicher ! Que fais-tu donc de plus que moi, guerrier à la manque ? N'es-tu pas un esclave comme nous tous ici ?

– C'est l'éternelle histoire, commenta une femme qui écoutait aussi la conversation. (Elle était grande et brune. Si son corps n'avait pas été aussi décharné, elle aurait sans doute été très belle...) C'est l'éternelle histoire, répéta-t-elle. Nous nous battons entre nous pendant que l'ennemi conquiert. Nous nous battions ainsi quand Titus assiégeait Jérusalem. Nous avons massacré plus de nos frères que de Romains. De même que...

Les deux hommes la prirent violemment à partie. Une discussion animée s'ensuivit, à laquelle un garde mit fin en distribuant quelques coups de bâton.

Un peu plus tard, entre ses lèvres tuméfiées, Targoff murmura :

– Ce garde-là... j'aurai sa peau. Je ne supporterai pas ces humiliations plus longtemps. Bientôt...

– Vous avez un plan? demanda Frigate en se penchant en avant.

Mais Targoff refusa de répondre.

Peu de temps avant l'aube, les esclaves furent réveillés et conduits à la pierre à graal. Une fois de plus, on préleva la majeure partie de leur ration. Après ce maigre repas, ils furent répartis dans différentes équipes de travail. Burton et Frigate furent conduits à la frontière nord, où travaillaient un millier d'esclaves, nus sous le soleil ardent, sans aucun autre répit que celui de midi, où ils étaient rassemblés autour de la pierre à graal.

Leur travail consistait à édifier une muraille entre la montagne et le Fleuve. Plus tard Gœring avait l'intention de construire un rempart sur toute la longueur du lac, soit quinze kilomètres environ, puis un troisième mur au sud, là où débouchait le goulet qu'avaient franchi Burton et ses compagnons.

Les esclaves devaient d'abord creuser une tranchée profonde, dont la terre servait de remblai pour construire le mur. Le travail était très pénible. Ils ne disposaient que de houes de pierre pour attaquer le sol. Les racines des herbes étaient coriaces et formaient une masse compacte difficile à percer avec d'aussi rudimentaires outils. La terre et les racines étaient ensuite jetées, à l'aide de pelles en bois, sur de grands plateaux de bambou que d'autres équipes hissaient, toujours plus haut, au sommet du rempart où on tassait le tout.

Le soir venu, les esclaves furent de nouveau rassemblés dans l'enclos. La plupart, épuisés, s'endormirent sur-le-champ. Mais Targoff, l'Israélien aux cheveux roux, vint s'asseoir à côté de Burton.

– Le téléphone arabe fonctionne assez bien ici, dit-il. J'ai entendu parler des prouesses que votre équipage et vous avez accomplies. Je sais que vous avez refusé de vous joindre à l'armée de porcs commandée par Gœring.

– Et vous a-t-on aussi parlé de mon livre infâme ? demanda sardoniquement Burton.

Targoff eut un sourire.

– Je n'aurais jamais connu son existence sans Lev Ruach. Mais je ne suis pas aussi sensibilisé que lui à ces questions-là. Pour moi, vos actes parlent d'eux-mêmes. Je ne peux pas réellement blâmer Ruach, après tout ce qu'il a subi. Mais je ne crois pas non plus que vous auriez agi comme vous l'avez fait si vous correspondiez à sa description. Vous êtes un homme courageux. Le genre d'hommes dont nous avons besoin. Par conséquent...

Suivirent des jours et des nuits de dur labeur et de rations de famine. Burton apprit bientôt, grâce à ce que Targoff appelait le téléphone arabe, ce qu'étaient devenues les femmes. Wilfreda et Fatima avaient rejoint les appartements de Campbell. Loghu était avec Tullus. Gœring avait gardé Alice une semaine, puis l'avait cédée à un de ses lieutenants, un certain Manfred von Kreyscharft. Le bruit courait que Gœring s'était plaint de la froideur d'Alice et avait voulu la livrer à ses gardes du corps pour qu'ils la traitent selon leur bon plaisir, mais que von Kreyscharft l'avait demandée et obtenue pour lui seul.

Ces nouvelles étaient pour Burton un véritable supplice. Il ne supportait pas d'imaginer Alice en compagnie de Gœring ou de von Kreyscharft. Il était décidé à tuer ces maudits, ou au moins à mourir en essayant. Tard dans la nuit, il sortit de la hutte qu'il occupait en compagnie de vingt-quatre hommes et se glissa dans celle de Targoff pour le réveiller discrètement :

– Vous m'avez dit que vous aviez besoin de moi. Quand allez-vous me mettre au courant de vos plans ? Je vous avertis que si vous ne le faites pas tout de suite, j'ai l'intention de déclencher quelque chose avec l'aide de mon groupe et de tous ceux qui voudront bien se joindre à nous.

– Ruach m'a donné d'autres précisions sur vous, déclara froidement Targoff. Je n'avais pas compris vraiment, la première fois, ce qu'il voulait dire. Comment un juif pourrait-il faire confiance à quelqu'un qui a écrit un livre tel que le vôtre ? Comment être sûr qu'un homme comme vous ne se retournera pas contre nous, une fois que notre ennemi commun aura été détruit ?

Burton ouvrit la bouche pour lui répliquer vertement, mais se ravisa aussitôt. Pendant quelques instants, il garda le silence. Puis il expliqua calmement :

– En premier lieu, j'estime que mes actions sur la Terre sont plus éloquentes que tout ce que j'ai pu écrire. J'ai été l'ami ou le protecteur de nombreux juifs.

– Voilà une phrase qui a servi bien souvent de prélude à une attaque contre mon peuple.

– C'est bien possible. Toutefois, même à supposer que le point de vue de Ruach soit fondé, le Richard Burton que vous avez devant vous dans cette vallée n'est pas le même que celui qui a vécu sur la Terre. Je pense que tout homme qui se trouve ici a été changé par cette extraordinaire expérience. Sinon, c'est que l'humanité est incapable de changement. Elle aurait aussi bien fait de périr définitivement.

» Durant les quatre cent soixante-seize jours que j'ai passés au bord de ce Fleuve, j'estime avoir beaucoup appris. J'ai toujours été capable de changer d'avis. J'ai eu l'occasion d'écouter longuement Frigate et Ruach. Nous avons discuté fréquemment et passionnément de tous ces problèmes. Bien que je n'aie jamais voulu l'admettre devant eux, ce qu'ils m'ont dit m'a fait réfléchir. Voilà ce que je tenais à vous faire comprendre.

– La haine du juif, répondit Targoff, est quelque chose dont certains sont imprégnés dès l'enfance. Il ne suffit pas de vouloir s'en débarrasser. A moins qu'elle ne soit superficielle, ou qu'on soit doté d'une volonté peu commune. Voyez le chien de Pavlov. Agitez la cloche, il salive. Prononcez le mot juif, et l'inconscient balaye la volonté du gentil. C'est comme, pour moi, le mot *arabe.* Il est vrai que ma haine des Arabes a des fondements réalistes.

– J'ai assez plaidé, déclara Burton. Vous m'acceptez

ou vous me repoussez. Dans les deux cas, vous savez ce que je ferai.

– Je vous accepte. Si vous êtes capable de changer d'avis, je le suis aussi. J'ai travaillé à vos côtés, j'ai mangé mon pain avec vous. Je me flatte de savoir juger un homme. Mais dites-moi, si vous aviez à établir un plan, comment vous y prendriez-vous ?

Targoff écouta attentivement les explications de Burton. Finalement, il hocha la tête en disant :

– Cela correspond en partie à ce que nous avions décidé. Maintenant, voici ce que je propose...

16

Le lendemain matin, juste après le petit déjeuner, des gardes vinrent chercher Frigate et Burton. Targoff posa sur ce dernier un regard lourd de suspicion. Burton savait ce qu'il était en train de penser, mais il n'y avait rien d'autre à faire, pour l'instant, que se laisser conduire docilement jusqu'au « palais » de Gœring.

L'Allemand était assis dans une sorte de grand trône en bois. Il fumait la pipe. Il les invita pompeusement à s'asseoir en face de lui et leur offrit un cigare et une coupe de vin.

– De temps à autre, leur dit-il, j'éprouve le besoin de me changer les idées en bavardant avec d'autres personnes que celles qui m'entourent habituellement et qui ne sont pas toujours, à vrai dire, particulièrement brillantes. Surtout, j'aime parler à des gens qui ont vécu après ma mort, ou qui ont été célèbres en leur temps. Mais je n'ai pas tellement eu d'occasions, jusqu'à présent.

– Pourtant, beaucoup de vos esclaves israéliens ont vécu après vous, déclara Frigate.

– C'est vrai qu'il y a les juifs, fit Gœring en traçant dans l'air avec sa pipe un arc de cercle insouciant. Mais l'ennui, avec eux, c'est qu'ils me connaissent trop bien. Ils se ferment quand j'essaye de leur parler, et trop d'entre eux ont déjà essayé de me tuer pour que je puisse me sentir à l'aise en leur présence. Croyez-moi, je n'ai rien contre les juifs en général. Je ne prétends pas les aimer particulièrement, mais je comptais parmi eux quelques bons amis qui...

Burton se sentit rougir. Gœring, après avoir tiré une bouffée de sa pipe, continua :

– Le Führer était un grand homme, mais il avait certains côtés ridicules. En particulier, son attitude envers les juifs. Moi-même, je n'étais certes pas aussi sensibilisé que lui à ce problème, mais que voulez-vous... L'Allemagne de mon époque était profondément antisémite. Il faut savoir prendre le train en marche, si l'on veut arriver quelque part dans la vie. Assez parlé de ça. Même ici, on ne peut leur échapper !

Il monologua encore quelques instants, puis posa à Frigate plusieurs questions concernant le sort de ses contemporains et l'histoire de l'Allemagne d'après-guerre.

– Si vous, les Américains, vous aviez eu le moindre bon sens politique, vous auriez déclaré la guerre à la Russie aussitôt après notre capitulation. Nous aurions pu combattre ensemble les Bolcheviks; nous les aurions écrasés.

Frigate ne répondit pas. Gœring leur raconta alors plusieurs histoires « drôles » d'une obscénité extrême. Puis, sans transition, il demanda à Burton de lui donner des précisions sur l'étrange expérience qu'il avait faite juste avant sa résurrection dans la vallée.

Burton fut sidéré. Comment Gœring avait-il pu entendre parler de cela ? Par Kazz, peut-être ? A moins qu'il n'y eût un informateur parmi les esclaves ?

Il raconta, sans rien dissimuler, tout ce qui s'était passé entre le moment où il avait ouvert les yeux dans cet endroit étrange où flottaient les corps inanimés et celui où le passager de la pirogue volante avait pointé sur lui le tube de métal.

– Monat, l'extra-terrestre, a une théorie intéressante, expliqua-t-il. D'après lui, la Terre n'aurait cessé d'être observée par des créatures supérieures depuis que l'homme a dépassé le stade du primate, c'est-à-dire depuis deux millions d'années au moins. Ces supercréatures auraient, d'une manière ou d'une autre, enregistré les cellules de tous les êtres humains ayant jamais existé, depuis le moment de leur conception, j'imagine, jusqu'à celui de leur mort. L'idée semble incroyable, mais elle ne l'est pas plus que la résurrection générale de toute l'humanité dans cette vallée. Les enregistrements ont peut-être été faits du vivant des enregistrés, ou encore à partir de vibrations rémanentes, après leur mort, un peu comme la lumière des étoiles qui est encore perçue, au loin, des milliers d'années après leur disparition.

» Quoi qu'il en soit, Monat penche plutôt pour la première théorie. Il ne croit pas à la possibilité de remonter le passé, même d'une manière restreinte. Il pense que ces extra-terrestres avaient stocké les enregistrements, grâce à une technique qu'il est incapable d'expliquer. Il lui paraît évident que ce monde a été spécialement aménagé à notre intention. Les rives du Fleuve sont faites pour accueillir l'humanité entière. Au cours de notre long voyage, nous avons eu l'occasion de parler à des dizaines de personnes qui ont vécu aux quatre coins de cette planète. Certaines, d'après leurs descriptions, venaient de régions situées tout au nord de l'hémisphère septentrional; d'autres, du sud de l'hémisphère austral. Partout, le paysage est le même : le Fleuve, la vallée, l'humanité grouillante et les pierres à graal. Tout indique que cette planète a été artificiellement préparée et uniformisée pour recevoir les populations de la Terre.

» Les personnes que nous avons interrogées étaient toutes mortes, une ou plusieurs fois, après leur résurrection, à la suite d'un crime ou d'un accident. Elles avaient été ressuscitées, au hasard, semble-t-il, dans les régions que nous traversions. Toujours d'après Monat, nous sommes tous enregistrés en permanence. Lorsque l'un de nous meurt, sa matrice, parfaitement à jour, est placée quelque part, peut-être dans les profondeurs de la planète, dans un convertisseur énergie-matière. Le corps est reproduit exactement tel qu'il était au moment de la mort. Puis il subit, inanimé, un processus de rajeunissement et de réparation. Sans doute à l'endroit même où je me suis réveillé, la première fois. Après cela, les corps remis à neuf sont de nouveau enregistrés, puis détruits. Le stade suivant consiste à les reproduire à la surface de la planète, près des pierres à graal, grâce à un équipement dissimulé sous terre, qui utilise sans doute comme source d'énergie la chaleur du noyau planétaire. J'ignore pourquoi les gens qui meurent ici ne sont pas ressuscités au même endroit. Mais il est vrai que j'ignore aussi pourquoi nous nous sommes réveillés glabres, pourquoi la barbe des hommes ne repousse pas, pourquoi ils sont circoncis, pourquoi les femmes redeviennent vierges au moment de leur résurrection. Et pourquoi nous ressuscite-t-on ? Pour quel mystérieux dessein ? Ceux qui nous ont placés ici n'ont pas daigné se montrer pour nous expliquer pourquoi.

– Le fait est, dit Frigate, que nous ne sommes pas les personnes que nous étions sur la Terre. Nous sommes morts. Burton est mort, vous êtes mort, Hermann Gœring. Je suis mort, moi aussi, et *rien* ne peut nous redonner la vie !

Gœring aspira bruyamment sur sa pipe, contempla Frigate et déclara avec un haussement d'épaules :

– Rien ? Je me sens parfaitement en vie ! Prétendez-vous le contraire ?

– Oui, je le prétends; en un sens. Vous êtes bien en vie, mais vous n'êtes pas le même Hermann Gœring que celui qui est né au sanatorium de Marienbad, à Rosenheim, en Bavière, le 12 janvier 1893. Vous n'êtes pas le Hermann Gœring qui avait pour grand-père un certain Dr Hermann Eppenstein, juif converti au christianisme. Vous n'êtes pas le Gœring qui a succédé à von Richthofen après sa mort et continué à mener ses escadrilles au combat contre les Alliés, même après la fin de la guerre. Vous n'êtes pas le Reichsmarschall de l'Allemagne hitlérienne, ni le réfugié arrêté par le lieutenant Jerome N. Shapiro. Eppenstein et Shapiro ! Ha, ha ! Vous n'êtes pas non plus le Hermann Gœring qui a mis fin à ses jours en avalant du cyanure de potassium pendant le procès où l'on jugeait ses crimes contre l'humanité !

Gœring bourra méthodiquement sa pipe tout en déclarant doucement :

– Vous semblez savoir beaucoup de choses sur moi.

Je suppose que je devrais me sentir flatté. Au moins, je n'ai pas été oublié.

– Vous l'avez été, en un sens, répliqua Frigate. La seule chose qui vous a survécu, c'est une réputation de clown sinistre, de raté et de lèche-cul.

Ces paroles surprirent Burton. Il n'aurait jamais cru l'Américain capable de se dresser ainsi contre quelqu'un qui avait sur lui pouvoir de vie et de mort. Mais peut-être Frigate espérait-il ainsi être tué plus vite.

Il était plus probable qu'il tablait sur la curiosité de Gœring.

– Expliquez-vous, demanda ce dernier. Pas en ce qui concerne ma réputation. Tout homme occupant une position tant soit peu importante doit s'attendre à être méconnu et calomnié par les masses stupides. Mais dites-moi pourquoi je ne serais pas le même homme.

Frigate sourit légèrement en disant :

– Vous êtes le produit hybride de l'union d'une matrice et d'un convertisseur. Vous avez en vous les souvenirs de Gœring et vos cellules sont un duplicata des siennes. Vous lui ressemblez en tout point. Vous croyez donc être Hermann Gœring; mais vous faites erreur ! Vous n'êtes qu'une vulgaire copie. L'original n'existe plus. Ses molécules ont été dispersées, absorbées par le sol et l'air, par les plantes, les animaux et les hommes, pour être ensuite rejetées sous forme d'excréments, *und so weiter.* Mais vous, qui êtes devant moi, vous n'êtes pas l'original. Pas plus que les sillons d'un disque qui ont capté la voix d'un chanteur ne sont capables de reproduire un homme !

Burton avait vu un phonographe d'Edison à Paris en 1888. Il comprit l'allusion, mais se sentit indigné par les affirmations de Frigate. Le visage écarlate et les yeux écarquillés de Gœring indiquaient clairement qu'il se sentait, lui aussi, menacé dans tout son être. Après avoir grommelé quelque chose d'incompréhensible, l'Allemand demanda :

– Expliquez-moi, je vous prie, pourquoi ces êtres supérieurs se donneraient tout ce mal pour fabriquer de simples duplicata ?

– Je n'en ai pas la moindre idée, avoua Frigate en haussant les épaules.

Gœring bondit soudain de son siège en pointant sur Frigate le tuyau de sa pipe :

– Vous mentez! hurla-t-il en allemand. Vous mentez, *Scheisshund!*

Frigate frémit, comme s'il s'attendait à être frappé. Mais il répondit quand même :

– Je suis sûr de ne pas me tromper. Evidemment, vous n'êtes pas obligé de me croire sur parole. Je ne peux rien prouver. Et je comprends parfaitement ce que vous ressentez. Moi aussi, je *sais* que je suis Peter Jairus Frigate, né en 1918, mort en 2008. Mais je suis également obligé d'admettre, parce que la logique me le dicte, que je ne suis rien d'autre qu'une copie dotée des souvenirs d'un certain Frigate qui est mort à jamais. En un sens, je suis son fils. Non pas chair de sa chair, sang de son sang, mais esprit de son esprit. Je ne suis pas l'homme qui est né d'une femme, sur une Terre désormais perdue. Je suis l'enfant oblique de la science et d'une machine. A moins que...

– A moins que? demanda Gœring.

– A moins qu'il n'existe une entité attachée au corps de l'homme, une entité qui *serait* l'être humain. Elle contiendrait le principe de l'individu, tout ce qu'il est, et même quand le corps serait détruit, elle continuerait d'exister. De sorte que si le corps était recréé, cette entité, qui contient l'essence de l'individu, n'aurait qu'à regagner sa nouvelle enveloppe pour assurer la continuité de l'individu, qui ne serait donc pas seulement une copie.

– Pour l'amour de Dieu, Pete! s'écria Burton. Tu ne veux pas parler de l'*âme*?

Frigate hocha lentement la tête :

– Quelque chose comme ça, Dick. Quelque chose dont tous les primitifs ont su confusément reconnaître l'existence. Je suppose qu'il s'agit de l'âme, oui.

Gœring éclata d'un rire tonitruant. Burton aurait bien ri aussi, mais il ne voulait pas avoir l'air d'apporter un soutien, même moral ou intellectuel, à Gœring.

Quand ce dernier eut fini de rire, il déclara :

– Même ici, dans un monde qui est indubitablement le produit de la science, les tenants du surnaturel ne désarment pas. Mais assez parlé de cela. Passons à des questions plus immédiates et plus pratiques. Dites-moi si vous avez changé d'avis en ce qui concerne la proposition que je vous ai déjà faite. Etes-vous prêts à vous joindre à moi ?

Burton lui jeta un regard fulgurant :

– Je n'ai rien à faire avec un homme qui abuse honteusement des femmes. De plus, j'éprouve un grand respect pour les Israéliens. Je préfère être esclave en leur compagnie que libre auprès de vous.

Gœring plissa le front et répondit d'une voix dure :

– Très bien. Je m'attendais à une réponse de ce genre. Mais j'avais espéré, un instant... Quoi qu'il en soit, je vous avouerai que j'ai en ce moment quelques difficultés avec le Romain. S'il parvient à ses fins, vous comprendrez alors à quel point j'ai été clément envers mes esclaves. Vous ignorez de quoi il est capable. Sans mon intervention, chaque soir, l'un de vous serait torturé à mort, rien que pour son plaisir.

A midi, Frigate et Burton reprirent leur travail dans les collines. Ni l'un ni l'autre, cependant, n'eut l'occasion de parler à Targoff ou aux autres esclaves, leurs tâches respectives les maintenant constamment éloignés. Ils n'osaient pas se rapprocher ouvertement de lui, car l'attention des gardes aurait été immanquablement attirée et tout le monde aurait été sévèrement puni.

Le soir, dans l'enclos, Burton raconta aux autres ce qui s'était passé.

– Il est probable que Targoff ne voudra pas croire mon histoire. Il est déjà persuadé que nous sommes des traîtres. Même s'il subsiste un doute dans son esprit, il ne voudra pas prendre de risques. Il va donc y avoir des difficultés. Il est regrettable que les choses se soient passées ainsi, car le plan d'évasion devra être annulé pour cette nuit.

Rien d'anormal ne se produisit, au début de la nuit tout au moins. Les Israéliens évitaient Frigate et Burton, qui furent dans l'impossibilité de leur glisser un mot. Puis les étoiles baignèrent l'enceinte fortifiée d'une clarté presque aussi vive que celle de la pleine lune, sur la Terre.

Les prisonniers demeurèrent à l'intérieur des huttes. Ils parlaient à voix basse, tête contre tête. Malgré leur extrême fatigue, ils ne pouvaient dormir. Les gardes avaient dû sentir la tension qui était dans l'air. Incapables de voir ou d'entendre les prisonniers, ils ne cessaient d'arpenter le chemin de ronde, en s'arrêtant de temps à autre pour échanger quelques mots et pour scruter l'enclos à la lueur des étoiles et des torches de résine.

– Targoff ne fera rien avant la pluie, dit Burton.

Puis il distribua les tours de garde. Frigate s'apprêta à prendre la première faction. Ensuite viendrait Spruce, puis Burton en troisième. Il s'étendit sur sa litière de feuilles et, ignorant le murmure des hommes et leur agitation, s'endormit aussitôt.

Il lui sembla qu'il avait eu à peine le temps de fermer les yeux quand Robert Spruce le secoua. Il se leva vivement, en bâillant et en s'étirant. Les autres étaient déjà debout. Quelques instants plus tard, le premier nuage se forma. Au bout de dix minutes, les étoiles avaient disparu. Le tonnerre grondait dans les montagnes et le premier éclair zébra le ciel opaque. A sa lueur, Burton aperçut les gardes accroupis à l'abri de l'auvent qui dépassait des tours de guet, à chaque extrémité du mur d'enceinte. Ils se protégeaient tant bien que mal de la pluie et du froid à l'aide des tissus multicolores fournis par les graals.

Burton profita d'un répit entre deux éclairs pour se glisser furtivement jusqu'à la hutte voisine. Targoff était debout devant l'entrée.

– Votre plan tient toujours ? demanda Burton en se montrant soudain.

– Je vais vous le dire, fit Targoff, dont un éclair illumina le visage déformé par la rage. Espèce de Judas !

Il fit un pas en avant. Une douzaine d'hommes sortirent aussitôt de la hutte. Burton n'attendit pas. Il attaqua le premier. Mais tout en se lançant en avant, il entendit un étrange bruit sourd qui le fit s'immobiliser pour regarder derrière lui. Un autre éclair lui révéla la forme disloquée d'un garde étalé dans l'herbe au pied du mur d'enceinte.

– Que se passe-t-il? demanda Targoff, qui avait baissé les poings quand Burton lui avait tourné le dos.

– Attendez une seconde, dit Burton.

Il n'avait pas la moindre idée de ce qui était en train de se passer, mais estimait que n'importe quelle diversion ne pourrait jouer qu'à son avantage. Un éclair illumina la silhouette massive de Kazz au milieu du chemin de ronde. Il était en train de faire tournoyer une énorme hache de pierre en direction d'un groupe de gardes apeurés acculés à l'angle de la muraille. Nouvel éclair, et il vit des gardes étendus en travers du chemin de ronde. Obscurité. A l'éclair suivant, un nouveau garde avait été abattu et deux autres fuyaient dans des directions opposées.

Un autre éclair, illuminant le mur d'enceinte tout entier, leur montra que, finalement, les autres gardes s'étaient rendu compte de ce qui se passait. Ils accouraient sur le chemin de ronde en criant et en agitant leurs lances.

Sans leur prêter la moindre attention, Kazz fit descendre dans l'enclos une longue échelle de bambou, puis jeta dans l'herbe une douzaine de lances et de haches de pierre. L'éclair suivant le montra en train d'affronter les premiers gardes qui arrivaient en courant.

Burton ramassa un javelot et grimpa à l'échelle avec l'agilité d'un singe. Les autres, y compris les Israéliens, le suivirent. Le combat fut bref, mais sanglant. Une fois les gardes du chemin de ronde éliminés, ils s'occupèrent de ceux qui étaient à l'intérieur des tours de guet. Puis ils portèrent l'échelle à l'autre bout du mur d'enceinte et l'appliquèrent contre le portail. En une minute, deux hommes descendirent à l'extérieur et ouvrirent la lourde barrière. Pour la première fois, Burton trouva l'occasion de parler à Kazz.

– Je croyais que tu nous avais trahis.

– Kazz incapable de faire une chose pareille, fit le Neandertalien avec un regard de reproche. Kazz aime Burton-*nak*. Burton-*nak* mon ami, mon chef. J'ai fait semblant de rejoindre l'ennemi parce que ça bonne tactique. Moi surpris toi pas faire pareil. Toi pas fou !

– Je comprends, dit Burton. Mais je ne pouvais me résoudre à tuer un esclave.

A la lueur d'un éclair, il vit Kazz hausser les épaules.

– Ça pas grave. Moi pas connaître esclaves. Et Gœring a dit eux mourir, de toute façon.

– Je suis content que tu aies décidé de nous aider cette nuit, fit Burton.

Il ne donna pas d'autre explication à Kazz, car il ne tenait pas à semer la confusion dans l'esprit du Neandertalien et ils avaient des choses plus importantes à accomplir.

– Cette nuit très favorable pour nous, murmura Kazz. Grande bataille en ce moment. Tullus et Gœring complètement ivres. Dispute. Hommes à eux se battre aussi. Pendant qu'ils s'entretuent, ennemis traversent le Fleuve. Hommes à peau très brune... comment appelles-tu ?... Onondagas, c'est ça, c'est ça. Arriver en bateau juste avant pluie. Expédition pour voler esclaves, je pense. Ou juste comme ça, pour rigoler, peut-être. Moi dire ça bon moment pour agir et libérer mon ami Burton-*nak*.

Aussi soudainement qu'elle avait débuté, la pluie cessa. Burton entendit alors des cris et des clameurs dans le lointain, du côté du Fleuve. De toutes parts, des tambours de guerre résonnaient. Il se tourna vers Targoff :

– Nous avons le choix entre la fuite, qui serait aisée à la faveur des circonstances, et l'attaque.

– J'ai l'intention d'écraser cette vermine qui nous a réduits en esclavage, répondit Targoff. Il y a d'autres enclos dans le voisinage. J'ai envoyé mes hommes ouvrir leurs portails. Nous libérerons le plus grand nombre possible d'esclaves avant de lancer notre attaque.

Le bâtiment abritant la garnison des camps avait été pris d'assaut. Les esclaves s'armèrent, puis se dirigèrent vers l'endroit où les bruits de combat avaient le plus d'intensité. Le groupe de Burton formait l'aile droite de la petite troupe. Après avoir parcouru moins d'un kilomètre, ils arrivèrent à un endroit jonché de morts et de blessés, blancs et Onondagas mêlés.

Malgré la pluie battante, un incendie s'était déclaré. Les flammes, qui éclairaient tout le paysage alentour, venaient du corps de la forteresse. Des silhouettes s'agitaient partout. La troupe des esclaves s'avança à travers la plaine. Soudain, l'un des deux groupes qui étaient aux prises rompit le combat et s'enfuit dans la direction des esclaves, talonné par ses adversaires qui poussaient des clameurs victorieuses.

– J'aperçois Gœring, dit Frigate. J'ai l'impression que sa graisse ne va pas l'aider.

Il tendit l'index et Burton distingua à son tour l'Allemand, déjà à la traîne des autres, dont les jambes courtes s'activaient désespérément pour regagner le terrain perdu sur ses poursuivants.

– Je ne laisserai pas à ces Indiens le plaisir de le tuer, dit Burton. C'est à nous qu'il appartient de venger l'honneur d'Alice.

En tête de ceux qui fuyaient était la haute silhouette de l'Ecossais, Campbell. Ce fut vers lui que Burton dirigea sa lance. Campbell dut avoir l'impression que le projectile surgissait du néant. Trop tard, il essaya de l'éviter. La pointe de silex pénétra dans sa chair, au creux de l'épaule, et il roula à terre. Il voulut se relever aussitôt, mais Burton le déséquilibra d'un coup de pied en pleine poitrine.

Les yeux de Campbell roulaient dans leurs orbites. Un filet de sang coulait au coin de sa bouche. Il désigna une autre blessure qu'il avait, une profonde entaille au côté, juste au-dessous des côtes.

– C'est votre... femme... Wilfreda... qui m'a fait ça... haleta-t-il. Mais je l'ai tuée... la salope.

Burton aurait voulu lui demander où était Alice, mais Kazz, dans un déluge de mots incompréhensibles prononcés dans sa langue natale, abattit sa massue sur le crâne de l'Ecossais. Burton récupéra sa lance et courut après le Neandertalien :

– Ne tue pas Gœring ! hurla-t-il. Laisse-le-moi !

Il ignorait si Kazz l'avait entendu. Déjà, le Neandertalien était occupé à se battre avec deux Onondagas.

Mais soudain, Burton aperçut Alice, qui passait en courant devant lui.

Il lui saisit le bras au passage et lui fit faire volte-face. Elle hurla et se débattit comme une furie. Burton cria à son tour. En le reconnaissant soudain, elle s'effondra dans ses bras et se mit à sangloter. Burton aurait bien voulu essayer de la consoler, mais il avait trop peur que Gœring ne lui échappe. Il repoussa doucement Alice et courut à la poursuite de l'Allemand. Il jeta sa lance vers lui. Le silex érafla la tête de Gœring, qui se retourna puis s'arrêta de courir et se baissa pour chercher l'arme. Mais déjà, Burton était sur lui. Les deux hommes roulèrent à terre en s'agrippant mutuellement la gorge.

Quelque chose heurta Burton derrière la tête. A demi assommé, il lâcha prise. Gœring le repoussa en arrière et ramassa la lance qu'il leva au-dessus de Burton. Celui-ci essaya de se remettre debout, mais ses jambes étaient en coton et tout vacillait autour de lui. Soudain, Alice surgit derrière Gœring et plongea dans ses jambes. L'Allemand tomba en avant. Burton fit un nouvel effort pour se relever. Il fit quelques pas chancelants et se laissa tomber sur Gœring. Ils roulèrent plusieurs fois l'un sur l'autre. Gœring réussit à saisir Burton à la gorge. A ce moment-là, un javelot frôla l'épaule de Burton et se planta dans la gorge de Gœring.

Burton se mit debout, arracha l'arme et la replongea aussitôt dans le ventre de l'Allemand. Celui-ci tenta de se redresser une dernière fois, mais retomba en arrière et mourut. Alice se laissa tomber à terre en sanglotant.

L'aube se leva sur la fin des combats. Il ne restait plus rien de la citadelle et des enclos où étaient gardés les esclaves. Les guerriers de Gœring et Tullus avaient été broyés entre leurs deux ennemis, les esclaves d'un côté et les Onondagas de l'autre. Les Indiens, qui n'avaient attaqué sans doute que pour piller et emmener quelques femmes avec eux, se replièrent prudemment. Ils regagnèrent leurs pirogues et s'éloignèrent rapidement en direction de la rive opposée du lac. Personne n'essaya de les poursuivre.

17

Les jours qui suivirent furent occupés à remettre un peu d'ordre dans le territoire. Selon un premier recensement effectué sous la direction de Burton, il y avait eu cette nuit-là vingt mille tués, blessés grièvement, disparus ou enlevés par les Onondagas. Le Romain Tullus Hostilius avait apparemment réussi à s'échapper. Les esclaves nommèrent un gouvernement provisoire. Targoff, Burton, Spruce, Ruach et deux autres formèrent un comité exécutif doté d'un pouvoir considérable, mais en principe temporaire. John de Greystock figurait au nombre des disparus. On l'avait vu au début des combats, puis soudain plus personne n'avait remarqué sa présence.

Alice s'installa, sans faire aucun commentaire, dans la hutte de Burton. Plus tard, elle donna les raisons de son attitude :

– D'après Frigate, dit-elle, toute cette planète est construite sur le même modèle. Le Fleuve, la vallée, les montagnes au loin comme une barrière. Le Fleuve doit avoir au moins trente millions de kilomètres de long. Cela paraît incroyable, mais notre résurrection ne l'est pas moins. D'autre part, on peut estimer à trente-cinq ou quarante milliards le nombre d'êtres humains répartis le long du Fleuve. Dans ces conditions quelles chances aurais-je jamais de retrouver mon mari ? Pardessus le marché, je t'aime. Je sais que je ne me comporte guère comme si je t'aimais. Mais quelque chose a changé en moi. Peut-être à cause de tout ce que je viens de subir. Sur la Terre, je ne crois pas que j'aurais jamais pu t'aimer. Tu m'aurais fascinée, oui, peut-être, mais tu m'aurais horrifiée, effrayée en même temps. Je n'aurais jamais pu faire une bonne épouse pour toi. Ici, je crois que c'est possible. Je serai ta concubine, puisqu'il n'existe ici aucune autorité, civile ou religieuse, qui ait le pouvoir de nous marier. Cela te montre à quel point j'ai changé, pour accepter tranquillement l'idée de vivre avec un homme qui n'est pas mon mari... ! Mais voilà, c'est ainsi.

— Nous ne sommes plus à l'époque victorienne, répondit Burton. Comment appeler cette période où nous vivons ? L'Ere du Chaos, le Temps du Brassage ? Finalement, toutes ces cultures en présence donneront peut-être la civilisation du Fleuve, ou plutôt *les* civilisations du Fleuve.

— A condition que cela dure. Tout a commencé subitement, tout peut prendre fin de la même façon.

Pourtant, médita Burton, ce grand Fleuve, cette plaine, ces collines boisées et ces montagnes aux sommets inaccessibles n'étaient certainement pas de la substance dont on fait les rêves. Tout cela était concret, tangible, aussi réel que le petit groupe qui s'approchait en ce moment de la hutte en discutant avec animation. Il y avait là Frigate, Lev Ruach, Monat et Kazz. Il sortit pour les accueillir. Ce fut le Neandertalien qui parla le premier :

— Il y a longtemps, quand moi pas savoir encore bien parler, moi voir une chose bizarre. Essayé d'expliquer, mais Burton-*nak* pas compris. Kazz voir un homme qui n'a pas la marque sur le front.

Il posa l'index au milieu de son front, puis fit le même geste sur le front de chacun des autres.

— Je sais, poursuivit-il, que tu ne la vois pas. Pete et Monat non plus. Personne ne la voit. Mais elle est sur tout le monde. Trois fois seulement, moi pas voir cette marque. La première, il y a longtemps, quand Kazz a essayé d'attraper un homme qui s'est enfui. La deuxième fois, c'était une femme, sur la rive. Nous à bord du bateau. Kazz rien dit à personne. Et maintenant, il y a quelqu'un d'autre.

— Il veut dire, intervint Monat, qu'il est capable de percevoir certains caractères ou symboles sur le front de chacun d'entre nous. Il ne les voit qu'en pleine lumière, et seulement sous un certain angle. Mais tous ceux qui sont ici portent ce signe, à l'exception des trois personnes qu'il a mentionnées.

— Il doit voir un peu plus loin que nous dans le spectre, dit Frigate. De toute évidence, ceux qui nous ont marqués du signe de la bête — c'est la première comparaison qui vient à l'esprit — ignoraient cette faculté propre à l'espèce à laquelle appartient Kazz. Ce qui, au moins, nous prouve qu'« ils » ne sont pas omniscients.

– Ni infaillibles, renchérit Burton. Sinon, je ne me serais jamais réveillé dans cet endroit étrange, avant d'être ressuscité. Mais qui est cette personne qui ne porte pas le signe sur le front ?

Il avait posé la question posément, mais son cœur battait à coups redoublés dans sa poitrine. Si Kazz ne se trompait pas, il avait peut-être repéré un agent travaillant pour le compte de ceux qui avaient ressuscité l'espèce humaine tout entière. Des dieux déguisés ?

– Il s'agit de Robert Spruce ! dit Frigate.

– Avant de conclure trop hâtivement, suggéra Monat, n'oublions pas que l'absence de marque pourrait être le fait d'une erreur.

– Nous découvrirons bien la vérité, déclara Burton d'une voix qui ne présageait rien de bon. Mais quelle peut bien être l'utilité de ces symboles ? Pourquoi nous marquer au front ?

– Probablement pour nous identifier et nous recenser, dit Monat. Mais qui peut savoir au juste, à part ceux qui nous ont mis ici ?

– Allons demander à Spruce ce qu'il en pense, fit Burton.

– Il faudra d'abord l'attraper, déclara Frigate. Kazz a eu le tort de lui dire qu'il connaissait l'existence de ces symboles. Cela s'est passé ce matin, au petit déjeuner. Je n'étais pas présent, mais ceux qui l'ont vu disent qu'il est subitement devenu très pâle. Quelques instants plus tard, il s'est excusé et personne ne l'a revu depuis. Nous avons lancé des patrouilles à sa recherche, en amont et en aval du Fleuve, dans les collines et même sur l'autre rive.

– Sa fuite est un aveu, dit Burton. (Il enrageait. A quel sinistre sort l'humanité était-elle donc promise, pour qu'on l'eût ainsi marquée au front ?)

Au cours de l'après-midi, les tam-tams annoncèrent la capture de Spruce. Trois heures plus tard, il comparaissait devant un Conseil de sécurité réuni en hâte dans le nouveau bâtiment édifié pour abriter le gouvernement provisoire. Pour éviter d'alarmer la population, il fut décidé que le Conseil siégerait à huis clos. Kazz,

Monat et Frigate assistaient aux débats comme témoins.

Burton, qui présidait, s'adressa à Spruce sans autre préambule :

— Je dois vous prévenir que nous ne reculerons devant aucun moyen pour vous arracher la vérité. Ceux qui sont assis à cette table répugnent à utiliser des moyens de persuasion violents mais estiment unanimement que la gravité des circonstances justifie l'abandon de certains principes.

— Il ne faut jamais abandonner ses principes, répondit Spruce calmement. Jamais la fin n'a justifié les moyens, même si le contraire signifie la mort, la défaite ou l'ignorance éternelle.

— L'enjeu est beaucoup trop important, déclara Targoff. J'ai moi-même été la victime d'individus sans principes. Ruach, ici présent, a été torturé plusieurs fois. Pourtant, avec les autres, nous sommes tous d'accord pour utiliser sur vous le silex et le feu, si c'est nécessaire pour vous faire avouer. Dites-nous si vous êtes l'un des responsables de notre résurrection.

— Si vous me torturez, vous ne vaudrez pas mieux que Gœring et ses pareils, fit Spruce d'une voix un peu moins assurée. Vous serez pires, en fait, car vous vous forcez à lui ressembler dans le seul but de découvrir quelque chose qui n'existe peut-être même pas. Ou, si cela existe, qui peut ne pas valoir le prix que vous êtes prêts à payer.

— Dites-nous la vérité, et il ne vous sera fait aucun mal, insista Targoff. N'essayez pas de nous mentir. Nous savons que vous êtes là pour nous espionner. Pour le compte de qui ? Que savez-vous des responsables de notre résurrection ?

— Il y a un feu qui brûle à l'intérieur de cette cavité que vous voyez là-bas, dit Burton. Si vous ne vous décidez pas à parler sur-le-champ, vous... Disons que le fait de rôtir à petit feu ne sera rien en comparaison de ce qui vous attend. Je fais autorité dans le domaine des méthodes de torture orientale ou extrême-orientale. Je peux vous assurer qu'il existe des moyens raffinés de vous extirper la vérité, et que je n'aurai aucun scrupule à les employer.

Spruce avait pâli et transpirait abondamment.

– Vous risquez de vous priver de la vie éternelle si vous faites une chose pareille, Burton. Vous régresserez sur la voie qui conduit au but final.

– De quoi parlez-vous ?

– Nous ne pouvons supporter la douleur physique, gémit Spruce en ignorant la question de Burton. Nous sommes trop sensibles.

– Allez-vous parler ? demanda Targoff d'un air menaçant.

– L'idée même d'autodestruction nous est pénible et ne doit être envisagée qu'en cas de nécessité absolue, reprit Spruce sur le même ton. Et pourtant, nous savons que la mort n'est pas définitive.

– Placez-le au-dessus du feu, dit Targoff aux deux hommes qui le maintenaient.

– Une seconde, intervint Monat. Ecoutez-moi bien, Spruce. La civilisation à laquelle j'appartenais était beaucoup plus avancée que celle de la Terre. Je suis donc le plus qualifié pour émettre quelques hypothèses scientifiques qui vous éviteront peut-être d'avoir à choisir entre la torture physique et la douleur morale de celui qui trahit sa cause. Si vous vous contentez d'approuver ou de dénier mes suppositions, votre trahison n'en sera pas une.

– Parlez, dit Spruce.

– Selon ma théorie, vous n'êtes pas un extra-terrestre. Vous venez de la Terre, mais vous appartenez à une époque largement postérieure à 2008. Vous devez être le descendant des rares personnes qui ont survécu à la catastrophe que j'ai provoquée. A en juger par le niveau de technologie nécessaire pour aménager cette planète comme vous l'avez fait, vous devez venir d'une époque très éloignée de la nôtre. Disons, au hasard, le Lᵉ siècle après J.-C. ?

Spruce jeta un regard oblique en direction du feu, et répondit d'une voix étranglée :

– Ajoutez une vingtaine de siècles.

– Cette planète paraît être des dimensions de la Terre. Nous évaluons à quarante milliards, au maximum, le nombre d'humains qu'elle peut contenir. Cela est peu, comparativement à la durée de vie de l'humanité. Où sont donc les autres ? Où sont les mort-nés, les enfants morts avant cinq ans, les idiots, les demeurés, où sont ceux qui sont nés après le xxe siècle ?

– Ils sont ailleurs, balbutia Spruce.

– Certains savants de mon peuple, poursuivit Monat, professaient une théorie selon laquelle il serait possible, un jour, de jeter un regard sur notre passé. Grosso modo, ils disaient que des émanations visuelles du passé pourraient être captées, puis enregistrées. Naturellement, cela n'a rien à voir avec le rêve chimérique du voyage dans le temps. Mais pourquoi votre civilisation n'aurait-elle pas pu accomplir ce dont nous avions théoriquement envisagé l'existence ? Supposons que vous possédiez le moyen de reproduire artificiellement tous les êtres humains qui ont existé. Supposons que vous ayez choisi cette planète pour l'aménager en une immense réserve à notre intention. Supposons toujours. Quelque part, peut-être dans les profondeurs mêmes de cette planète, vous installez des convertisseurs énergie-matière qui puisent, par exemple, leur énergie dans la chaleur du noyau planétaire. Grâce à d'immenses banques de matrices individuelles, vous recréez tous ceux qui sont morts et vous leur faites subir un traitement biologique de réparation et de rajeunissement, restaurant les membres et les yeux perdus, etc., en profitant de l'occasion pour corriger les défauts physiques. Ensuite, vous constituez de nouveaux enregistrements de ces corps tout neufs et les conservez dans d'immenses mémoires. Puis vous détruisez ces corps sans qu'ils aient jamais vécu. Il ne vous reste plus qu'à les recréer une bonne fois à l'aide du métal conducteur. Les conduites pourraient être enterrées sous le sol. La résurrection ne demande ainsi aucun recours au surnaturel. Mais la grande question, c'est : Pourquoi faites-vous ça ?

– Si vous aviez le pouvoir de faire toutes ces choses que vous décrivez si bien, votre devoir *éthique* ne serait-il pas de les réaliser à tout prix ?

– C'est bien possible, mais je ferais au moins une sélection parmi ceux que je ressusciterais.

– Et si vos critères n'étaient pas les mêmes que ceux des autres ? Vous croyez-vous assez bon et assez sage pour juger ? Qui êtes-vous donc, pour vous hausser à l'égal de Dieu ? Non; tout le monde doit avoir une seconde chance, quelle que soit la stupidité, la bassesse ou la mesquinerie dont il a fait preuve au cours de sa vie. C'est à chacun de se déterminer selon...

Spruce s'interrompit subitement, comme s'il regrettait d'en avoir trop dit.

– En route, reprit Monat, je suppose que vous profitez de l'opération pour étudier l'humanité telle qu'elle a existé depuis le commencement. Vous devez recenser les langages que l'homme a parlés, les mœurs, les doctrines philosophiques, les biographies des grands hommes. Pour accomplir cela, vous avez besoin d'observateurs, déguisés en ressuscités, qui puissent se mêler aux autres pour les étudier sans éveiller l'attention. Combien de temps ces recherches dureront-elles ? Mille ans ? Deux mille ? Dix ? Un million ? Et quel sort nous attend ensuite ? Sommes-nous ici pour l'éternité ?

– Vous resterez ici aussi longtemps qu'il faudra pour vous réhabiliter ! hurla Spruce. Ensuite, vous serez...

Il serra obstinément les lèvres, leur jeta un regard de colère et murmura d'une voix lasse :

– A votre contact, même les plus aguerris d'entre nous finissent par vous ressembler. Nous-mêmes, nous devrons être réhabilités. Déjà, je me sens impur...

– Mettez-le au-dessus du feu ! dit Targoff. Nous voulons toute la vérité !

– Jamais ! s'écria Spruce. Il y a longtemps que j'aurais dû faire ça. Qui sait ce que...

Il s'écroula à terre. Son visage prit une couleur cyanosée. Le Dr Steinborg, qui faisait partie du Conseil, l'examina aussitôt, mais sa mort ne faisait de doute pour personne.

– Occupez-vous de lui tout de suite, docteur, demanda Targoff. Faites son autopsie. Nous attendrons vos conclusions ici.

– Avec des couteaux de pierre, sans microscope et sans produits chimiques, quelles sortes de conclusions voudriez-vous que je vous fournisse ? demanda Steinborg. Mais je vous promets de faire de mon mieux.

Il sortit et deux gardes vinrent aussitôt enlever le corps. Burton prit la parole :

– Nous avons tout de même récolté quelques renseignements, grâce à Monat. Si Spruce avait refusé de parler, nous n'aurions pas pu continuer longtemps à bluffer.

– Tu veux dire que vous n'aviez pas vraiment l'intention de le torturer ? demanda Frigate. Je l'espérais un peu, à vrai dire. Si vous aviez fait une chose pareille, je serais parti d'ici et je n'aurais plus jamais accepté de revoir aucun d'entre vous.

– Nous voulions seulement lui faire peur, dit Ruach. Si nous l'avions torturé, c'est lui qui aurait eu raison. Nous aurions été pires que Gœring. Mais nous aurions peut-être essayé d'autres moyens de persuasion. L'hypnotisme, par exemple. Burton, Monat et Steinborg étaient experts en ce domaine.

– L'ennui, c'est que nous n'avons aucun moyen de savoir s'il nous a dit la vérité ou pas, commenta Targoff. Après tout, c'était trop facile pour lui. Monat a fait une série de suppositions plus ou moins gratuites. L'occasion était trop bonne de nous lancer sur une fausse piste, si elles ne correspondaient pas à la réalité. Ce qui fait que nous ne sommes pas tellement plus avancés qu'avant.

En attendant, tous étaient d'accord sur un point. Les chances qu'ils avaient de découvrir un autre espion grâce à l'absence de marque sur son front étaient maintenant réduites à zéro. « Ils » allaient prendre des mesures pour que l'erreur qui avait permis à Kazz de tout découvrir ne se renouvelle pas.

Steinborg fut de retour trois heures plus tard dans la salle du Conseil.

– Rien ne permet de le distinguer d'un autre homme, dit-il. A part ceci.

Il leur montra une petite boule noire et brillante, de la taille d'une tête d'allumette.

– Je l'ai découverte à la surface de l'encéphale. Elle était reliée à certains nerfs par des filaments si minces qu'on ne pouvait les déceler que sous un certain angle, selon les conditions d'éclairage. Si je devais émettre une théorie, je dirais que Spruce s'est suicidé au moyen de cet appareil. Il lui a sans doute suffi de souhaiter sa propre mort. Le résultat, comme vous l'avez vu, a été instantané. Cette petite boule doit avoir le pouvoir d'amplifier certaines impulsions mentales, ou peut-être de libérer au niveau du cerveau un poison que mes faibles moyens ne me permettent pas d'analyser.

Après avoir exposé son rapport, il fit passer la boule aux membres du Conseil pour que tout le monde puisse l'examiner.

18

Environ un mois après ces événements, Burton, Frigate, Ruach et Kazz revenaient d'un voyage d'exploration en amont du Fleuve. C'était un peu avant l'aube et l'épaisse brume glacée qui se formait au ras du Fleuve durant les dernières heures de la nuit flottait autour d'eux. Ils ne voyaient pas à trois mètres devant eux mais Burton, qui se tenait à la proue du bateau de bambou à un mât, savait qu'ils n'étaient pas loin de la rive occidentale du Fleuve. A la profondeur réduite où ils naviguaient, le courant était beaucoup plus lent. Ils venaient de quitter le milieu du Fleuve en virant de bord.

Si les calculs de Burton étaient justes, ils ne devaient plus être très loin des ruines du château de Gœring. D'un moment à l'autre, il s'attendait à voir apparaître une bande d'obscurité plus dense au milieu des eaux sombres. Ce serait le rivage de cette terre où il se sentait maintenant « chez lui ». Il avait toujours eu, au cours de sa vie terrestre, un de ces points d'attache, forteresse toujours temporaire, lieu de retraite où il s'arrêtait le temps de refaire ses forces ou d'écrire un livre sur sa dernière expédition, mais aussi tour d'observation du haut de laquelle il cherchait de nouvelles contrées à explorer.

Ainsi, deux semaines à peine après la mort de Spruce, il avait éprouvé le besoin de quitter de nouveau l'endroit où il se trouvait. Selon certaines rumeurs parvenues à ses oreilles, un gisement de cuivre aurait été découvert à moins de deux cents kilomètres en amont du Fleuve, sur la rive occidentale. Le gisement se trouvait, toujours d'après les rumeurs, dans un territoire d'une vingtaine de kilomètres de long, habité par des Sarmates du Ve siècle avant J.-C. et par des Frisons du XIIIe siècle.

A vrai dire, Burton ne croyait pas tellement à cette histoire, mais elle lui fournissait un bon prétexte pour voyager. Ignorant les supplications d'Alice qui aurait voulu partir avec lui, il avait appareillé sans plus attendre.

Et maintenant, un mois plus tard, après une série d'aventures qui n'avaient pas toutes été déplaisantes, ils étaient de retour au bercail. Les rumeurs n'étaient pas entièrement fantaisistes. Il y avait bien du cuivre, mais en quantité négligeable seulement. Les quatre hommes avaient donc repris leur navigation dans le sens du courant, poussés par une brise qui ne faiblissait jamais. Ils voyageaient de jour, de préférence. A l'heure des repas, ils accostaient partout où les populations étaient assez hospitalières pour les laisser utiliser leurs pierres à graal. La nuit, ils dormaient à terre lorsque c'était possible, ou naviguaient tous feux éteints s'ils avaient à traverser des contrées hostiles.

La dernière étape de leur voyage avait été accomplie de nuit. Avant d'arriver à destination, il leur fallait franchir un secteur dangereux peuplé, d'un côté, par des Indiens Mohawk esclavagistes du XVIIIe siècle et, de l'autre, par de belliqueux Carthaginois du IIIe siècle avant J.-C. Grâce à la brume du Fleuve, ils étaient passés totalement inaperçus.

Brusquement, Burton s'écria :

– Voilà la rive ! Amène le mât, Pete ! Kazz et Lev, aux avirons ! Souquez ferme !

Quelques minutes plus tard, ils hissaient l'embarcation sur la berge du Fleuve. Maintenant qu'ils étaient sortis de la brume, ils voyaient les premières lueurs de l'aube au-dessus des montagnes de l'est.

– Par tous mes ancêtres ressuscités ! s'écria Burton. Nous sommes à deux pas de chez nous, ma parole !

Il scruta les huttes de bambou disséminées à travers la plaine et les bâtiments au pied des collines.

Il n'y avait absolument personne en vue. Toute la vallée semblait profondément endormie.

– Tu ne trouves pas ça étrange, Pete? Personne n'est encore levé, et aucune sentinelle ne nous a interpellés.

Frigate se contenta de désigner du doigt la tour de guet située sur leur droite. Burton grommela un juron.

– Ils dorment, les vauriens! Ou bien ils ont tous déserté leur poste!

Mais il savait très bien, tout en disant cela, qu'il avait dû se passer quelque chose de bien plus grave. Dès qu'ils avaient abordé, bien qu'il n'en eût soufflé mot à personne, il avait eu le pressentiment de quelque chose d'insolite. Il se mit à courir vers la hutte qu'il partageait avec Alice.

Elle dormait dans leur lit de bambou. Seule sa tête dépassait de la couverture de tissus assemblés bout à bout par leurs fermetures magnétiques. Burton repoussa la couverture, s'agenouilla près du lit et redressa Alice. Sa tête et ses bras retombèrent, inertes. Mais elle avait des couleurs et sa respiration était normale.

Burton murmura trois fois son nom. Elle continuait de dormir; il la gifla vigoureusement. Le sang afflua à ses joues. Ses paupières battirent, mais elle ne se réveilla pas.

Frigate et Ruach passèrent la tête à l'entrée de la hutte.

– Nous avons fait le tour du camp, dit Frigate. Tout le monde est endormi. Impossible de réveiller qui que ce soit. Que se passe-t-il?

– Je crois savoir la réponse, dit Burton. Qui a les moyens de provoquer une telle chose? Qui peut y avoir intérêt? C'est Spruce! Spruce et ses pareils!

– Mais pour quelle raison? demanda Frigate d'une voix apeurée.

– C'est après moi qu'ils en avaient! Ils ont dû profiter du brouillard pour aborder sans se faire voir et endormir tout le secteur.

– Avec un gaz soporifique, il n'y a rien de plus

facile, dit Ruach. Mais leur technologie est tellement avancée qu'il ne sert à rien de faire des conjectures sur la méthode qu'ils ont utilisée.

– Ils sont à ma recherche ! s'écria Burton.

– Si c'est vrai, ils reviendront peut-être ce soir, dit Frigate. Mais qu'est-ce qui te fait penser qu'ils en ont spécialement après toi ?

Ce fut Ruach qui répondit :

– C'est parce qu'il est le seul, pour autant que nous le sachions, à s'être réveillé durant la phase prérésurrectionnelle. Pourquoi ? c'est un mystère. Mais il y a eu un accident. Peut-être que c'est un mystère pour eux aussi. Ils ont dû en discuter entre eux, et décider d'intervenir directement, sans doute pour enlever Burton et le mettre en observation, ou se livrer sur lui à je ne sais quelle sinistre besogne.

– Ils veulent sans doute effacer de ma mémoire tout ce que j'ai vu ce jour-là, dit Burton. Ce doit être un jeu d'enfant, pour eux.

– Mais tu as raconté ton histoire à d'innombrables personnes ! protesta Frigate. Ils ne pourront jamais les retrouver toutes pour leur ôter le souvenir de ce que tu leur as dit !

– Est-ce bien nécessaire ? Combien ont cru à mon récit ? Quelquefois, je me demande moi-même si je n'ai pas rêvé.

– Il ne sert à rien de spéculer là-dessus, dit Ruach. Qu'allons-nous faire, maintenant ?

– Richard ! s'écria Alice à ce moment-là.

Tout le monde se tourna vers elle. Elle s'était redressée et les regardait avec de grands yeux étonnés.

Pendant quelques instants, ils essayèrent en vain de lui faire comprendre ce qui s'était passé. Puis elle murmura en hochant la tête :

– C'est donc pour cela que la brume recouvrait également la terre ! Cela m'avait paru inhabituel, mais je n'avais bien sûr aucun moyen de savoir ce qui se passait.

– Prends ton graal, commanda Burton. Rassemble dans un sac toutes les affaires que tu désires emporter. Nous partons tout de suite. Nous devons disparaître avant que les autres s'éveillent.

Les yeux d'Alice s'écarquillèrent encore davantage.

– Où allons-nous ?

– N'importe où. Je déteste l'idée de fuir, mais comment affronter sur place un ennemi pareil ? S'ils ne savent pas où je suis, il me reste une petite chance. Voici en gros ce que j'ai l'intention de faire. Je veux à tout prix découvrir l'origine de ce Fleuve. Il faut bien qu'il naisse quelque part, et qu'il se jette quelque part. On doit pouvoir le remonter jusqu'à sa source. S'il existe un moyen de le faire, je le découvrirai, tu peux me croire ! Mais pour cela, il faut qu'ils aient perdu ma trace. Déjà, le fait qu'ils aient cru me trouver ici pendant mon absence est encourageant. Cela montre qu'ils ne possèdent aucun moyen de localiser instantanément un individu. Nous sommes peut-être marqués au front comme du bétail, mais même au sein d'un troupeau il peut y avoir des bêtes incontrôlables. Et nous, nous avons un cerveau.

Il se tourna vers les autres :

– Si quelqu'un désire me suivre, j'en serai plus qu'honoré.

– Je vais chercher Monat, dit Kazz. Il ne voudrait pas que nous partions sans lui.

– Ce bon vieux Monat ! fit Burton en secouant tristement la tête. Malheureusement, nous ne pouvons pas l'emmener. Il est beaucoup trop reconnaissable. On retrouverait immédiatement notre trace, partout où nous irions.

Les yeux de Kazz s'emplirent de larmes qui roulèrent le long de ses pommettes proéminentes. D'une voix étranglée, il murmura :

– Burton-*nak,* Kazz pas pouvoir venir non plus. Moi aussi différent des autres.

Le regard de Burton se voila aussi.

– C'est un risque que je suis prêt à prendre, dit-il. Ce n'est pas la même chose. Tu n'es pas unique, comme lui. Nous avons rencontré une trentaine de tes semblables, au cours de nos voyages.

– Mais pas une seule femelle, Burton-*nak,* fit Kazz d'un ton désespéré. Peut-être qu'on en trouvera une en remontant le Fleuve ? ajouta-t-il en souriant.

Il parut réfléchir à cela pendant quelques secondes,

puis son sourire disparut aussi abruptement qu'il était venu :

– Impossible faire ça, merde ! Ce serait trop terrible pour Monat. Lui et moi, tout le monde nous trouve laids et monstrueux. Nous devenus bons amis. Lui pas mon *nak,* mais tout comme. Kazz reste.

Il s'avança vers Burton, referma ses bras sur lui dans une étreinte qui lui vida les poumons, le lâcha à moitié groggy, alla serrer la main des autres, qui grimacèrent de douleur, puis s'éloigna de sa démarche lourde.

Ruach, massant sa main endolorie, déclara :

– C'est de la folie, Burton. Même en naviguant mille ans sur le Fleuve, vous ne serez jamais sûrs de découvrir sa source. Je regrette, mais je ne peux pas te suivre. Je crois que mon peuple a besoin de moi ici. En outre, d'après Spruce, notre salut réside dans la recherche de la perfection spirituelle, et non dans un combat par trop inégal contre « ceux » qui nous ont donné une chance de nous racheter.

Les dents de Burton brillèrent d'un éclat blanc dans son visage hâlé. Il fit tournoyer son graal comme s'il s'agissait d'une arme :

– Je n'ai jamais demandé à venir ici, pas plus que je n'avais demandé à naître sur la Terre. Je n'ai pas l'intention de plier l'échine devant qui que ce soit. Je trouverai la source du Fleuve. Sinon, j'aurai au moins la consolation d'avoir passé du bon temps et appris beaucoup de choses en la cherchant.

Pendant qu'ils appareillaient, les gens commençaient à sortir des huttes en bâillant et en frottant leurs yeux encore gonflés de sommeil. Ruach ne leur prêta aucune attention. Il regardait le bateau qui s'éloignait en serrant le vent au plus près pour gagner le milieu du Fleuve. Burton tenait la barre. Il se retourna une dernière fois en brandissant son graal, sur lequel le soleil fit briller mille feux.

Ruach se disait qu'au fond Burton était heureux d'avoir eu à prendre cette décision. Ainsi, il échappait à la terrible responsabilité de gouverner l'Etat naissant. Il était libre de faire ce qu'il voulait. Il pouvait se lancer dans la plus grande de ses aventures.

– Tout est pour le mieux, je suppose, murmura

Ruach en s'adressant à lui-même. Un homme peut trouver le salut sur la route, s'il le désire, aussi bien qu'en restant chez lui. C'est à chacun de décider. Pour ma part, je préfère, comme le personnage de Voltaire (Comment s'appelait-il ? Déjà les choses de la Terre commencent à échapper à ma mémoire), cultiver mon propre jardin.

Il regarda Burton, dont la silhouette commençait déjà à disparaître dans le lointain.

– Qui sait ? Un jour, peut-être, il rencontrera Voltaire.

Il soupira, puis ajouta avec un sourire :

– A moins que Voltaire ne me rende d'abord visite ici.

19

Hermann Gœring, je te hais !

La voix, irréelle, s'était enflée, puis avait disparu dans le ciel de son rêve comme une roue de feu surgie du rêve de quelqu'un d'autre. Chevauchant la vague hypnogène, Richard Francis Burton avait conscience d'être en train de rêver, mais ne pouvait intervenir.

Une ancienne vision lui revint.

Tout était flou, entouré de pénombre. Un éclair lui montra son corps glabre flottant, parmi des millions d'autres, dans l'immense vide où les humains transitaient. Un autre révéla les Gardiens sans nom qui le découvraient éveillé et braquaient sur lui leur tube de métal poli. Puis des images saccadées du rêve qu'il avait fait juste avant sa résurrection défilèrent dans son esprit.

Tu dois payer le prix de la chair, avait dit Dieu cinq ans auparavant. Et maintenant, il répondit à la question qu'avait formulée Burton et qui était restée tout ce temps sans réponse :

– *Il faut que toute cette opération soit rentable, imbécile !* tonna ce Dieu qui avait les traits de Burton. *J'ai fait de lourds sacrifices et je me suis donné beau-*

coup de peine pour que vous ayez, toi et ces misérables vermisseaux, une seconde chance!

– Une seconde chance de quoi faire? demanda Burton, épouvanté à l'idée de ce que Dieu allait peut-être lui répondre.

Il fut soulagé quand le Tout-Puissant (maintenant seulement, Burton remarquait qu'il manquait un œil à Iahvé-Odin et que du fond de son orbite béante brillaient les flammes de l'enfer) ne répliqua point. Il était parti. Ou plutôt, il s'était métamorphosé en une immense tour grise et cylindrique qui surgissait des brumes d'où montait la rumeur de l'océan.

– Le Graal!

Il revit l'homme qui lui avait parlé du Grand Graal. Cet homme en avait lui-même entendu parler par quelqu'un d'autre, qui tenait ce récit de la bouche de quelqu'un qui avait entendu dire que... et ainsi de suite. Le Grand Graal comptait parmi les quelques légendes qui avaient eu le temps de circuler dans le monde du Fleuve, ce Fleuve qui s'enroulait comme un serpent autour de cette planète, d'un pôle à l'autre. C'était l'histoire d'un homme – un sous-homme, selon certaines versions – qui était parvenu à grand-peine à escalader les montagnes du pôle Nord. Arrivé au sommet, il avait vu le Grand Graal, la Tour Noire et le Château des Brumes avant de trébucher – ou bien d'être poussé – dans le vide. La tête la première, poussant un hurlement, il avait disparu dans les eaux froides et tumultueuses qui formaient l'océan des Brumes. Puis l'homme – ou le sous-homme – s'était réveillé au bord du Fleuve, où la mort n'était jamais définitive, bien qu'elle n'eût rien perdu de son caractère atroce et angoissant.

Il avait raconté à tout le monde ce qu'il avait vu. Le récit s'était répandu dans la vallée du Fleuve comme une traînée de poudre.

Depuis longtemps, Richard Francis Burton, l'éternel errant, le pèlerin impénitent, rêvait de lancer l'assaut contre les remparts du Grand Graal. Il découvrirait ainsi le secret de cette planète et celui de leur résurrection, car il était convaincu que les êtres qui avaient aménagé la planète étaient les mêmes que ceux qui avaient construit la tour.

– Meurs, Hermann Gœring ! Meurs, et laisse-moi en paix ! hurla une voix d'homme en allemand.

Burton ouvrit les yeux. Il ne vit rien d'autre que l'éclat diffus des étoiles agglomérées qui pénétrait par la fenêtre ouverte de la hutte.

Quand sa vision se fut accoutumée aux formes sombres qui peuplaient la hutte, il distingua les silhouettes de Frigate et Loghu endormis sur leurs nattes près du mur opposé. Il tourna la tête et aperçut Alice, enveloppée dans un grand morceau de tissu blanc qui lui servait de couverture. Son visage était tourné vers lui et la blancheur de son teint contrastait avec le nuage de cheveux noirs répandus sur le sol à côté de la natte.

Quelques heures auparavant, à la tombée de la nuit, le bateau à un mât à bord duquel ils descendaient le Fleuve avait accosté en pays ami. Le petit Etat de Sevieria était principalement peuplé par des Anglais du XVIe siècle dont le chef, il est vrai, était un Américain qui avait vécu à la fin du XVIIIe et au début du XIXe siècle, John Sevier, fondateur de l'« Etat perdu » de Franklin, devenu plus tard le Tennessee.

Sevier et ses amis avaient fait bon accueil à Burton et à son équipage. Ils réprouvraient les principes esclavagistes de bon nombre de leurs voisins de la vallée du Fleuve. Après leur avoir permis de recharger leurs graals et de se restaurer, Sevier les avait officiellement conviés à une fête qu'ils donnaient le soir même pour célébrer l'anniversaire de la Résurrection. Puis ils avaient été conduits dans les logements réservés aux gens de passage.

Burton avait toujours eu le sommeil léger. Il avait eu du mal à s'endormir. Longtemps, il avait écouté la respiration régulière ou les ronflements profonds des autres avant de succomber enfin à la fatigue. Il avait fait un rêve interminable, puis avait été réveillé par la voix qui s'était étrangement mêlée à ses songes.

Hermann Gœring... Il l'avait tué de ses propres mains, mais il devait revivre quelque part au bord du Fleuve. L'homme qui gémissait et hurlait ainsi dans la hutte voisine avait-il lui aussi souffert à cause de Gœring, sur Terre ou bien ici ?

Il repoussa sa couverture et se leva sans bruit. Il mit son kilt à fixations magnétiques, boucla sa ceinture en peau humaine et s'assura que le couteau de silex était bien à sa place dans son étui de cuir, en cuir humain également. Saisissant une sagaie – un simple bâton de bois dur muni à son extrémité d'une pointe en silex –, il sortit de la hutte sur la pointe des pieds.

Le ciel sans lune était cependant aussi clair que par une nuit de pleine lune sur la Terre. Les étoiles agglutinées l'embrasaient de mille couleurs sur un fond de nébuleuses pâles.

Les logements des voyageurs se trouvaient à plus de deux kilomètres du Fleuve, sur les hauteurs de la deuxième chaîne de collines qui bordaient la plaine. Il y avait là sept huttes en bambou, à une seule pièce, à la toiture de feuilles et d'herbes sèches. Plus loin, sous le feuillage imposant de quelques arbres à fer ou à l'abri des pins et des chênes géants, se dressaient d'autres huttes. A une distance de huit cents mètres, érigée au sommet de la plus haute colline, il y avait une grande enceinte circulaire en bambou que tout le monde appelait familièrement la « Maison Ronde ». Elle abritait une grande partie des autorités de Sevieria.

De hautes tours de guet en bambou s'échelonnaient, à peu près tous les kilomètres, le long du Fleuve. Des torches brûlaient toute la nuit au sommet de ces miradors où des sentinelles montaient perpétuellement la garde.

Après avoir scruté la pénombre au-dessous des arbres, Burton se dirigea vers la hutte d'où il jugeait que les cris s'étaient élevés.

Il écarta le rideau d'herbes tressées. La lumière des étoiles éclaira, par la fenêtre ouverte, le visage du dormeur. Burton poussa un sifflement de surprise. Il avait reconnu le visage rond et les cheveux blonds du jeune homme qui se trouvait devant lui.

Il entra dans la hutte sans faire de bruit. Le dormeur geignit, replia son bras sur sa joue et se retourna à demi. Burton s'immobilisa quelques secondes, puis reprit sa progression. Il posa sa sagaie sur le sol, sortit son poignard de la gaine et en posa la pointe au creux de la gorge du dormeur. Celui-ci écarta le bras, ouvrit les yeux et prit une expression horrifiée en voyant Burton. L'explorateur lui plaqua la main sur la bouche.

– Hermann Gœring ! Pas un geste, pas un cri, sinon vous êtes mort !

Les prunelles bleu pâle de Gœring étaient assombries par la pénombre, mais il était devenu blanc de frayeur. Tremblant, il voulut se redresser mais retomba en arrière quand la pointe de silex commença à s'enfoncer dans sa peau.

– Depuis combien de temps êtes-vous ici ? interrogea Burton.

– Mais qui êtes ?... commença Gœring en anglais. C'est vous, Richard Burton ? ajouta-t-il en écarquillant les yeux. Je ne rêve pas ? C'est bien vous ?

Son haleine, ainsi que toute la hutte, empestait la gomme à rêver. De plus, l'Allemand était beaucoup plus maigre que la dernière fois que Burton l'avait vu.

– J'ignore depuis combien de temps, fit Gœring pour répondre à la question de Burton. Quelle heure est-il ?

– Environ 1 heure avant l'aube. Hier, c'était l'anniversaire de la Résurrection.

– Dans ce cas, cela fait trois jours que je suis ici. J'aimerais boire un verre d'eau. J'ai la gorge aussi sèche qu'un sarcophage.

– Ça ne m'étonne pas. Vous êtes une momie ambulante, si vous vous adonnez à la gomme à rêver.

Burton se redressa et désigna du doigt une cruche de terre posée sur une petite table de bambou.

– Buvez si vous voulez, mais inutile de tenter quoi que ce soit.

Gœring se leva péniblement et se dirigea vers la table en chancelant.

– Vous voyez bien que je suis trop faible pour vous attaquer, et d'ailleurs pourquoi le ferais-je ? demanda-t-il en buvant bruyamment à même la cruche.

Il prit ensuite une pomme qui se trouvait sur la table et la croqua.

– Que faites-vous ici ? demanda-t-il entre deux bouchées. Je croyais être débarrassé de vous.

– Répondez d'abord à *mes* questions, et vite. Vous me posez un problème qui ne me plaît pas du tout.

20

Gœring se remit à mâcher sa pomme, puis s'arrêta, dévisagea Burton et dit :

– Pour quelle raison ? Je n'ai aucune autorité ici. Même si j'en avais, que voudriez-vous que je vous fasse ? Je ne suis qu'un invité de passage, comme vous. Nos hôtes sont d'une discrétion remarquable. Ils ne m'ennuient jamais. Ils se contentent de venir me demander de temps à autre si je vais bien. J'ignore cependant combien de temps encore ils me permettront de rester ici sans rien faire.

– Vous n'avez jamais quitté cette hutte ? Qui s'occupe de recharger votre graal ? Comment vous êtes-vous procuré toute cette gomme ?

Gœring eut un sourire rusé :

– J'en avais amassé une grande quantité, à l'endroit où j'étais avant. C'est à quinze cents kilomètres d'ici en amont.

– Dites plutôt que vous l'avez volée à de malheureux esclaves. Mais puisque vous étiez si bien là-bas, pourquoi êtes-vous parti ?

Gœring se mit brusquement à pleurer. Les larmes ruisselèrent le long de ses joues, sur ses clavicules et sur sa poitrine. Ses épaules tremblaient.

– Je... je n'ai pas pu faire autrement. Je n'étais plus bon à rien. Je perdais mon autorité. Je passais trop de temps à boire, à fumer de la marijuana ou à mâcher de la gomme. Ils disaient que j'étais trop faible avec les esclaves. Ils auraient fini par m'éliminer, ou par faire de moi un esclave. Alors, une nuit, j'ai pris la fuite. J'ai descendu le Fleuve en bateau jusqu'ici. J'ai donné une partie de la gomme à Sevier en échange du gîte et du couvert pour quinze jours.

Burton considéra Gœring avec curiosité.

– Vous saviez très bien ce qui se passerait si vous

preniez trop de gomme. Cauchemars, délire, hallucinations... déchéance physique et morale. Vous en avez sûrement vu les effets sur d'autres.

– Sur Terre, je me droguais à la morphine! s'écria Gœring. J'ai lutté longtemps contre cela. J'ai fini par gagner. Mais quand les choses ont mal tourné pour le IIIe Reich et pour moi, et surtout quand Hitler s'est retourné contre moi, j'ai recommencé à me droguer!

Il marqua un instant de pause, puis continua :

– Ici, quand je me suis retrouvé dans une nouvelle vie, avec un corps tout neuf, quand j'ai cru que j'avais une éternité devant moi pour faire exactement ce qui me plaisait sans que ni Dieu ni Diable ne lève un doigt courroucé pour m'arrêter, je me suis dit que je pourrais aller plus loin que le Führer lui-même! Ce petit pays où vous m'avez rencontré pour la première fois n'était pour moi qu'un début! J'aurais pu étendre mon empire sur des milliers de kilomètres en amont et en aval du Fleuve, des deux côtés de la vallée! J'aurais régné sur dix fois plus de sujets qu'Hitler n'a jamais rêvé en avoir!

Il se remit à sangloter, but un nouveau verre d'eau et mit un morceau de gomme dans sa bouche. Il mastiqua lentement. Ses traits se détendirent. A chaque seconde, la béatitude le gagnait davantage.

– Chaque nuit, reprit-il, je faisais le même cauchemar. Je vous voyais en train de me plonger cette horrible lance dans l'estomac. Quand je me réveillais, je souffrais comme si j'avais une véritable pointe de silex dans les entrailles. J'ai pris l'habitude de mâcher de la gomme pour oublier la douleur et l'humiliation. Au début, cela m'a aidé. Dans les visions que me procurait la drogue, j'étais le maître du monde. J'étais tout à la fois Hitler, Napoléon, Jules César, Alexandre le Grand et Gengis Khân. J'étais de nouveau à la tête de l'Escadrille de la Mort Rouge de von Richthofen. C'était la belle époque, les jours les plus heureux de ma vie, sous bien des aspects. Mais l'euphorie céda vite la place à l'horreur. Je me trouvai précipité en enfer. Je devins mon propre accusateur. J'ajoutai ma voix aux clameurs des millions de victimes de ce grand et glorieux héros, ce fou ignoble, Hitler, que j'avais tellement vénéré et au nom de qui j'avais commis tant de crimes.

– Tiens, c'est un nouveau son de cloche, s'étonna Burton. Vous reconnaissez maintenant vos forfaits? Vous disiez pourtant que toutes vos actions étaient justifiées et que vous n'aviez été trahi que par...

Il s'interrompit brusquement. Il venait de se rendre compte qu'il s'éloignait de son propos original. Il reprit en hochant la tête :

– J'ai de la peine à croire que vous puissiez posséder même l'ombre d'une conscience. Mais peut-être votre attitude est-elle la clé d'une question qui tourmente les puritains depuis le Jour de la Résurrection. Pourquoi avons-nous dans nos graals, en même temps que la nourriture ou les objets indispensables, d'abondantes rations d'alcool, de tabac, de gomme et de marijuana? La gomme, tout au moins, a des propriétés plus sournoises et plus dangereuses que la plupart des utilisateurs ne l'imaginent.

Il se pencha vers Gœring. L'Allemand avait les yeux mi-clos et les mâchoires entrouvertes.

– Vous connaissez mon identité. Je voyage, pour de bonnes raisons, sous un nom d'emprunt. Vous souvenez-vous d'un nommé Spruce? C'était un de vos esclaves. Après votre mort, nous avons appris par hasard qu'il faisait partie de ceux qui ont ressuscité l'humanité. Ceux que nous appelons les Ethiques, faute d'un meilleur terme. Vous m'écoutez, Gœring?

L'Allemand hocha affirmativement la tête. Burton continua :

– Spruce s'est donné la mort avant que nous n'ayons pu le faire parler. Depuis, les Ethiques sont à ma recherche. Ils ont des hommes partout. Voilà pourquoi vous me posez un problème. Je ne peux pas me permettre de vous laisser en vie. Vous m'écoutez?

Il gifla sauvagement Gœring, qui sursauta et fit la grimace en se tenant la joue.

– Je vous entends très bien! grogna-t-il. Mais je ne voyais pas l'utilité de répondre. Tout me semble si futile, si irréel...

– Taisez-vous et écoutez-moi! tonna Burton. Comprenez-vous pourquoi je ne peux pas vous faire confiance ? Même si vous étiez un ami, je me méfierais de vous. Parce que vous êtes un adepte de la gomme !

Gœring gloussa, s'approcha de Burton et voulut lui passer les bras autour du cou. Burton le repoussa si violemment qu'il alla heurter le bord de la table et dut s'y retenir pour ne pas tomber.

– C'est amusant, dit Gœring. Le jour de mon arrivée ici, quelqu'un m'a demandé si je ne vous avais pas vu. Il vous a décrit en détail et m'a donné votre nom. Je lui ai dit que je vous connaissais très bien – trop bien, même – et que j'espérais ne plus jamais vous retrouver sur mon chemin, sauf si vous étiez en mon pouvoir, bien entendu. Il m'a demandé de le prévenir si je retrouvais votre trace. Il a même parlé d'une récompense.

Burton ne perdit pas de temps. Il se rua sur Gœring et lui saisit la gorge à deux mains. Ses doigts étaient minces et délicats, mais Gœring se tordit de douleur quand ils se resserrèrent comme un étau.

– Que voulez-vous faire ? Me tuer une nouvelle fois ? croassa-t-il.

– Pas si vous me donnez le nom de celui qui vous a interrogé. Autrement...

– Allez-y, tuez-moi ! Je me réveillerai à des milliers de kilomètres d'ici, hors d'atteinte !

Burton montra du doigt un coffret en bambou qui, de toute évidence, contenait la réserve de gomme de l'Allemand.

– Ça ne vous fait rien d'être privé de ça ? Comment vous réapprovisionnerez-vous ?

– Maudit salaud ! s'écria Gœring en essayant de se dégager pour se précipiter vers le coffret.

– Dites-moi seulement son nom, ou je jette ça dans le Fleuve !

– Agneau. Roger Agneau. Il vit dans une hutte à proximité de la Maison Ronde.

– Je m'occuperai de vous plus tard, fit Burton en frappant Gœring du tranchant de la main sur le côté de la nuque.

En se retournant pour sortir, il aperçut une silhouette tapie devant l'entrée. Aussitôt, l'espion se redressa et s'enfuit en courant. Burton le poursuivit.

Une minute plus tard, ils quittaient le couvert des pins et des chênes géants pour entrer dans la plaine herbue où un homme pouvait se dissimuler facilement.

Burton ralentit pour scruter les hautes herbes. Soudain, il aperçut un reflet clair – la lumière des étoiles sur une peau luisante – et se précipita sur l'homme. Il avait surtout peur que sa proie ne lui échappe en se suicidant, comme Spruce. Il avait un plan pour la faire parler, si seulement il pouvait l'assommer tout de suite. Ce plan faisait appel à l'hypnotisme. Mais le plus urgent était de capturer l'Ethique. Il disposait peut-être d'un émetteur radio ou d'un dispositif quelconque, implanté dans son corps, qui lui permettait d'alerter ses amis. Si c'était le cas, ils seraient bientôt là avec leurs machines volantes et il n'aurait aucune chance de leur résister.

Il s'immobilisa. Il avait de nouveau perdu la trace de celui qu'il poursuivait. La seule chose qu'il lui restait à faire était d'aller réveiller Alice et les autres et de fuir aussi vite que possible. Cette fois-ci, ils iraient peut-être se cacher un certain temps dans les montagnes.

Mais d'abord, il fallait s'assurer d'une chose. Il y avait peu de chances pour que Roger Agneau se trouve dans sa hutte, mais une visite s'imposait quand même.

21

Burton arriva en vue de la hutte juste à temps pour voir s'y glisser un homme. Il fit un détour pour mettre à profit l'ombre des arbres et de la colline puis, de toute la vitesse de ses jambes, traversa l'espace découvert qui le séparait de la hutte.

Il entendit un cri à quelque distance derrière lui et se retourna pour voir Gœring qui le suivait en titubant. Le cri, lancé en allemand, était destiné à prévenir Agneau que Burton était sur le point d'entrer dans la hutte.

L'Allemand tenait à la main une lance qu'il brandissait en direction de Burton. Celui-ci n'hésita pas : il se jeta contre la porte de bambou, qu'il arracha de ses gonds d'un seul coup d'épaule. Agneau était juste derrière. Il reçut sur lui la porte et Burton et tomba au milieu de la hutte.

Burton se releva aussitôt. Il sauta à pieds joints sur la porte qui cachait Agneau. Ce dernier hurla, puis cessa de se débattre. Burton le dégagea. Il était assommé et saignait du nez. Parfait ! se dit Burton. Si le bruit n'avait pas réveillé tout le monde, et s'il se débarrassait de Gœring assez rapidement, il pourrait peut-être mettre son plan à exécution.

Il releva la tête juste à temps pour voir, à la lumière des étoiles, le long objet noir qui volait vers lui.

Il fit un bond de côté. La lance se planta avec un bruit sourd dans le sol en terre battue. Longtemps, sa hampe continua de vibrer comme un serpent à sonnettes qui se prépare à attaquer.

Burton passa la tête dans l'encadrement de la porte, estima la distance qui le séparait de Gœring et chargea, la sagaie à la main. L'arme s'enfonça dans le ventre de l'Allemand. Gœring écarta les bras, poussa un hurlement et tomba lourdement de côté. Sans lui jeter un seul regard, Burton hissa le corps inerte de Roger Agneau sur ses épaules et ressortit de la hutte.

Entre-temps, l'alarme avait été donnée dans la Maison Ronde. Des torches s'allumaient, les sentinelles hurlaient. Gœring, couché par terre, étreignait des deux mains la hampe de la sagaie à l'endroit où elle perçait son ventre. Les yeux exorbités, l'Allemand murmura dans un râle :

– Vous avez... réussi encore ! Soyez... maudit !

Puis il retomba, face contre terre, exhalant un dernier soupir.

Agneau reprit conscience. Frénétiquement, il se débattit pour échapper à Burton et roula à terre. Il s'efforçait de ne faire aucun bruit. Comme Burton – davantage peut-être – il avait des raisons pour éviter d'ameuter tout le monde. Burton fut si surpris par la rapidité de sa réaction qu'il demeura figé pendant quelques secondes, le pagne de son ennemi serré dans sa main. Il allait se débarrasser du morceau de tissu quand il sentit sous ses doigts, à l'intérieur de la doublure, un objet dur et carré. Il prit le pagne de la main gauche, arracha la sagaie du cadavre et s'élança à la poursuite d'Agneau.

L'Ethique avait mis à l'eau une des pirogues de bambou amarrées le long de la berge. Déjà, il pagayait avec énergie pour gagner le milieu du Fleuve, tout en regardant fréquemment par-dessus son épaule. Burton leva posément le bras et lança la sagaie. C'était une arme courte, à la hampe lourde, faite pour le combat au corps à corps et non pour être lancée à la manière d'un javelot. Mais elle fila tout droit et termina sa trajectoire dans le dos d'Agneau. L'Ethique s'affaissa en avant, puis sur le côté. La piroque chavira. Agneau ne reparut pas à la surface.

Burton jura entre ses dents. Il aurait préféré le capturer vivant, mais il n'avait pas eu le choix. Il ne pouvait à aucun prix lui permettre de s'échapper. Il y avait une petite chance pour qu'il n'ait pas encore pris contact avec les autres Ethiques.

Il reprit le chemin des bâtiments où étaient Alice et les autres. Des tambours résonnaient partout le long du Fleuve et des gens porteurs de flambeaux se hâtaient dans la direction de la Maison Ronde. Burton arrêta une femme au passage et lui demanda s'il pouvait lui emprunter sa torche pendant quelques instants. Elle la lui tendit tout en l'abreuvant de questions. Pour couper court, il répondit que les Choctaws avaient traversé le Fleuve pour les attaquer. Elle se hâta alors de rejoindre la foule rassemblée au pied de l'enceinte.

Burton planta la torche dans la terre molle de la berge et examina le carré de tissu qu'il avait arraché à Agneau. Juste au-dessus de l'objet dur qu'il avait senti à l'intérieur du tissu, il y avait une double fermeture magnétique. Elle s'ouvrit aisément. Burton sortit l'objet de la doublure et l'examina à la lueur de la torche.

Il resta longtemps accroupi près de la flamme dansante, incapable de détourner son regard ou de secouer la stupeur glacée qui était en train de s'emparer de lui. Une photographie, dans ce monde primitif, était quelque chose d'absolument incroyable. Mais un portrait de lui, c'était encore plus inouï, d'autant que la photo en question ne pouvait avoir été prise que sur la Terre, cette Terre aujourd'hui perdue dans le fouillis d'étoiles qui constituait le cosmos flamboyant, sans doute à des milliers et des milliers d'années de là !

Les impossibilités s'ajoutaient aux impossibilités ! La photo avait été prise en un lieu et à une époque où il était sûr que personne ne l'avait jamais photographié. Ses moustaches avaient été effacées, mais le retoucheur n'avait pas pris la peine d'éliminer l'arrière-plan ni le costume qu'il portait. Son image, à partir de la taille, avait été miraculeusement capturée dans la plaquette qu'il tenait à la main. Elle n'avait pas plus d'un centimètre d'épaisseur. Pourtant, quand il la tourna légèrement, il vit apparaître son profil. Et s'il la tenait perpendiculairement à son front, il se voyait de trois quarts !

— 1848... murmura-t-il tout haut. J'avais vingt-sept ans. J'étais officier subalterne dans l'armée des Indes. Ces montagnes bleues sont celles de Goa. J'étais en convalescence dans la région. Mais qui a bien pu prendre cette damnée photo ? Par quel moyen ? Et comment les Ethiques ont-ils pu l'avoir en leur possession ?

Il était probable que tous les espions lancés à ses trousses possédaient la même plaquette. On devait le chercher d'un bout à l'autre du Fleuve. Qui pouvait dire combien d'hommes étaient lancés sur ses traces ? Des milliers ? Des dizaines de milliers, peut-être. Et pourquoi tenaient-ils tellement à le retrouver ?

Après avoir soigneusement replacé la plaquette dans la doublure du tissu, il reprit son chemin en direction de la hutte. A ce moment-là, son regard se posa au sommet des montagnes infranchissables qui bordaient la vallée à l'ouest et il crut apercevoir quelque chose.

C'était comme une lueur intermittente qui se déplaçait sur un fond de poussière cosmique. Quelques secondes plus tard, elle réapparut sous la forme d'un objet noir hémisphérique surgi du néant pour disparaître aussitôt après.

Une seconde machine volante apparut alors brièvement, à une altitude plus basse, puis disparut comme la première.

Les Ethiques étaient venus le chercher. Bientôt, les citoyens de Sevieria se demanderaient avec étonnement ce qui les avait fait dormir pendant une heure ou plus.

Il n'avait plus le temps de retourner à la hutte pour réveiller les autres. S'il attendait une seconde de plus, il serait pris au piège.

Il courut vers le Fleuve, plongea et se mit à nager vers l'autre rive, distante de deux kilomètres cinq cents. Il n'avait pas franchi quarante mètres quand il sentit la présence d'une énorme masse au-dessus de lui. Il se mit sur le dos pour voir de quoi il s'agissait. Il ne distingua tout d'abord que l'éclat laiteux des étoiles qui illuminaient le ciel. Puis soudain, à quinze mètres au-dessus de lui, un énorme disque se matérialisa pour disparaître presque aussitôt et reparaître, une fraction de seconde plus tard, à quelques mètres seulement au-dessus de sa tête.

Ils possédaient donc un moyen de le repérer à distance, même sans visibilité !

– Bande de chacals ! hurla-t-il. Vous vous croyez les plus forts, mais vous ne m'aurez pas !

D'un puissant coup de reins, il plongea et nagea vers le fond. L'eau devint froide. Ses tympans commencèrent à lui faire mal. Bien qu'il eût les yeux ouverts, il ne voyait absolument rien. Soudain, il se sentit secoué par un courant violent qui venait du haut. Une énorme masse liquide était en déplacement.

Il comprit que la machine volante avait plongé à sa poursuite.

Il ne lui restait plus qu'une seule issue. Ils auraient son cadavre, mais rien d'autre. Il leur échapperait. Il renaîtrait ailleurs au bord du Fleuve. Il se montrerait plus fort qu'eux. Il leur rendrait coup pour coup.

Il ouvrit la bouche et aspira profondément par le nez et la gorge, malgré le réflexe qui lui faisait serrer les lèvres pour refuser la mort spasmodique. Il savait, abstraitement, qu'il allait revivre, mais les cellules de son corps refusaient d'admettre cette vérité. Elles luttaient pour survivre en ce moment même et non dans un avenir seulement probable. Mais pour elles, la partie était déjà perdue. Elles ne purent qu'arracher à sa gorge inondée un long cri de désespoir étranglé.

22

– *Yaaaaaaaah!*

Le cri le fit bondir dans l'herbe comme s'il venait de sauter d'un tremplin. Contrairement à ce qui s'était passé la première fois, il n'était pas désorienté par cette nouvelle résurrection. Il s'était attendu à se réveiller dans l'herbe au bord du Fleuve, à proximité d'une pierre à graal. Par contre, ce qu'il n'avait pas prévu, c'était cette bataille de géants qui se déroulait autour de lui.

Sa première pensée fut de chercher une arme. Il ne voyait rien à portée de sa main à part le graal qui accompagnait toujours les ressuscités et quelques carrés de tissus de tailles et de couleurs variées. Il saisit la poignée de son graal et attendit de pied ferme. S'il le fallait, il s'en servirait comme d'une massue. Le cylindre était léger, mais très dur et pratiquement indestructible.

A en juger d'après leur apparence, cependant, les monstres qui l'entouraient devaient être capables de supporter des coups de graal pendant toute une journée sans s'en trouver plus mal. La plupart mesuraient au moins deux mètres cinquante et certains devaient atteindre trois mètres. Leur torse massif et puissamment musclé avait un mètre de large. Leur corps était humain, ou presque, et leur peau était couverte de longs poils roux ou bruns. Ils n'étaient peut-être pas aussi velus que des chimpanzés, par exemple, mais ils dépassaient sur ce plan tous les êtres humains que Burton – qui s'y connaissait en spécimens d'humanité hirsute – avait pu rencontrer au cours de sa vie.

C'était leur visage, surtout, qui leur donnait un aspect inhumain et effrayant, encore accentué par les cris de guerre qu'ils poussaient. Sous leur front oblique, sans la moindre courbe au-dessus des yeux, courait un os épais qui se prolongeait en une double orbite massive. Les yeux, bien qu'aussi grands que ceux de Burton, paraissaient petits par rapport au visage grossier dans lequel ils étaient enfoncés. Les pommettes, proéminentes, accentuaient le creux des joues. Le nez, de taille impressionnante, donnait à ces géants une allure de singes proboscidiens.

Dans d'autres circonstances, le spectacle qui se déroulait sous ses yeux aurait peut-être amusé Burton. Mais pour le moment, il se contentait d'écouter avec inquiétude les rugissements, plus caverneux que ceux d'un lion, qui s'échappaient du thorax des monstres, dont les mâchoires puissantes, ornées de dents à l'aspect redoutable, auraient fait reculer n'importe quel grizzly. Dans leurs poings, aussi gros que la tête de Burton, ils tenaient des massues ou des haches de pierre avec lesquelles ils faisaient de terribles moulinets. Quand le bois ou la pierre rencontrait un os, on entendait un craquement semblable à celui d'une bûche fendue. Parfois, c'était la massue elle-même qui se brisait.

Burton eut à peine le temps de jeter un coup d'œil autour de lui. La lumière était encore faible. Le soleil venait à peine de se lever au-dessus des montagnes de l'autre côté du Fleuve. L'air était beaucoup plus froid ici que dans les autres endroits de la planète qu'il avait connus, à l'exception de ses rares et vaines tentatives d'escalader les parois presque verticales des chaînes montagneuses qui barraient l'horizon.

Soudain, l'un des géants, qui venait de se débarrasser de son adversaire et en cherchait un autre, aperçut Burton. Ses yeux s'écarquillèrent. Pendant quelques secondes, il parut aussi stupéfait que l'avait été Burton à son réveil. Sans doute n'avait-il jamais vu, lui non plus, de créature semblable. Quoi qu'il en soit, il ne lui fallut pas longtemps pour surmonter sa surprise. Il poussa un rugissement rauque, enjamba le corps ensanglanté de sa victime et se rua dans la direction de Burton en brandissant une hache d'une taille propre à assommer un éléphant.

Burton n'attendit pas pour prendre la fuite. Il se mit à courir droit devant lui, le graal à la main. S'il le perdait, autant mourir tout de suite. Sans lui, il serait condamné à périr de faim ou à se nourrir uniquement de poissons et de pousses de bambou.

Il avait presque réussi à semer son poursuivant

quand il voulut se faufiler entre deux groupes de titans occupés à se livrer combat. D'un côté, deux adversaires enlacés essayaient de se faire mordre la poussière tandis que de l'autre un géant reculait devant son adversaire qui faisait tournoyer sa massue. Burton était presque passé lorsque les deux lutteurs perdirent en même temps l'équilibre et dégringolèrent sur lui.

Par bonheur, il courait si vite qu'il ne fut pas écrasé sous leur masse; mais le bras de l'un d'eux heurta au passage son talon gauche avec une telle violence que son pied fut cloué au sol. Il trébucha en poussant un cri. Il devait avoir le pied cassé et la douleur se répercutait le long de ses muscles jusqu'en haut de sa cuisse.

Il essaya tout de même de se relever pour se diriger en boitant vers le Fleuve. Une fois dans l'eau, il pourrait peut-être s'éloigner à la nage, s'il parvenait à surmonter la douleur. Mais il n'eut pas le temps de faire deux pas lorsqu'il se sentit soulevé par-derrière et projeté en l'air.

Il accomplit plusieurs tours sur lui-même et, avant d'avoir pu amorcer son mouvement de descente, se trouva saisi au vol par un énorme poing qui lui enserrait la poitrine comme un étau. Il ne parvenait plus à respirer. Il avait l'impression que sa cage thoracique allait être enfoncée par les énormes doigts qui le maintenaient.

Il avait réussi, malgré tout, à garder son graal à la main. Instinctivement, il le fit tournoyer pour l'abattre sur l'épaule du géant. Celui-ci, sans s'émouvoir autrement que s'il avait eu à chasser une mouche, interposa le manche de sa hache qui heurta le cylindre et l'arracha des mains de Burton.

Le titan ricana. Il tenait toujours Burton à bout de bras, comme si les quatre-vingt-dix kilos de l'explorateur ne représentaient rien pour lui. Puis il rapprocha son visage pour mieux examiner sa prise.

Pendant quelques instants, Burton vit de près les yeux bleus du géant, enfoncés sous des arcades osseuses proéminentes. Les ailes de son nez énorme étaient veinées de nombreux vaisseaux éclatés. Ses lèvres étaient saillantes non pas parce qu'elles étaient épaisses, comme il l'avait cru tout d'abord, mais à cause de son prognathisme accentué.

Soudain, le titan se mit à rugir et souleva Burton au-dessus de sa tête. L'explorateur se débattit, conscient de la futilité de ses efforts mais refusant de se soumettre comme un vulgaire lapin. Tout en essayant de se dégager, il enregistra, dans un coin de son cerveau, un certain nombre de renseignements intéressants sur ce qui l'entourait.

Tout d'abord, il avait remarqué en se réveillant la position du soleil, qui se levait à peine au-dessus des cimes. Or, bien que plusieurs minutes se fussent écoulées depuis ce moment-là, l'astre était toujours à la même place. Il n'avait pas bougé par rapport aux montagnes.

D'autre part, la pente de la vallée lui donnant une vue plongeante sur une distance de six kilomètres au moins, il constata une chose surprenante : la pierre à graal au pied de laquelle il avait ressuscité était la dernière de la plaine. Au delà, il n'y en avait pas d'autre.

Il était arrivé au bout du chemin. Ou bien au commencement du Fleuve.

Il n'avait ni le temps ni l'envie de s'interroger sur la signification de tous ces détails. Il se contentait de les enregistrer dans sa mémoire entre deux séquences de douleur, de rage ou de terreur. Mais au moment où le géant allait abattre sa hache pour fracasser le crâne de sa victime impuissante, quelque chose d'imprévu se passa : le titan se raidit et poussa un cri aigu. Pour Burton, cela fit l'effet d'un sifflet de locomotive qui aurait soudain résonné à ses oreilles. L'étreinte du géant se relâcha au même instant et Burton retomba à terre. La douleur à son pied fut alors telle qu'il perdit conscience.

Quand il revint à lui, quelques instants plus tard, il dut serrer les dents pour s'empêcher de hurler. Il s'assit en gémissant et ce fut comme si une boule de feu, éclipsant la lumière pâle du jour, remontait le long de sa jambe. La bataille faisait toujours rage autour de lui, mais personne pour l'instant ne semblait se soucier de lui. A quelques pas de là gisait le titan qui avait failli le tuer. Son crâne, d'apparence assez massive pour résister à des coups de bélier, avait été défoncé.

A côté de ce cadavre épais comme un tronc d'arbre, rampait un blessé de taille plus modeste. En le voyant, Burton oublia instantanément sa douleur. L'homme qui se traînait ainsi lamentablement au milieu des titans n'était autre que Hermann Gœring!

Ils avaient été ressuscités exactement au même endroit. La coïncidence était troublante, mais ce n'était pas le moment de réfléchir à toutes ses implications. La douleur se faisait sentir de plus belle. En outre, Gœring essayait de lui dire quelque chose.

Il était vraiment en piteux état. Il avait perdu l'œil droit et sa joue était fendue de l'oreille à la commissure des lèvres. Tout son corps était ensanglanté. Il avait une main complètement écrasée et une côte brisée sortait de sa poitrine. C'était un miracle qu'il fût encore en vie et qu'il eût pu se traîner jusque-là.

– Vous... vous avez... fit-il en allemand dans un souffle rauque.

Puis il s'écroula. Un flot de sang noir jaillit de sa bouche et inonda la jambe de Burton. Ses yeux devinrent vitreux.

Burton se demandait s'il saurait un jour ce que Gœring avait voulu lui dire. Mais cela n'avait pas tellement d'importance. Des choses plus urgentes sollicitaient son attention.

A une dizaine de mètres de là, deux titans lui tournaient le dos. Ils haletaient. Sans doute se reposaient-ils un peu avant de retourner dans la mêlée. Mais à la grande surprise de Burton, l'un d'eux se mit à parler à l'autre.

Aucun doute n'était possible. Ce n'étaient plus des cris inarticulés, mais bien un langage. Naturellement, Burton ne le comprenait pas. Lorsque le premier géant eut fini de parler, le second répondit par une phrase modulée et manifestement syllabique.

Ce n'étaient donc pas des singes préhistoriques que Burton avait sous les yeux, mais bien des hommes appartenant à une espèce inconnue de la science du XXe siècle, puisque son ami Frigate lui avait décrit tous les fossiles humains connus jusqu'en 2008 après J.-C.

Allongé le dos contre la carcasse du géant mort, il écarta du revers de la main les longs poils roux qui se collaient à son visage. Il luttait contre la douleur qui le transperçait et la nausée qui le gagnait peu à peu. S'il remuait ou s'il faisait du bruit, il risquait d'attirer l'attention des deux géants qui se précipiteraient sur lui pour l'achever. Mais d'un autre côté, quelle importance? Handicapé par ses blessures, dans une région peuplée par de tels monstres, quelles chances avait-il de survivre normalement?

Le pire n'était pas la douleur qu'il ressentait au pied. C'était l'idée que dès son premier voyage par ce qu'il appelait « la voie suicide express » il avait atteint le but qu'il s'était fixé.

Il avait estimé lui-même qu'il n'avait qu'une chance sur dix millions de parvenir à cet endroit, et il aurait pu se noyer volontairement des milliers de fois avant d'y arriver. Pourtant, par un fantastique coup de chance, il avait réussi dès la première fois. L'occasion ne se représenterait peut-être jamais plus. Et le plus idiot, dans tout cela, c'était qu'il allait mourir!

Le soleil, encore à moitié caché par le sommet des montagnes, s'était légèrement déplacé parallèlement à celles-ci. Burton se trouvait à l'endroit précis dont il avait postulé l'existence, et il y était parvenu du premier coup. Impuissant, il était en train d'assister à sa propre mort. Il n'y voyait presque plus et la douleur commençait à s'estomper. La faiblesse qu'il ressentait ne provenait pas seulement de son pied cassé. Il devait souffrir d'une hémorragie interne.

Il tenta une nouvelle fois de se mettre debout. Il ne voulait pas mourir couché. Il brandirait le poing à la face du destin railleur et maudirait la mort quand elle viendrait le prendre.

23

L'aile rouge de l'aube lui effleurait les yeux.

Il se leva, sachant que ses blessures étaient guéries

mais incapable d'y croire vraiment. Il y avait à côté de lui un graal et six morceaux de tissu soigneusement pliés, de tailles, d'épaisseurs et de couleurs variées.

A quelques mètres de là, un homme, nu comme lui, se dressa dans l'herbe drue. En le reconnaissant, Burton fut parcouru par un frisson glacé. Les cheveux blonds, le visage joufflu et les yeux bleu pâle étaient ceux de Hermann Gœring.

L'Allemand semblait encore plus surpris que lui. Il parla lentement, comme un homme qui émerge d'un profond sommeil.

– Il se passe quelque chose de très anormal.

– Ces coïncidences sont troublantes, en effet, reconnut Burton.

Il n'en savait pas plus que les autres ressuscités sur les étranges lois qui régissaient la vie et la mort des humains dans la vallée du Fleuve. Il n'avait jamais assisté en personne à la résurrection de quelqu'un d'autre, mais il s'était intéressé à la question et avait entendu de nombreux récits. En général, le processus se déroulait à l'aube, au moment précis où le soleil émergeait derrière les sommets inaccessibles des montagnes de l'est. Il y avait alors comme un miroitement de l'air, toujours à proximité immédiate d'une pierre à graal. Le temps d'un battement d'aile, cette distorsion se concrétisait et un homme, une femme ou un enfant nu apparaissait dans l'herbe en même temps que l'indispensable graal et les carrés de tissus multicolores.

Burton estimait qu'un million d'êtres humains mouraient ainsi chaque jour parmi les trente-cinq à quarante milliards que contenait la vallée. Naturellement, il ne disposait d'aucune statistique réelle pour fonder cette affirmation, mais il calculait qu'en l'absence de maladies (à part les troubles mentaux) ou de causes naturelles, les guerres, les crimes, les suicides, les accidents et les exécutions devaient alimenter dans cette proportion plus ou moins régulière le roulement des « petites résurrections », comme tout le monde avait appris à les appeler.

Une chose était certaine, cependant : jamais deux personnes n'étaient mortes ensemble pour ressusciter en même temps et au même endroit. C'était le hasard absolu qui déterminait le lieu de résurrection. Du moins, tout le monde le croyait.

On pouvait à la rigueur concevoir qu'une telle chose se produisît une fois, bien que les chances fussent à peu près de l'ordre de une sur vingt millions. Mais qu'elle se reproduise deux fois de suite comme c'était le cas pour Gœring et pour lui, cela tenait du miracle.

Or, Burton ne croyait pas aux miracles. Si c'était arrivé, cela pouvait s'expliquer par des causes physiques et matérielles – à condition d'être en possession de tous les éléments.

Comme ce n'était pas son cas, il décida de ne plus y penser pour le moment. Il avait un autre problème plus urgent à régler. Ce problème était : que faire de Gœring ?

L'Allemand connaissait son identité et pouvait le livrer aux Ethiques qui le cherchaient.

Jetant un rapide coup d'œil autour de lui, Burton aperçut un groupe d'hommes et de femmes qui venaient dans leur direction avec des intentions apparemment amicales. Il avait donc le temps d'échanger à peine quelques mots avec Gœring.

– Je pourrais vous tuer encore ou même me suicider, lui dit-il à voix basse. Mais je ne désire faire ni l'un ni l'autre, pour l'instant. Je vous ai déjà expliqué pourquoi vous étiez dangereux pour moi. Je ne devrais pas faire confiance à une hyène perfide comme vous, mais il y a en vous quelque chose de changé, quelque chose que je n'arrive pas encore à discerner très bien. C'est pour cette raison que...

Gœring, dont le pouvoir de récupération était grand, parut sortir de son état de choc. Un sourire rusé se forma sur ses lèvres et il murmura :

– Vous êtes en mon pouvoir, en quelque sorte, n'est-ce pas ?

En voyant la grimace que faisait Burton, il ajouta vivement, la main levée comme pour se protéger :

– Mais je vous jure que je ne révélerai votre identité à personne ! Je ne ferai rien qui puisse vous nuire. Même si vous n'êtes pas mon ami, vous représentez au moins un visage connu dans un environnement étranger. Il est bon d'avoir auprès de soi quelqu'un de familier. Je suis bien placé pour le savoir. J'ai trop longtemps souffert de la solitude et du désespoir. J'ai cru devenir fou. C'est en partie pour cela que je me suis drogué. Croyez-moi, je n'ai aucune envie de vous trahir.

Burton n'était pas disposé à le croire, mais il estimait pouvoir lui faire confiance au moins pendant un certain temps. Gœring avait besoin d'un allié jusqu'à ce qu'il sache à quoi s'en tenir sur les intentions et les possibilités de la population locale. En outre, il y avait ce changement que Burton avait remarqué en lui. Peut-être l'Allemand commençait-il à s'amender ?

Non, se dit-il. Ce n'est pas le moment de faire du sentiment. Malgré tes airs et tes propos cyniques, tu as toujours eu le pardon facile envers ceux qui t'ont offensé. Quand cesseras-tu d'être si naïf ?

Trois jours plus tard, il n'était toujours pas fixé en ce qui concernait Gœring.

Burton se faisait passer pour un certain Abdul ibn Harun, citoyen du Caire au XIXe siècle. Plusieurs raisons l'avaient conduit à adopter cette identité. Entre autres, il parlait parfaitement l'arabe, et en particulier l'égyptien de cette période. Le fait de pouvoir se coiffer d'un turban qui dissimulait la moitié de sa tête n'était pas pour lui déplaire dans de telles circonstances. Quant à Gœring, il n'avait pas, jusqu'à présent, dit quoi que ce soit qui pût trahir son déguisement. Burton en était à peu près certain, car ils ne se quittaient pratiquement pas d'une semelle. Ils logeaient dans la même hutte en attendant d'être mis au courant des coutumes locales et d'arriver au terme de la période d'isolement probatoire obligatoire pour tout étranger. Durant cette période, ils furent surtout soumis à un entraînement militaire intensif. Burton, qui avait été une des plus fines lames de son époque et était rompu à toutes les techniques de combat, fut rapidement accepté comme une recrue de choix. En fait, on lui promit de le nommer instructeur dès qu'il aurait suffisamment maîtrisé la langue locale.

De son côté, Gœring gagna presque aussi rapidement le respect de ceux qui l'entouraient. Quels que fussent ses défauts par ailleurs, il ne manquait ni de courage, ni de force, ni d'entrain dans le maniement des armes.

Il savait se rendre agréable quand cela servait ses desseins et apprenait à s'exprimer dans la nouvelle langue avec presque autant de facilité que Burton. Il ne tarda pas à acquérir et à exercer une autorité digne de l'ancien Reichsmarschall de l'Allemagne hitlérienne.

La région, située sur la rive occidentale, était principalement habitée par des gens dont Burton, malgré l'étendue de ses connaissances, ne comprenait pas la langue. Quand il l'eut suffisamment maîtrisée pour les interroger, il apprit qu'ils étaient originaires d'une époque située au commencement de l'âge du bronze et qu'ils avaient vécu quelque part en Europe centrale. Certaines de leurs coutumes étaient assez curieuses, en particulier celle qui consistait à s'accoupler en public. Burton, qui avait contribué à fonder, en 1863, la Société royale d'anthropologie de Londres, et qui en avait vu d'autres au cours de ses voyages d'exploration sur la Terre, trouvait cela particulièrement intéressant. Sans aller jusqu'à imiter ses hôtes, il les regardait faire sans se scandaliser.

Par contre, ce fut avec plaisir qu'il adopta une autre de leurs coutumes, qui consistait à se peindre une moustache au-dessus de la lèvre. Les hommes regrettaient que la résurrection les eût définitivement privés de leur barbe et de leur prépuce. Ils ne pouvaient rien faire en ce qui concernait le second outrage, mais pour le premier c'était possible dans une certaine mesure. Il leur suffisait pour cela de se badigeonner le menton et le dessus de la lèvre avec une teinture à base de charbon pilé, de colle de poisson, de tanin et de divers autres ingrédients. Les plus fanatiques se servaient de cette mixture pour se faire tatouer, opération pénible et longue exécutée au moyen de fines aiguilles de bambou.

Burton était maintenant doublement déguisé, mais il était toujours à la merci d'un homme capable de le trahir à la première occasion. Ce qui lui convenait d'ailleurs, dans une certaine mesure, car il ne demandait pas mieux que d'attirer sur lui l'attention d'un Ethique, tout en ne voulant pas que celui-ci pût établir son identité à coup sûr.

Par-dessus tout, Burton voulait avoir la certitude

qu'il pourrait s'échapper à temps si le filet commençait à se refermer sur lui. C'était là un jeu dangereux – la corde raide au-dessus d'une fosse pleine de loups affamés – mais il était décidé à le jouer jusqu'au bout. Il ne prendrait la fuite qu'en cas de nécessité absolue. Entre-temps, il serait le gibier à l'affût du chasseur.

La Tour Noire et le Grand Graal demeuraient à l'horizon de chacune de ses pensées. A quoi bon, en effet, jouer ainsi au chat et à la souris, si la possibilité existait de donner l'assaut aux remparts de la citadelle qui, supposait-il, abritait le quartier général des Ethiques ? Ou, si parler d'assaut était exagéré, de s'introduire dans la Tour comme une souris qui se glisse dans une maison. Pendant que les chats regarderaient ailleurs, la petite souris en profiterait pour entrer, et plus tard se transformerait en tigre.

A cette pensée, il éclata de rire, ce qui lui valut un coup d'œil intrigué des deux hommes avec qui il partageait sa hutte : Gœring et un Anglais du XVIIe siècle qui s'appelait John Collop. S'il avait ri ainsi, à vrai dire, c'était en partie pour se moquer de lui-même, parce qu'il trouvait cocasse l'idée de se comparer à un tigre. Comment penser qu'à lui tout seul, il était capable de se dresser contre des êtres qui avaient bâti une planète, ressuscité des milliards de morts et qui demeuraient les gardiens du troupeau rappelé à la vie ?

Il contempla ses mains en se disant qu'elles représentaient peut-être, avec le cerveau qui les guidait, la fin des Ethiques. Pourquoi en était-il ainsi ? Quelle menace recelait-il ? Il l'ignorait. La seule chose certaine, c'était que les Ethiques avaient peur de lui. Si seulement il savait pourquoi...

Il n'y avait pas eu que de la dérision dans son rire. L'autre moitié de lui-même était convaincue qu'il était bien un tigre lâché parmi les hommes. *L'homme n'est rien d'autre que ce qu'il pense être,* murmura-t-il pour lui tout seul.

– Je trouve que vous avez un rire curieux, lui dit Gœring. Beaucoup trop féminin pour quelqu'un d'aussi viril que vous. Cela fait penser à... à une pierre qui ricoche sur la surface gelée d'un lac. Ou bien au rire d'un chacal.

– Je tiens du chacal et de l'hyène, répliqua Burton. C'est du moins ce que prétendaient mes ennemis. Et ils avaient raison. Mais il n'y a pas que cela en moi.

Il se leva de son lit et se mit à faire quelques mouvements pour assouplir ses muscles engourdis par le sommeil. Encore quelques minutes et ce serait l'heure d'aller avec ses compagnons recharger les graals au bord du Fleuve. Ensuite, ce serait la corvée de chambrée, pendant une heure, puis l'exercice et l'entraînement au maniement des armes : le javelot, la massue, la fronde, le glaive d'obsidienne, l'arc et la hache de pierre. Ensuite, combat à mains nues. Une heure de repos pour déjeuner et bavarder un peu. Une heure d'étude de la langue. Deux heures de terrassement : participation à la construction des remparts qui protégeaient la frontière nord du petit Etat. Une demi-heure de repos, puis un peu de course à pied : un quinze cents mètres obligatoire, pour maintenir la forme. Ensuite, le dîner, avec au menu l'inévitable contenu des graals. La soirée était libre, sauf pour ceux qui avaient une garde ou une corvée quelconque à accomplir.

Un tel programme et de telles activités étaient devenus chose courante dans les innombrables petits Etats qui bordaient le Fleuve. Presque partout, les hommes étaient en guerre ou se préparaient à la faire. Chaque citoyen devait se maintenir en forme et apprendre à se battre au mieux de ses possibilités. D'un autre côté, l'entraînement militaire représentait une occupation. Cette vie martiale était peut-être monotone, mais elle valait mieux, tout compte fait, que de rester les bras croisés à chercher comment se distraire. Les Terriens étaient libérés de nombreux soucis : l'argent, la nourriture, le loyer, les factures et les innombrables occupations qui faisaient l'existence de tous les jours. Mais ce n'était pas forcément un bienfait. Il restait un combat à livrer contre le principal ennemi, l'ennui, et la principale préoccupation de tous les dirigeants des Etats riverains était de gagner ce combat.

La vallée aurait pu être un véritable paradis. Au lieu de cela, elle était ravagée par d'innombrables guerres. Pour certains, une telle situation était regrettable. Mais pour la plupart, elle était non seulement souhaitable mais inévitable. La guerre donnait du piquant à la vie et contribuait à vaincre le désœuvrement. La cupidité et l'agressivité de l'homme pouvaient s'y exercer à loisir.

Après dîner, hommes et femmes étaient libres de faire ce qu'ils voulaient, à condition de n'enfreindre aucun règlement. On pouvait échanger les cigarettes et l'alcool, ou le poisson pêché dans le Fleuve, contre toutes sortes d'objets : des arcs et des flèches, des boucliers, de la vaisselle, des meubles, des flûtes en bambou, des trompettes d'argile, des tambours tendus de peau humaine ou de peau de poisson, des pierres précieuses (d'une extrême rareté en cet endroit du Fleuve), des colliers de jade ou de bois sculpté, des bijoux fabriqués avec l'épine dorsale, magnifiquement teintée et articulée, des poissons de grande eau, des miroirs d'obsidienne, des chaussures et des sandales, des dessins au fusain, du papier de bambou (article très rare et coûteux), de l'encre, des plumes fabriquées avec des épines de poissons, des chapeaux tressés avec les longues herbes fibreuses des collines, des crécelles, des chariots pour dévaler les pentes des collines, des harpes de bois dont les cordes étaient des boyaux de « dragons du Fleuve », des anneaux de bois dont on s'ornait les doigts et les orteils, des statues d'argile et bien d'autres choses encore, utilitaires ou ornementales.

Bien sûr, il y avait aussi l'amour, mais pour l'instant Burton et ses deux compagnons n'avaient pas droit à ce genre de distraction. Plus tard, quand ils seraient admis comme citoyens à part entière, ils pourraient choisir une compagne et s'installer dans des huttes séparées.

John Collop était un jeune homme petit et frêle d'apparence. Ses longs cheveux dorés, son visage mince mais harmonieux, ses grands yeux bleus aux longs cils noirs et effilés lui donnaient un air doux et légèrement efféminé. Dès sa première conversation avec Burton, il s'était présenté en ces termes :

– Je suis sorti des ténèbres de la matrice maternelle pour entrer dans la lumière de Dieu et de la Terre en 1625. Beaucoup trop vite, à mon gré, je suis retourné à la matrice de la Mère Nature, ne doutant pas de la Résurrection, avec raison, comme vous pouvez le constater. Je dois néanmoins avouer que cet au-delà n'est pas tout à fait celui que la religion m'avait laissé entrevoir. Mais comment de pauvres pasteurs aveugles guidant un troupeau égaré auraient-ils pu connaître la vérité ?

Collop ne tarda pas à admettre qu'il appartenait à l'Eglise de la Seconde Chance. En entendant cela, Burton avait haussé un sourcil. Ce n'était pas la première fois qu'il entendait parler de cette nouvelle religion, en des points très éloignés du Fleuve. Bien qu'il s'intitulât athée et infidèle, Burton avait toujours eu beaucoup de curiosité pour toutes les religions avec lesquelles ses voyages l'avaient mis en contact. Connaître la foi d'un homme, pensait-il, c'est le connaître déjà à moitié. Connaître aussi sa femme, c'est le connaître en entier.

L'Eglise de la Seconde Chance professait quelques dogmes simples, certains fondés sur des faits, la plupart sur des conjectures ou de pieux espoirs. En cela, elle ne différait guère des autres religions de la Terre. Mais les adeptes de la Seconde Chance avaient un gros avantage sur les autres : ils n'avaient aucune difficulté à prouver que les morts pouvaient être ressuscités – et pas seulement une fois.

– Et pourquoi cette Seconde Chance a-t-elle été accordée à l'humanité? demanda Collop d'une voix grave et pénétrée. Croyez-vous qu'elle l'ait méritée? Certainement pas. Les hommes sont, à quelques rares exceptions près, des créatures viles, mesquines, corrompues, d'un égoïsme sordide et d'une agressivité écœurante. En les regardant s'agiter, les dieux – ou Dieu – doivent avoir envie de vomir. Mais dans cette vomissure divine, si vous me pardonnez une telle image, il y a un grumeau de compassion. Si abject que soit l'homme, il y a toujours en lui un reste de divin. L'homme fut fait à l'image de Dieu. La formule n'est pas entièrement vaine. Chez le pire d'entre nous, il y a toujours quelque chose à sauver, et à partir de là un homme nouveau peut renaître. Ceux qui nous ont fait don de cette Seconde Chance sont au courant de cette vérité. Ils nous ont placés au bord de ce Fleuve, sur une planète étrangère et sous des cieux étrangers, pour que nous puissions gagner notre salut. De combien de temps nous disposons encore, je l'ignore, et au sein de notre Eglise personne ne se hasarde à faire de spéculations là-dessus. Peut-être aurons-nous toute l'éternité. Peut-être seulement cent ans ou mille. Mais nous avons intérêt à utiliser au mieux le temps qui nous est imparti, ami.

– Vous m'avez raconté, répliqua Burton, que vous aviez vous-même été sacrifié, sur l'autel du dieu Odin, par des Nordiques qui s'accrochaient à leur ancienne religion, bien que ce monde-ci n'ait visiblement rien à voir avec le Walhalla promis par leurs prêtres. Ne voyez-vous pas que vous avez perdu votre temps et le leur en leur prêchant vos bonnes paroles ? Ils n'ont jamais cessé de croire à leurs anciens dieux. Simplement, ils ont modifié leur théologie pour l'adapter aux conditions présentes. Exactement comme vous, qui restez fidèle à votre ancienne foi.

– Ces gens sont incapables d'expliquer leur nouvel environnement, protesta Collop. L'Eglise de la Seconde Chance leur apporte des solutions rationnelles et un dogme auquel ils finiront par croire avec autant de ferveur que moi-même. Ils m'ont tué, c'est vrai, mais quelqu'un de plus convaincant que moi prendra ma place et leur parlera avant qu'ils le ligotent sur les genoux de bois de leur idole et lui transpercent le cœur. S'il ne réussit pas, un autre viendra après lui et nous n'aurons pas prêché pour rien. Le sang des martyrs était, sur la Terre, la semence de l'Eglise. C'est encore plus vrai ici. Si vous tuez un homme pour l'empêcher de parler, il surgira ailleurs au bord du Fleuve et un autre, sacrifié à des milliers et des milliers de kilomètres de là, viendra prendre sa place. L'Eglise de la Seconde Chance finira par gagner. Les hommes mettront alors un terme à ces stupides guerres qui engendrent la haine et pourront se consacrer à la véritable tâche qui les attend, celle qui consistera à gagner leur salut.

– Ce que vous dites des martyrs s'applique à tout homme qui a une idée à poursuivre, qu'elle soit bonne ou mauvaise. Le criminel exécuté à un endroit du

Fleuve renaîtra à un autre endroit pour commettre de nouveaux crimes.

– Dieu aura le dernier mot. La vérité finit toujours par triompher.

– J'ignore ce que vous avez connu de la Terre et combien de temps vous avez vécu. Mais votre expérience a dû être assez limitée, pour que vous soyez aveugle à ce point. Croyez-en quelqu'un qui a beaucoup voyagé !

– L'Eglise, répliqua Collop, n'est pas uniquement fondée sur la foi. Son enseignement repose également sur des faits très concrets et très substantiels. Dites-moi, mon cher Abdul, avez-vous jamais entendu parler de morts ressuscités ailleurs, mais tout en restant morts ?

– Cela n'a pas de sens ! s'écria Burton. Vous voulez dire... qu'il y a des gens qui ressuscitent morts ?

– Nous connaissons au moins trois cas qui ne font pas de doute, et quatre autres qui ont été soumis à l'Eglise mais qu'elle n'a pas su authentifier. Il s'agit d'hommes et de femmes qui ont trouvé la mort au bord du Fleuve et dont le corps sans vie a été simplement transféré ailleurs. Que dites-vous de cela ?

– C'est inimaginable ! déclara Burton. Puisque vous semblez avoir une explication, parlez; je vous écoute.

En fait, Burton avait déjà entendu cette histoire plusieurs fois, et il avait même une explication toute prête, mais il voulait d'abord entendre la version de Collop pour voir jusqu'à quel point les faits se recoupaient.

La concordance se révéla parfaite, jusqu'au nom des trois *lazares* morts. Ils avaient été identifiés par ceux qui les avaient connus sur la Terre. Tous étaient plus ou moins des saints. L'un d'eux avait déjà été canonisé sur la Terre. La doctrine disait qu'ayant déjà atteint l'état de « sainteté », il n'était plus nécessaire pour eux qu'ils continuent à séjourner dans le « purgatoire » de la vallée. Leur âme était partie... quelque part... en abandonnant l'excédent de bagage que représentait leur enveloppe charnelle.

Bientôt, affirmait l'Eglise, d'autres accéderaient à cet état de grâce, et leurs dépouilles mortelles joncheraient les rives du Fleuve. En temps voulu, la planète-purgatoire finirait par se dépeupler. Tous ses habitants seraient lavés de leurs dépravations et de leurs haines. L'amour de Dieu et de l'humanité les illuminerait. Même les plus vils et les plus corrompus, ceux qui paraissaient définitivement perdus, finiraient par quitter leur enveloppe physique. Pour gagner cet état de grâce, une seule chose était nécessaire : l'amour.

Burton soupira et éclata d'un rire bruyant :

– *Plus ça change, plus c'est la même chose!* s'écria-t-il en français. Encore un conte de fées pour donner de l'espoir aux hommes. Les vieilles religions étant discréditées – bien que certaines se refusent à le reconnaître –, il faut bien en inventer de nouvelles!

– Notre religion a un sens, rétorqua Collop. Auriez-vous une meilleure théorie pour expliquer notre présence ici?

– Peut-être. Moi aussi, je suis capable d'inventer des contes de fées!

Burton avait effectivement une théorie, mais il ne pouvait l'exposer à Collop. Quand Spruce avait parlé, ce qu'il avait dit des Ethiques, de leur histoire et de leurs objectifs semblait cadrer à peu près parfaitement avec la théologie professée par Collop.

Malheureusement, Spruce avait disparu avant qu'ils aient pu obtenir de lui des éclaircissements sur cette fameuse notion d'âme. Il était clair que l'« âme » jouait un rôle primordial dans tout le processus de la Résurrection. Autrement, quand le corps atteignait cet état de grâce où il ne pouvait plus être ressuscité vivant, il ne serait plus rien resté pour perpétuer la véritable essence de l'homme. Or, jusqu'à présent, la vie post-terrestre pouvait être expliquée en termes purement physiques. Par conséquent, l'« âme » aussi devait être une entité physique, qu'on ne pouvait pas écarter simplement en la qualifiant de « surnaturelle », comme cela avait été le cas sur la Terre.

Il y avait beaucoup de choses que Burton ignorait, mais il avait eu des rouages de la planète une vision qu'aucun autre être humain n'aurait pu soupçonner.

Ces maigres connaissances, il entendait les mettre à profit pour s'introduire de force dans le Saint des Saints. Pour atteindre la Tour Noire, il ne disposait que d'un seul moyen, celui qu'il appelait la « voie suicide express ». Mais d'abord, il voulait entrer en contact avec un autre Ethique, s'emparer de lui tout en l'empêchant de se suicider prématurément et ensuite lui extorquer, d'une manière ou d'une autre, certains renseignements dont il avait besoin.

En attendant, il continuait à jouer le rôle d'Abdul ibn Harun, médecin égyptien du XIXe siècle, à présent citoyen de l'Etat de Bargawhwdzys. En tant que tel, il décida de se convertir à l'Eglise de la Seconde Chance et annonça à Collop qu'il reniait Mahomet et son enseignement. Il devenait ainsi la première recrue de Collop dans cette région.

– Il vous faudra prêter serment de ne jamais lever la main sur un de vos semblables, et de renoncer à vous défendre physiquement, lui avait alors expliqué Collop.

Burton, outré, avait répondu qu'aucun homme ne pourrait jamais l'attaquer sans avoir aussitôt des raisons de s'en repentir.

– C'est peut-être contraire aux habitudes, avait répliqué doucement Collop, mais ce n'est pas déraisonnable. L'homme peut devenir autre chose que ce qu'il a toujours été; quelque chose de mieux, s'il en a le désir et la volonté.

Burton avait refusé catégoriquement et s'était éloigné à grands pas. Collop avait hoché tristement la tête, mais leurs relations n'avaient pas été affectées pour autant. Depuis, non sans humour, Collop l'appelait parfois son « converti de cinq minutes ». Il faisait ainsi allusion non pas au temps qu'il avait fallu à Burton pour rallier le troupeau, mais au temps qu'il avait mis pour en ressortir définitivement.

Peu de temps après, Collop découvrit un deuxième converti en la personne de Gœring. Au début, l'Allemand accablait Collop de sarcasmes et de railleries. Mais quand il se remit à la gomme à rêver et que les cauchemars recommencèrent, son attitude changea brusquement.

Deux nuits durant, ses gémissements, son agitation et ses cris empêchèrent ses deux compagnons de dormir. Le soir du troisième jour, il demanda de but en blanc à Collop s'il voulait l'admettre parmi les fidèles. Mais il fallait, disait-il, qu'il se confesse d'abord. Collop devait savoir quelle sorte de personne il avait été, non seulement sur la Terre mais ici.

Après avoir écouté jusqu'au bout des aveux où l'humiliation ne le cédait en rien à une complaisance douteuse, Collop lui répondit :

– Ami, je ne me soucie guère de ce que vous avez été. La seule chose qui compte, c'est ce que vous êtes et ce que vous voulez devenir. Je vous ai écouté uniquement parce que la confession est une libération pour l'âme. Je comprends votre trouble. Je vois que vous souffrez à cause de ce que vous avez fait, mais que vous éprouvez encore un certain plaisir à évoquer ce que vous avez été : un puissant parmi les hommes. Beaucoup de ce que vous m'avez dit m'est incompréhensible, car je ne connais pas bien votre époque. Mais quelle importance ? Aujourd'hui et demain, voilà ce qui nous intéresse. Ne nous occupons pas du reste.

D'après l'attitude de Collop, Burton avait l'impression qu'il était non pas inintéressé, mais sceptique quant à l'authenticité des prouesses de gloire et d'infamie que l'Allemand s'attribuait. Il y avait tellement d'imposteurs au bord du Fleuve que les vrais héros – ou les canailles authentiques – s'en trouvaient dépréciés. Ainsi, Burton avait déjà eu l'occasion de rencontrer trois Jésus-Christ, deux Abraham, quatre Richard-Cœur-de-Lion, six Attila, une douzaine de Judas (dont un seul connaissait l'araméen), un George Washington, deux Lord Byron, trois Jesse James, une série de Napoléon, un général Custer (qui parlait avec l'accent du Yorkshire), un Finn MacCool (qui ne connaissait pas un mot d'ancien irlandais), un Tchaka (qui parlait le zoulou, mais pas le bon dialecte) et quantité d'autres personnages historiques ou pseudo-historiques dont la bonne foi restait à prouver.

Quoi qu'un homme eût été sur la terre, il lui fallait se réaffirmer ici. Ce n'était pas toujours facile, car les conditions étaient radicalement différentes. Dans la plupart des cas, les puissants de la Terre se voyaient humiliés et réclamaient en vain l'occasion de prouver leur identité.

Pour des gens comme Collop, cette humiliation était un bienfait. D'abord l'humiliation, ensuite l'humilité, avait-il coutume de dire. De là découle tout naturellement l'humanité.

Gœring s'était laissé prendre au piège du Grand Dessein – selon l'expression de Burton – parce qu'il était dans sa nature de choisir les solutions extrêmes, surtout en ce qui concernait l'usage des drogues. Tout en sachant que la gomme à rêver arrachait les plus noirs fragments des abîmes de son être pour les recracher à la lumière du jour, tout en se voyant torturé et écartelé, il continuait pourtant d'en absorber autant qu'il pouvait s'en procurer. Pendant quelque temps, jouissant grâce à sa nouvelle résurrection d'une forme physique intacte, il avait pu résister à l'appel de la drogue. Mais quelques semaines après son arrivée dans le secteur, il avait succombé de plus belle et les nuits résonnaient désormais de ses « Hermann Gœring, je te hais ! »

– S'il continue comme ça, fit remarquer Burton à Collop, il finira par perdre la raison. Ou bien il se suicidera, ou encore il obligera quelqu'un à le tuer pour pouvoir échapper à lui-même. Mais à quoi bon se suicider, si c'est pour recommencer ailleurs ? Dites-moi franchement, ne croyez-vous pas que nous sommes en enfer ?

– Disons au purgatoire. La différence avec l'enfer, c'est qu'il nous reste encore l'espoir.

24

Deux mois avaient passé. Burton tenait le compte des jours en taillant des encoches sur un rondin de pin avec un couteau de silex. Aujourd'hui, par exemple, c'était le quatorzième jour du septième mois de l'an V après la Résurrection. Pour un chroniqueur comme Burton, il était indispensable d'avoir un calendrier, mais ce n'était pas toujours chose facile. Le temps n'avait pas une grande signification dans le monde du Fleuve. L'axe polaire de la planète faisait un angle immuable de 90° par rapport à l'écliptique. Il n'y avait pas de changements de saisons et les étoiles étaient tellement denses dans le ciel qu'il était impossible d'identifier séparément un astre ou une constellation. Même le soleil à son zénith n'éclipsait pas entièrement la lumière stellaire. Comme un fantôme pâle répugnant à laisser la place à l'astre du jour, elle demeurait à la lisière du ciel, attendant la nuit triomphante.

Pourtant, le temps est aussi indispensable à l'homme que l'eau au poisson. Même s'il n'existe pas, il lui faut l'inventer. C'est ainsi que pour Burton, c'était le 14 juillet de l'an V. Pour Collop, par contre, comme pour beaucoup d'autres, les jours et les mois avaient continué de s'écouler comme s'il n'était pas mort, et il estimait qu'il vivait en l'an de grâce 1667. Il refusait de croire que le doux Jésus qui lui servait de référence avait tourné à l'aigre. Le Fleuve de sa résurrection, c'était le Jourdain. La vallée, c'était celle qui s'ouvre au delà de l'ombre de la mort. Il voulait bien admettre que l'après-vie ne correspondait pas à ce qu'il avait attendu, mais c'était un séjour plus glorieux encore que tout ce qu'il aurait pu espérer. Il y voyait une preuve éclatante de l'amour de Dieu pour ses créatures. Il avait donné aux hommes, qui ne méritaient pas une telle faveur, une seconde chance d'assurer leur salut. Si ce monde n'était pas la Nouvelle Jérusalem, il en préparait tout au moins la construction. En guise de briques, l'amour de Dieu; en guise de mortier, l'amour de l'homme. Le tout devait prendre forme dans cette usine qu'était le monde du Fleuve.

Burton raillait Collop lorsqu'il lui exposait de tels propos, mais il ne pouvait s'empêcher d'éprouver de la sympathie pour le petit homme. Il avait au moins le mérite d'être sincère. Ce n'était pas avec les feuillets d'un traité de théologie qu'il nourrissait le brasier de ses convictions béates. Il n'avait pas besoin, comme certains, de forcer le tirage. Il brûlait d'une flamme tranquille qui prenait sa source dans son être même, et cette flamme était d'amour. Une forme d'amour difficile et rare, celle qui s'adressait à ceux qui refusent d'être aimés.

Il parlait parfois à Burton de sa vie terrestre. Il avait

été médecin et fermier. Il professait des opinions libérales et sa foi inébranlable ne l'avait jamais empêché de se poser d'innombrables questions sur l'Eglise et la société de son temps. Il avait publié des écrits en faveur de la tolérance qui lui avaient valu à l'époque les éloges des uns, l'anathème des autres. Il avait également connu une brève notoriété en tant que poète avant de retomber définitivement dans l'oubli.

Seigneur, que l'impie voie
Revivre en moi les miracles d'antan.
Par ta main, l'aveugle guérit,
Le lépreux est purifié,
Les morts ressuscités.

– Mes vers sont oubliés, mais leur vérité demeure, commenta Collop avec un grand geste qui embrassait les collines, le Fleuve, les montagnes et les hommes. Pour le comprendre, il vous suffit de regarder autour de vous, au lieu de vous accrocher à ce mythe stupide selon lequel cette planète aurait été façonnée par des hommes comme nous. De toute manière, même en supposant que vous ayez raison, il reste que vos Ethiques ne font qu'accomplir les desseins de leur Créateur.

– Je préfère ces autres vers que vous avez écrits, se contenta de répondre Burton :

Aspire, âme légère !
Tu n'es pas la Terre. Monte plus haut !
Le Ciel a donné l'étincelle;
Au Ciel renvoie le feu.

Collop parut content d'être cité par Burton, sans savoir que ce dernier attribuait à ses vers un sens différent de celui qu'il y avait mis lui-même.

« Renvoyez le feu », pour Burton, cela signifiait s'introduire dans la Tour Noire pour percer le secret des Ethiques et retourner contre eux leurs propres procédés. Il n'estimait pas leur devoir une quelconque reconnaissance pour lui avoir octroyé une seconde vie. Au contraire, il leur en voulait d'avoir fait cela sans lui demander son avis. S'ils désiraient qu'on leur dise merci, pourquoi n'expliquaient-ils pas clairement les raisons de cette « seconde chance »? Pourquoi tant de mystères? Il était décidé à trouver une réponse à toutes ces questions. L'étincelle de vie qu'ils avaient restaurée en lui deviendrait un feu dévorant qui finirait par les brûler.

Il ne cessait de maudire le sort qui l'avait transporté si près de la source du Fleuve, et par conséquent de la Tour, pour le transférer aussitôt après à des millions de kilomètres de son objectif. Néanmoins, il avait désormais la certitude que l'endroit existait et qu'il y avait de l'espoir, puisqu'il y était allé une fois, pour qu'il s'y retrouve un jour. Non pas, certes, en remontant le Fleuve en bateau, car il estimait qu'un tel voyage durerait un demi-siècle ou plus, à condition qu'il ne se fasse ni capturer, ni réduire en esclavage, ni tuer en cours de route, mais en utilisant la « voie suicide express » qui lui avait déjà si bien réussi.

Le suicide était la seule issue. Tout en sachant très bien qu'il ne s'agirait que d'un mauvais moment à passer, il ne pouvait s'empêcher, cependant, de repousser l'échéance de jour en jour. Son esprit avait décidé, mais les cellules de son corps ne l'entendaient pas du tout ainsi. Inconsciemment, il s'inventait toutes sortes de prétextes pour séjourner encore un peu dans l'Etat de Bargawhwdzys. En particulier, l'étude du langage et des coutumes des primitifs locaux. Mais, au fond de lui-même, il n'était pas dupe : tout cela ne servait qu'à retarder l'instant fatal où il plongerait dans le Fleuve et ouvrirait la bouche pour pousser son grand cri de détresse noyée.

Malgré tout, il ne passa pas tout de suite aux actes.

A quelque temps de là, les trois hommes furent autorisés à quitter la hutte commune et à mener une vie normale de citoyen. Chacun s'installa donc dans une hutte à part. Au bout d'une semaine, ils avaient tous trois trouvé une compagne. En tant que missionnaire de la Seconde Chance, Collop n'était nullement tenu au célibat. Rien ne lui interdisait de faire vœu de chasteté, mais le raisonnement de son Eglise était simple. Hommes et femmes avaient été ressuscités dans un corps qui conservait – ou mieux, qui avait retrouvé – les caractères sexuels de l'original. Il était clair, par conséquent, que les Artisans de la Résurrection entendaient que le sexe serve à quelque chose ! A peu près tout le monde était d'accord pour dire que la reproduction n'était pas l'unique fonction de la sexualité. Alors, hardi les jeunes ! Roulons-nous dans le foin !

Autre conséquence de l'inexorable logique des tenants de la Seconde Chance (qui, soit dit en passant, décriaient la raison comme étant sujette à caution) : toutes les formes d'amour physique étaient admises, à condition que les partenaires soient consentants et que la cruauté ou la contrainte soient exclues. L'utilisation des enfants dans les jeux sexuels était prohibée, mais ce problème, au bout d'un certain temps, cesserait automatiquement d'exister : d'ici quelques années, tous les enfants du monde du Fleuve seraient devenus adultes.

Collop se refusait à prendre une compagne dans le seul but de soulager ses pulsions sexuelles. Il lui fallait une femme qu'il aime. Burton se moquait de lui : c'était là, disait-il, un préalable facile à satisfaire, et à peu de frais encore. Puisque Collop aimait toute l'humanité sans restriction, il n'avait qu'à prendre la première qui lui dirait oui.

– Vous ne croyez pas si bien dire, répliqua Collop. C'est exactement ainsi que les choses se sont passées.

– Et si elle est belle, intelligente et passionnée, c'est sans doute une coïncidence ?

– Bien que je m'efforce de transcender ma nature, c'est-à-dire, en fait, de devenir aussi humain que possible, j'ai bien peur de n'être que trop humain, répondit Collop en souriant. Pourquoi voudriez-vous que je me pose délibérément en martyr, en choisissant une horrible mégère ?

– Vous seriez tombé encore plus bas dans mon estime, si vous l'aviez fait. Quant à moi, tout ce que je demande à une femme, c'est d'être belle et de m'aimer. Peu importe qu'elle soit intelligente ou non. Et j'ai une préférence marquée pour les blondes. Il y a en moi une corde qui vibre sous les doigts des filles aux cheveux d'or.

Gœring avait jeté son dévolu sur une Walkyrie à la

stature impressionnante et à la poitrine opulente. C'était une Suédoise du XVIIIe siècle qui s'appelait Karla et correspondait assez bien à la description que Frigate avait faite un jour de la première femme de Gœring, la belle-sœur de l'explorateur suédois von Rosen. Gœring admit sans peine non seulement qu'elle ressemblait à sa chère Karin, mais encore qu'elle avait la même voix qu'elle. Il paraissait parfaitement heureux avec elle, et elle avec lui.

Puis, une nuit, à l'heure où tombait la pluie qui précédait invariablement l'aurore, Burton fut réveillé en sursaut.

Il lui avait semblé entendre un hurlement, mais lorsqu'il tendit l'oreille il ne perçut que le grondement du tonnerre et les craquements des éclairs tout proches. Il referma les yeux, mais se redressa aussitôt : une femme venait de crier dans une hutte voisine.

Il se leva d'un bond, écarta le rideau de bambou qui servait de porte et passa la tête au-dehors. Une pluie glacée lui fouetta le visage. Tout était noir à l'exception des montagnes de l'ouest, illuminées par la foudre. Un éclair zébra soudain le ciel, aussitôt suivi d'un assourdissant claquement de tonnerre. Burton se mit à courir. Il venait d'entrevoir, devant la hutte de Gœring, deux silhouettes spectrales en train de lutter. Ou plutôt, l'Allemand avait les mains nouées autour du cou de sa compagne, qui se débattait vainement pour lui échapper.

L'herbe mouillée était glissante. Burton tomba. En se relevant, il vit, à la faveur d'un autre éclair, que la femme était à genoux, penchée en arrière, et que Gœring, le visage déformé par la haine, continuait à l'étrangler. Pendant que Burton se remettait à courir, Collop apparut sur le seuil de sa hutte, en train d'ajuster un pagne autour de sa taille. Quand Burton arriva auprès de Karla, Gœring avait disparu. L'explorateur s'agenouilla et colla son oreille contre le cœur de la jeune femme. Il avait cessé de battre. Un nouvel éclair révéla son visage, à la bouche béante et aux yeux révulsés.

– Gœring ! hurla Burton en se redressant. Montrez-vous, si vous êtes un homme !

Quelque chose le frappa alors derrière la tête et il tomba en avant.

Bien qu'étourdi, il réussit à se redresser à demi mais un second coup le terrassa aussitôt. Il eut encore la force de rouler sur le dos et de se protéger à l'aide de ses bras et de ses jambes. Un éclair lui montra Gœring, une énorme massue à la main, qui le dominait de toute sa hauteur. Son expression était celle d'un dément.

A la lueur d'un nouvel éclair, Burton vit une forme pâle et imprécise qui se jetait sur Gœring et le faisait tomber en arrière. Les deux adversaires roulèrent dans l'herbe en grognant comme des chats sauvages.

Burton fit une tentative pour se relever, mais reçut dans ses bras le corps de Collop, violemment projeté en arrière par Gœring. Collop se releva et chargea. Il y eut un craquement sourd. Collop s'affaissa, hors de combat. Burton essaya de marcher vers Gœring, mais ses jambes refusaient de lui obéir. Il tituba et vit, comme une scène fixée par le flash d'un photographe, Gœring en train de brandir sa massue.

L'impact lui paralysa le bras gauche, désormais inutilisable. Dans un effort surhumain, il lança son poing droit en direction de Gœring. Un nouveau craquement retentit. Burton eut l'impression que ses côtes lui enfonçaient soudain les poumons. Il était à court de respiration. Une fois de plus, il s'écroula dans l'herbe.

Quelque chose tomba à côté de lui. Malgré la douleur qui le tenaillait, il tâtonna. Sa main rencontra la massue. Gœring avait dû la laisser tomber. Gémissant de douleur à chaque mouvement, il parvint à mettre un genou en terre. Où était donc ce fou ?

Deux ombres brouillées dansaient devant ses yeux, à moitié confondues. Il voyait double ! Son cerveau était peut-être atteint. A la lueur des éclairs, il y avait deux Gœring. Celui de gauche avait les pieds sur terre, mais le second semblait marcher sur l'air.

Ils avaient tous les deux les mains tendues sous la pluie, comme pour les laver. Quand ils s'approchèrent de lui, Burton comprit que c'était précisément ce qu'ils étaient en train de faire. Ils crièrent en allemand (mais avec une seule voix) :

– Ote ce sang de mes mains, ô Seigneur ! Lave-moi de mes crimes !

Burton s'avança en titubant vers lui, la massue levée. Juste au moment où il allait l'abattre, Gœring fit soudain volte-face et s'enfuit. Burton le poursuivit tant bien que mal dans les collines, puis à travers la plaine. A un moment, la pluie cessa. Le tonnerre et les éclairs disparurent. Cinq minutes plus tard, comme à l'accoutumée, les nuages se dispersèrent et les étoiles recommencèrent à diffuser leur clarté laiteuse comme si rien ne s'était passé.

Comme un fantôme blafard, Gœring filait droit devant lui, en direction du Fleuve. Burton le suivit, curieux de voir ce qu'il allait faire. L'explorateur avait recouvré une partie de ses forces et sa vision était redevenue normale. Quand il arriva à hauteur de Gœring, il vit que ce dernier était à quatre pattes au bord de l'eau et contemplait le reflet miroitant des étoiles.

– Ça va mieux, à présent ? lui demanda-t-il.

Gœring eut un sursaut. Il commença à se redresser, mais se ravisa et se prit soudain la tête à deux mains.

– Je savais ce que je faisais, mais je ne savais pas pourquoi, murmura-t-il d'une voix éteinte. Karla venait de m'annoncer qu'elle me quitterait ce matin parce qu'elle ne supportait plus mon attitude bizarre et mes terreurs nocturnes. Je l'ai suppliée de rester. Je lui ai dit que je l'aimais et que je mourrais si elle m'abandonnait. Elle a répondu qu'elle avait – ou plutôt, qu'elle avait eu – beaucoup d'affection pour moi, mais qu'elle ne m'avait jamais aimé. Tout à coup, j'ai eu l'impression que si je voulais la garder, il fallait que je la tue. Elle s'est enfuie en courant de la hutte. Le reste, vous le connaissez.

– J'aurais pu vous tuer, dit Burton, mais il est clair que vous n'êtes plus responsable de vos propres actes. Cependant, les autorités locales n'accepteront pas ce genre de circonstances atténuantes. Vous n'ignorez pas ce qui vous attend. Ils vous pendront par les pieds à la plus haute branche d'un arbre et vous laisseront crever comme une bête.

– Je ne comprends pas ce qui m'arrive ! sanglota Gœring. Pourquoi tous ces cauchemars ? Croyez-moi,

Burton, mes péchés, je les ai déjà payés au centuple. Pourquoi faut-il que je souffre encore? Mes nuits sont un enfer, et bientôt mes jours seront un enfer aussi. Je n'aurai alors plus qu'un seul moyen de trouver la paix : je me tuerai! Mais à quoi bon, si c'est pour tout recommencer à des millions de kilomètres de là?

– Laissez tomber la gomme à rêver, suggéra Burton. Je sais que c'est difficile, mais vous pouvez le faire. Vous m'avez dit que, sur la Terre, vous aviez vaincu la morphine.

Gœring se releva et fit face à Burton.

– Vous ne comprenez pas! Je n'ai pas une seule fois touché à la gomme depuis que je suis ici!

– Comment! Mais j'aurais juré que...

– Vous avez cru que j'étais sous l'influence de la drogue parce que vous m'avez vu me conduire bizarrement. Mais c'est là le problème, justement. Drogué ou pas, le résultat est exactement le même!

Malgré tout le mépris qu'il éprouvait pour Gœring, Burton ne pouvait s'empêcher d'avoir pitié de lui.

– Vous avez ouvert une boîte de Pandore que vous ne pouvez plus refermer. J'ignore comment cela finira, mais je n'aimerais pas être à votre place. Ceci dit, admettez que vous n'avez pas tout à fait volé ce qui vous arrive.

– Je réussirai à les vaincre, fit brusquement Gœring d'une voix calme et décidée.

– Vous voulez dire que vous triompherez de vous-même, déclara Burton en se tournant pour s'en aller.

Il ajouta cependant un dernier mot :

– Que comptez-vous faire, maintenant?

Gœring, théâtralement, fit un geste en direction du Fleuve :

– Me noyer. Prendre un nouveau départ. Peut-être qu'au prochain endroit, je serai mieux armé pour résister. N'importe comment, je ne vais pas attendre d'être pendu comme une carcasse de veau à la devanture d'un boucher!

– Eh bien, adieu. Et bonne chance!

– Merci. Vous n'êtes pas un mauvais bougre, dans le fond. Laissez-moi vous donner un conseil.

– Lequel?

– Vous feriez mieux de ne plus jamais toucher à la gomme. Jusqu'à présent, vous avez eu de la chance, mais prenez garde qu'elle ne s'empare de vous comme elle s'est emparée de moi. Vos démons ne seront pas les miens, mais ils seront pour vous tout aussi terrifiants et monstrueux.

– C'est absurde! fit Burton en éclatant de rire. Je n'ai rien à me cacher, moi! J'en ai mâché suffisamment pour le savoir!

Sur ces mots, il s'éloigna, mais il ne pouvait s'empêcher de penser à l'avertissement de Gœring. Il avait compté les occasions où il avait pris de la gomme : vingt-deux en tout. Et chaque fois, il s'était juré de ne plus y toucher.

En retournant vers les collines, il regarda une dernière fois derrière lui. La silhouette pâle de Gœring s'enfonçait lentement dans les eaux miroitantes du Fleuve. N'étant pas homme à laisser passer l'occasion de faire un geste spectaculaire, Burton salua. Puis il décida d'oublier Gœring.

Il se trouvait dans un état d'épuisement extrême. La douleur qui lui tenaillait l'occiput et qui s'était temporairement calmée au cours de la poursuite était maintenant revenue en force. Il ne sentait plus ses jambes sous lui. A quelques mètres seulement de l'entrée de sa hutte, il dut s'asseoir pour ne pas tomber.

Il dut perdre conscience à ce moment-là, car lorsqu'il rouvrit les yeux il vit qu'il était dans une autre hutte que la sienne, couché sur un lit de bambou.

L'intérieur de la hutte n'était éclairé que par les étoiles, dont la clarté filtrait à travers le feuillage qui masquait la fenêtre. Lorsqu'il tourna la tête, il distingua la silhouette pâle d'un homme agenouillé auprès de son lit. Cet homme braquait sur lui une sorte de crayon de métal dont la pointe émettait une faible lueur.

25

Dès que Burton bougea la tête, l'inconnu détourna son instrument et s'adressa à lui en anglais :

– Il m'a fallu longtemps pour vous trouver, Richard Francis Burton.

Ce dernier, désespérément, tâtonnait par terre de la main gauche – qui était cachée par le lit – à la recherche de quelque chose qui pût lui servir d'arme. Mais il n'y avait rien d'autre que de la poussière.

– Qu'allez-vous faire de moi, Ethique de malheur, maintenant que vous m'avez capturé ? soupira-t-il.

L'homme qui lui faisait face sourit légèrement :

– Rien de particulier, dit-il avec une sorte d'hésitation. En fait, je ne suis pas des leurs, ajouta-t-il en riant de voir la tête que faisait Burton. Disons, pour être tout à fait exact, que je fais partie des Ethiques, mais que je ne suis pas d'accord avec eux.

Il montra l'appareil qui ressemblait à un crayon lumineux.

– Ceci m'a permis d'apprendre que vous souffrez d'une fracture du crâne et d'une commotion cérébrale. Vous êtes d'une constitution particulièrement solide, car vos blessures sont si graves que tout autre serait mort à votre place. Vous auriez même pu vous en tirer, avec un peu de chance. Malheureusement, on ne vous laissera pas le temps de récupérer. Les autres savent à quel endroit vous êtes, à une cinquantaine de kilomètres près. D'ici à vingt-quatre heures au plus, vous serez repéré.

Burton voulut s'asseoir, mais il eut l'impression que ses os étaient devenus mous comme de la gélatine et qu'une baïonnette lui transperçait le crâne. Il se laissa retomber en arrière avec un gémissement.

– Qui êtes-vous ? grogna-t-il. Que me voulez-vous ?

– Je ne puis vous dire mon nom. S'ils vous capturent, ce qui est fort probable, ils exploreront votre mémoire et dévideront tous vos souvenirs depuis le moment où vous avez ouvert les yeux par accident dans la bulle prérésurrectionnelle. Ils ne sauront jamais pourquoi vous vous êtes réveillé avant l'heure, mais ils entendront cette conversation. Ils pourront même me voir, tel que vous m'apercevez en ce moment, comme une pâle silhouette indistincte. Ils entendront ma voix, mais seront incapables de la reconnaître car j'utilise un transmuteur. En fin de compte, ils seront horrifiés de voir que les soupçons qu'ils n'osaient formuler à haute voix se concrétisent tout d'un coup : il y a un traître parmi eux !

– J'aimerais bien comprendre de quoi vous parlez, fit Burton.

– Il y a un certain nombre de choses que je peux vous expliquer. Tout d'abord, on vous a monstrueusement induit en erreur quant aux véritables objectifs de cette Résurrection. Ce que vous a raconté Spruce, et ce qu'enseigne l'Eglise de la Seconde Chance, créée de toutes pièces par les Ethiques, n'est qu'un grossier tissu de mensonges. Rien que des mensonges ! La vérité est que vous avez été recréés dans le cadre d'une gigantesque expérience scientifique. Les Ethiques – au nom si peu approprié – ont remodelé cette planète, construit les pierres à graal et ressuscité des milliards d'hommes uniquement pour pouvoir étudier leurs mœurs et leur psychologie, à la lumière de l'étonnant brassage de civilisations et d'époques qu'ils ont réalisé ici. Mais quelle que soit son ampleur, l'opération demeure ce qu'elle était à l'origine : une expérience scientifique. Quand les Ethiques n'auront plus besoin de vous, ils vous feront retourner à la poussière d'où vous venez. Quant à toutes ces histoires de salut et de seconde chance, je vous le répète, ce sont de grossiers mensonges ! En réalité, mes semblables ne se soucient pas de sauver votre « âme ». Ils sont même persuadés que vous n'en avez pas !

Burton demeura silencieux pendant un bon moment. Ce type-là paraissait sincère. En tout cas, ces choses lui tenaient à cœur. Il parlait d'une voix émue, en s'arrêtant souvent pour respirer très fort.

– Je ne vois pas, dit Burton, comment une simple expérience peut justifier tant d'efforts et d'investissements.

– Le temps pèse lourd aux mains des immortels.

Vous seriez surpris si je vous disais à quels expédients nous devons parfois recourir pour donner un peu de saveur à l'éternité. De plus, comme nous avons tout notre temps, nous ne nous pressons pas, et même les projets les plus extravagants ne sont pas pour nous effrayer, bien au contraire. Après la mort du dernier Terrestre, il a fallu plusieurs milliers d'années pour concevoir et préparer un tel programme, bien que sa phase finale se soit déroulée en une journée seulement.

– Mais vous? interrogea Burton. Quel jeu jouez-vous dans tout ça? Et quels sont vos motifs?

– Je suis le seul véritable Ethique de toute cette race monstrueuse! Je refuse de vous manipuler comme si vous étiez de simples marionnettes, ou bien des animaux de laboratoire. Après tout, vous avez beau être primitifs, sauvages et dangereux, vous n'en êtes pas moins des créatures intelligentes. Vous êtes, dans un sens, aussi... aussi...

Le mystérieux Ethique agita devant lui une main spectrale, comme s'il cherchait à happer un mot dans l'obscurité.

– Je vais être obligé d'employer le terme que vous utilisez vous-mêmes pour vous désigner, poursuivit-il. Vous êtes aussi *humains* que nous. De même que les sous-humains qui ont inventé la parole étaient aussi humains que vous. Vous êtes nos ancêtres. Pour autant que je le sache, je pourrais être votre descendant direct. Mon peuple tout entier pourrait être issu de votre lignée.

– Cela m'étonnerait fort, répliqua Burton. Je n'ai pas eu d'enfants. Pas à ma connaissance, tout au moins.

Il avait beaucoup de questions à poser, et il se mit à interroger l'Ethique. Mais celui-ci ne lui prêtait pas attention. Il tenait le crayon à plat contre son front. Il le retira soudain et interrompit Burton au milieu d'une phrase :

– J'étais en train de... je ne sais pas comment vous diriez cela... d'écouter, disons. Ils ont détecté ma... *wathan*... vous pourriez traduire par « aura ». Ils ignorent à qui elle appartient, mais ils savent que c'est celle d'un Ethique. Ils seront là dans cinq minutes. Je dois partir, et vous aussi.

– Où m'emmenez-vous ? demanda Burton en se raidissant.

– Nulle part. Vous n'avez plus que le temps de mourir. Ils ne doivent trouver rien d'autre que votre cadavre. J'aimerais bien vous emmener avec moi, mais c'est impossible. La seule issue pour vous est la mort. Ainsi, ils perdront votre trace. Quant à nous, nous nous reverrons plus tard. Et à ce moment-là...

– Une seconde ! s'écria Burton. Je n'y comprends plus rien. Pourquoi dites-vous qu'ils perdront ma trace ? Ils doivent posséder mes coordonnées personnelles !

– Ce n'est pas si simple que ça, dit l'Ethique en riant. Tout ce qu'ils possèdent, ce sont des coordonnées visuelles. Pendant la phase prérésurrectionnelle, on vous a attribué au hasard un emplacement pour renaître, en respectant toutefois un certain ordre chronologique et une certaine proportion dans les mélanges de races et de civilisations. En aucun cas le choix n'a été fait selon des critères individuels. Mais ce qu'ils n'avaient pas prévu, c'est que l'un d'eux se dresserait contre eux et choisirait certains de leurs sujets d'expérience pour l'aider à saboter le programme. De sorte qu'ils ne savent absolument pas comment sont programmées vos futures résurrections, ni celles de tous les autres. Vous vous demandez, je suppose, pourquoi je n'en profite pas pour régler votre résurrecteur de manière à vous transporter directement à la source du Fleuve, qui demeure votre objectif. Le fait est que nous avons joué de malchance. J'avais réglé votre appareil pour que ce soit le cas la première fois que vous seriez transféré, mais cela n'a pas marché. Les titanthropes vous ont tué tout de suite. A présent, je n'ose plus m'approcher de votre appareil sans un prétexte valable. L'accès des salles de résurrection est strictement contrôlé. Ils se méfient. Ils redoutent des sabotages. Il faudra donc vous débrouiller tout seul pour vous retrouver dans la région polaire. Le hasard vous viendra peut-être en aide. D'ailleurs, les autres sont tous dans le même cas que vous. Je n'ai pas pu accéder à leur résurrecteur pour le régler différemment. Ils devront compter sur la chance. J'ai calculé que vous avez une chance sur vingt millions.

– Les autres ? demanda Burton. Quels autres ? Et comment nous avez-vous choisis ?

– Vous avez l'aura qui convient. Les autres aussi. Croyez-moi, je sais ce que je fais. Je suis sûr de mon choix.

– Mais vous m'avez laissé entendre tout à l'heure que vous étiez à l'origine de mon réveil prématuré, dans la bulle. Pour quelle raison ?

– C'était la seule façon de vous convaincre que la résurrection n'était pas un événement surnaturel. C'est la première chose qui vous a mis sur la piste des Ethiques. J'ai eu raison, n'est-ce pas ? Tenez...

Il tendit à Burton une petite capsule.

– Avalez cela. Vous mourrez instantanément et ainsi vous leur échapperez – pour quelque temps. En outre, vos cellules cérébrales seront tellement désorganisées qu'ils ne pourront plus rien y lire. Dépêchez-vous. Il faut que je parte !

– Et si je refusais ? demanda Burton. Si je me laissais capturer plutôt ?

– Vous n'avez pas une aura à faire ça.

Burton était presque décidé à ne pas prendre la capsule. Pourquoi se laisser dicter sa conduite par un arrogant inconnu ? Mais d'un autre côté, réfléchit-il, il n'allait tout de même pas se couper une main pour dépiter l'autre. En fait, l'alternative était simple : ou bien il jouait le jeu de son mystérieux allié, ou bien il se faisait capturer par les Ethiques.

– C'est bon, dit-il. Mais vous pourriez me tuer vous-même. Pourquoi me laisser faire cette besogne ?

L'Ethique se mit à rire :

– Le jeu comporte un certain nombre de règles que je n'ai pas le temps de vous expliquer. Mais vous êtes assez intelligent pour découvrir tout seul la plupart d'entre elles. La première est que nous sommes réellement des Ethiques. Nous sommes capables de donner la vie, mais nous ne pouvons pas l'ôter directement. Ce n'est pas une chose impensable, ni impossible à réaliser, c'est simplement une chose très difficile à faire pour nous.

Soudain, il disparut. Burton n'hésita pas. Il avala d'un coup la capsule. Il y eut un éclair aveuglant...

26

Et la lumière du soleil qui se levait au-dessus des montagnes lui éclaboussa les yeux. Il eut à peine le temps de regarder autour de lui. Il vit son graal, posé à côté de lui, ainsi qu'une pile bien nette de carrés de tissu. Il vit... Hermann Gœring.

C'est alors que l'Allemand et lui furent capturés par une horde de petits hommes noirs aux jambes torses et à la tête trop grosse par rapport à leur taille, qui leur tombèrent dessus sans crier gare. Ils étaient armés de lances de bambou et de haches de pierre. Les tissus du graal leur servaient uniquement de coiffure. Leurs longs cheveux raides étaient ceints par des lanières de cuir – probablement d'origine humaine – qui faisaient plusieurs fois le tour de leur crâne disproportionné. Ils avaient un aspect semi-mongolien et parlaient un langage inconnu de Burton.

On lui lia les mains derrière le dos et on le coiffa d'un graal vide. Ainsi aveuglé et totalement réduit à l'impuissance, on le poussa à travers la plaine à coups de javelots dans les reins. Partout, des tam-tams résonnaient et des voix de femmes entonnaient des mélopées.

Il avait parcouru environ trois cents pas quand on le força à s'arrêter. Les tam-tams se turent subitement, ainsi que les mélopées. Burton n'entendit plus rien d'autre que le sang qui battait à ses tempes. Que diable se passait-il? S'agissait-il d'une cérémonie religieuse dont la victime ne devait rien voir? Ce n'était pas chose impossible. Il avait existé sur la Terre un grand nombre de rites sacrificiels dont le seul but était d'empêcher l'immolé d'apercevoir les traits de l'officiant afin que le fantôme du premier ne revînt, après sa mort, exercer sa vengeance sur le second.

Ces primitifs auraient dû savoir, maintenant, que les fantômes n'existaient pas. A moins, précisément, qu'ils n'eussent considéré les *lazares* comme des revenants qu'ils devaient réexpédier au plus tôt à leur point d'origine en les exécutant le plus rapidement possible !

Il y avait aussi le problème de Gœring. Trois fois de suite, Burton et lui avaient été transférés au pied de la même pierre à graal. Comment expliquer ce mystère ? Aucune théorie ne pouvait...

Le premier coup lui enfonça brutalement le graal au niveau des tempes et le fit tout entier vibrer d'une fulgurante douleur. A moitié inconscient, il tomba à genoux. Il ne sentit pas le deuxième coup et se réveilla, une fois de plus, dans un endroit différent.

27

Hermann Gœring était toujours là.

– Nous devons avoir des âmes jumelles, commenta l'Allemand. Les Maîtres de notre destin nous ont apparemment liés au même joug.

– Le bœuf et l'âne attelés à la même charrue, fit Burton en laissant à Gœring le soin de décider lequel des deux il figurait.

Ils s'occupèrent ensuite de faire connaissance – ou du moins, d'essayer – avec les populations locales. Il s'agissait, comme ils devaient le découvrir plus tard, de Sumériens de la période classique, c'est-à-dire qui avaient vécu en Mésopotamie entre 2500 et 2300 avant J.-C. Les hommes avaient le crâne rasé (coutume difficile à suivre, avec des rasoirs de silex) et les femmes étaient nues jusqu'à la ceinture. Dans l'ensemble, ce peuple avait un corps trapu, des yeux saillants et une physionomie assez laide, selon les critères de Burton.

Par contre, les Samoans précolombiens qui les accompagnaient et qui formaient trente pour cent de la population étaient une race splendide. Il y avait également dix pour cent de « divers », dont la plus grande partie était constituée par des ressortissants du XXe siècle. Qu'on retrouvât ces derniers un peu partout s'expliquait en partie par le fait qu'ils représentaient à eux seuls à peu près le quart de l'humanité. Sans disposer, bien sûr, de statistiques précises, Burton estimait, d'après ce qu'il avait pu voir au cours de ses voyages, que les hommes du XXe siècle avaient été délibérément dispersés sur toute la longueur du Fleuve, dans des proportions qui ne devaient rien au hasard. En quoi cette disposition pouvait-elle servir aux Ethiques? C'était un des nombreux mystères de l'organisation du Fleuve.

Il y avait trop de questions à résoudre. Il éprouvait le besoin de s'arrêter un peu pour réfléchir. La « voie suicide express » consumait tout son temps et toute son énergie. Il décida de profiter du calme hospitalier de la région pour s'y reposer un moment.

Il y avait le problème posé par Gœring. Burton aurait voulu interroger le Mystérieux Inconnu (il ne pouvait s'empêcher d'y penser en majuscules) sur les raisons de leurs doubles résurrections, mais aussi sur le rôle que jouait la gomme à rêver dans l'attitude de l'Allemand. Il était convaincu que la drogue occupait une place importante dans la Grande Expérience que les Ethiques étaient censés mener.

Malheureusement, Gœring ne lui laissa pas le loisir d'approfondir ces choses.

Dès la première nuit, ses cauchemars recommencèrent. Il se mit à hurler et sortit de la hutte pour s'élancer en direction du Fleuve, en s'arrêtant de temps à autre pour battre l'air de ses poings ou se rouler dans l'herbe, aux prises avec des adversaires invisibles. Burton le suivit de loin. Une fois arrivé au bord de l'eau, l'Allemand se prépara à plonger, probablement dans l'intention de se noyer. Mais au dernier moment, il se figea, puis se mit à trembler de tout son corps et bascula soudain en arrière, raide comme une statue. Ses yeux étaient ouverts, mais ne semblaient rien voir, du moins à l'extérieur. Sans doute était-il assailli par d'horribles visions intérieures, car ses lèvres tremblaient sans qu'il fût capable de proférer le moindre son.

Il survécut dans cet état une dizaine de jours. Ce fut en vain que Burton s'efforça de le faire manger. Il ne pouvait lui desserrer les mâchoires. Il le vit dépérir sous ses yeux. Sa chair fondait, sa peau se racornissait, il ressemblait de plus en plus à un squelette. Un matin, il fut saisi de convulsions, se dressa sur son lit et poussa un grand cri. Puis il retomba mort.

Poussé par la curiosité, Burton décida de pratiquer son autopsie à l'aide des quelques couteaux de pierre et des scies d'obsidienne qu'il put se procurer. Il constata d'abord que la vessie de l'Allemand avait éclaté, répandant l'urine dans ses entrailles. Le reste de l'examen ne lui apprit pas grand-chose. Il termina en lui arrachant toutes ses dents. Elles étaient un moyen d'échange, car on pouvait les enfiler sur un tendon ou un boyau de poisson pour fabriquer des colliers assez recherchés. Il préleva également le scalp. Cette coutume, qui n'avait rien de sumérien, venait des Indiens shawnees qui vivaient de l'autre côté du Fleuve. Etant sans doute plus civilisés, les Sumériens l'avaient perfectionnée en se servant des scalps, cousus bout à bout, pour confectionner des vêtements, ou même des rideaux. Les scalps étaient moins cotés que les dents sur le marché du troc, mais ils avaient quand même une certaine valeur.

C'est en creusant sa tombe près d'un gros rocher au pied des montagnes que Burton eut soudain un éclair de mémoire révélateur. Il avait interrompu un instant sa besogne pour boire un peu d'eau fraîche quand son regard s'était posé sur le crâne nu de Gœring. La vue de son visage aux traits maintenant apaisés avait, en conjonction avec le crâne lisse, évoqué une ancienne vision que Burton avait cru enfouie au plus profond de son esprit.

Quand il s'était réveillé au milieu de l'espace, flottant parmi tous les corps, il avait aperçu ce visage. Il appartenait à un corps qui se trouvait dans la rangée voisine. Comme tous les autres dormeurs, il était entièrement glabre. Burton l'avait simplement remarqué au passage, quelques instants avant que les gardiens ne s'aperçoivent qu'il était conscient. Plus tard, bien après la Résurrection, quand il avait vu Gœring pour la première fois, il n'avait pas su faire le rapprochement entre le dormeur chauve et l'ex-nazi aux cheveux blonds.

Il savait tout de même qu'il avait été le voisin de Gœring pendant la phase prérésurrectionnelle. Peut-être leurs résurrecteurs, du fait de leur proximité, s'étaient-ils accidentellement confondus ? De sorte que chaque fois que la mort de Gœring et la sienne survenaient à peu près en même temps, ils se trouvaient ressuscités au pied de la même pierre à graal. Après tout, quand Gœring avait parlé d'âmes jumelles, il n'était peut-être pas si loin de la vérité.

Burton se remit à creuser tout en jurant entre ses dents parce qu'il avait tant de questions à poser et si peu de réponses à donner. Si jamais il retrouvait l'occasion de mettre la main sur un Ethique, il se promettait bien de ne pas le lâcher avant de lui avoir extorqué toutes les réponses, quels que fussent les moyens qu'il lui faudrait employer pour cela !

Les trois mois suivants furent consacrés par Burton à s'adapter aux mœurs de la population parmi laquelle il vivait. Il était véritablement fasciné par le nouveau langage qui naissait du heurt entre le sumérien et le samoan. Le premier dominait parce qu'il était le plus parlé, mais comme toujours dans ces cas-là, la langue minoritaire exerçait sur l'autre une action profonde. Le résultat de cette fusion était un dialecte aux flexions réduites et à la syntaxe simplifiée. Les genres grammaticaux avaient disparu; les contractions étaient nombreuses. La conjugaison se réduisait à une seule forme, qui servait de présent et de futur. Pour exprimer le passé, on se servait d'adverbes de temps. Les expressions les plus subtiles étaient remplacées par des tournures naïves ou maladroites que Sumériens et Samoans pouvaient comprendre facilement. En outre, beaucoup de mots samoans s'étaient introduits dans la langue, avec une prononciation légèrement changée, à la place de leurs équivalents sumériens.

Partout, dans le monde du Fleuve, on assistait à la naissance de nouveaux parlers mixtes du même ordre.

Si les Ethiques avaient vraiment l'intention d'enregistrer la totalité des langues humaines, se disait Burton, ils avaient intérêt à faire vite, avant qu'elles ne se perdent entièrement. Mais qui sait s'ils n'avaient pas déjà terminé ce travail ? Ils devaient posséder des moyens technologiques qu'il était loin de pouvoir imaginer.

Le soir, quand il avait l'occasion de rester seul, il s'efforçait, tout en fumant l'un des cigares généreusement fournis par son graal, d'analyser sérieusement la situation : Qui croire ? Les Ethiques ou le Renégat, celui qu'il appelait le Mystérieux Inconnu ? Et si tout le monde mentait ?

Pourquoi le Renégat voulait-il saboter la machine cosmique ? Que pouvait faire un pauvre être humain comme lui, pris au piège dans cette vallée, limité par son ignorance, pour aider un Ethique qui avait choisi de trahir les siens ?

Une chose était certaine. L'Inconnu avait besoin de lui. Il voulait qu'il atteigne le pôle et qu'il pénètre dans la Tour Noire.

Mais pour quelle raison ?

Il fallut quinze jours à Burton pour trouver la réponse à cette question. Il n'y en avait qu'une possible.

L'Inconnu avait dit lui-même que, comme les autres Ethiques, il était incapable d'ôter la vie. Mais il n'avait pas de scrupule à le faire par personne interposée. A preuve, le poison qu'il lui avait remis. S'il voulait que Burton pénètre dans la Tour, c'était donc pour qu'il tue à sa place. Son jeu consistait à ouvrir la cage du tigre pour le lâcher parmi les siens. Ou bien à introduire l'assassin dans la place.

Mais un assassin, ça se paye. Que lui avait donc offert l'Inconnu en guise de compensation ?

Burton aspira lentement la fumée de son cigare, l'exhala puis vida d'un trait un verre de bourbon. Parfait ! On cherchait à l'utiliser. Mais il n'était pas un tigre stupide. Que l'Inconnu se méfie. Richard Francis Burton était capable aussi de se servir de lui.

Trois mois plus tard, il décida qu'il avait suffisamment réfléchi. Il était temps de partir.

Il était en train de se baigner dans le Fleuve quand

l'idée lui vint subitement. Obéissant à son impulsion, il se dirigea vers le milieu du Fleuve puis il plongea aussi bas qu'il le put avant que l'instinct de conservation ne le force à remonter vers la surface en battant désespérément des pieds et des mains, à la recherche d'une bouffée d'air salvatrice. Mais il savait qu'il n'y réussirait jamais. Les poissons dévoreraient son corps et ses os retomberaient dans la vase par trois cents mètres de fond. Ce serait mieux ainsi. Il ne voulait pas que son corps tombe intact aux mains des Ethiques. Si le Renégat avait dit vrai, tant que les cellules de son cerveau n'étaient pas irrémédiablement détruites, ses ennemis pouvaient en extraire tous les renseignements qu'ils voulaient.

28

Sept ans passèrent, au cours desquels il n'entendit plus parler des Ethiques. Apparemment, ils avaient totalement perdu sa trace. Même le Renégat ne s'était plus manifesté. Burton lui-même, à vrai dire, ignorait la plupart du temps où il se trouvait par rapport aux sources du Fleuve. Ce qui était certain, c'est qu'il n'avait plus jamais mis les pieds dans la région polaire. Il était sans cesse en mouvement, sans cesse en train de sauter d'un point du Fleuve à un autre.

Un beau jour, il s'avisa qu'il devait détenir une espèce de record. La mort était devenue sa seconde nature. Si ses calculs étaient exacts, il venait d'utiliser la « voie suicide express » pour la sept cent soixante-seizième fois !

Il était un criquet planétaire qui surgissait des limbes obscurs de la mort pour grignoter quelques brins d'herbe tout en guettant du coin de l'œil l'ombre du passereau prêt à fondre sur lui – l'Ethique. Dans cette vaste prairie qui contenait l'humanité, il s'était posé en bien des endroits pour s'envoler ensuite vers d'autres cieux afin de voir si l'herbe était meilleure.

Parfois encore, il s'imaginait sous la forme d'une

épuisette qui prélevait des spécimens au hasard dans l'océan humain. Tantôt il remontait une grosse pièce, tantôt des petits poissons qui lui apprenaient autant, sinon plus, que les gros.

Mais il n'aimait pas l'image de l'épuisette. Elle lui rappelait trop qu'il était lui-même un gibier menacé par un plus vaste filet qui, peut-être en ce moment même, était sur le point de retomber sur lui.

Quelles que fussent les métaphores ou les analogies qui lui venaient à l'esprit, une chose était certaine, il ne tenait pas en place. A plusieurs reprises, certaines légendes lui étaient parvenues à l'oreille en des endroits du Fleuve qu'il visitait pour la première fois. Elles évoquaient le nom de Burton le Gitan, ou de Richard le Vagabond. Une autre version avait pour héros le Lazare aux Grands Pieds. Tout cela l'inquiétait un peu, car il craignait que les Ethiques n'aient ainsi vent de sa technique d'évasion et ne mettent au point une nouvelle méthode pour le capturer. Il y avait aussi le risque qu'ils devinent son objectif réel et renforcent la surveillance de la région polaire.

Au bout de ces sept ans, après avoir longuement observé les constellations nocturnes et recueilli l'avis de nombreux voyageurs, il avait réussi à se faire une idée relativement précise de la topographie de la vallée.

Le Fleuve n'était pas un amphisbène, un serpent à deux têtes, la première au pôle Nord et la seconde au pôle Sud, mais plutôt un serpent Midgard qui se mordait la queue. Il prenait sa source dans la mer boréale, sinuait sur toute la moitié du globe, contournait le pôle Sud et remontait en sinuant le second hémisphère jusqu'au pôle Nord où la tête rejoignait la queue dans l'océan mythique.

Pas si mythique que ça, d'ailleurs, car s'il fallait en croire le témoignage du titanthrope qui avait escaladé les montagnes, la Tour des Brumes avait les pieds dans cet océan même.

Bien sûr, il ne pouvait ajouter aveuglément foi à un récit qu'il tenait de sources diverses mais invérifiables. Cependant, il pouvait attester une chose : il avait vu lui-même, lors de son séjour éphémère près de la source du Fleuve, que la région était peuplée de titanthropes. Il n'était donc pas impossible que l'un d'eux ait réussi à franchir les montagnes et à s'approcher de la Tour des Brumes. Et là où un homme était passé, un autre pouvait réussir.

Mais comment le Fleuve pouvait-il couler, en cet endroit, à contre-pente ?

La vitesse du courant demeurait constante même quand le terrain était plat ou la pente inversée. Ceci n'était rendu possible, d'après Burton, que par l'existence d'installations spéciales, sans doute souterraines, destinées à modifier les effets de la gravité naturelle sur certains parcours difficiles. La portée de ces interventions était nécessairement limitée, car aucun humain n'avait jamais constaté sur lui de changement notable de la pesanteur.

Toutes ces questions étaient trop compliquées pour Burton. S'il voulait connaître les réponses, il devrait attendre de rencontrer ceux qui détenaient la clé du mystère.

Sept ans après son premier suicide, enfin, il atteignit pour la seconde fois la région du pôle Nord.

C'était son sept cent soixante-dix-septième « saut ». Depuis sa vie terrestre, il était convaincu que le nombre sept lui portait bonheur. Malgré les railleries de ses amis du xxe siècle, Burton n'avait jamais abandonné la plus grande partie des superstitions auxquelles il était attaché sur la Terre. Souvent, il s'était moqué des superstitions des autres, mais il connaissait les vertus, sur lui, de certains chiffres bénéfiques, et avait constaté plusieurs fois que l'argent, placé sur ses paupières, contribuait à restaurer ses forces quand il était fatigué et stimulait son don de seconde vue qui à plusieurs reprises l'avait prévenu d'un danger qui le menaçait. Malheureusement, il ne semblait guère y avoir d'argent sur cette planète pauvre en minéraux. Mais si jamais il en découvrait, il saurait l'utiliser à son avantage.

Le premier jour, il demeura sur la rive du Fleuve, en se contentant d'adresser un sourire distrait à ceux qui s'approchaient pour lui parler. Exceptionnellement, les gens du coin ne semblaient pas hostiles et aucun titanthrope n'était en vue.

Le soleil se déplaçait en longeant le sommet des

montagnes de l'Est. Un peu plus tard, il décrivit sa courbe au-dessus de la vallée, à un niveau plus bas qu'il ne l'avait jamais vu, sauf quand il s'était retrouvé parmi les monstrueux titanthropes. Pendant une brève période, la vallée fut inondée de lumière, puis l'astre du jour reprit son mouvement rasant au-dessus des montagnes occidentales. Bientôt, la vallée fut envahie par les ombres et l'air devint plus froid qu'en aucun autre endroit de la planète, à l'exception, bien sûr, de son séjour parmi les titanthropes. Ensuite, le soleil continua de progresser jusqu'au point où Burton l'avait vu en ouvrant les yeux.

Fatigué par ces vingt-quatre heures de veille mais satisfait, il se mit en quête d'un abri. Il savait à présent qu'il était au pôle Nord, mais au lieu de se retrouver à la source du Fleuve, il était à son embouchure !

Soudain, en se tournant, il entendit une voix familière mais qu'il ne parvint pas à identifier tout de suite. Il en avait tant entendu !

Aspire, âme légère !
Tu n'es pas sur la Terre. Monte plus haut !
Le Ciel a donné l'étincelle;
Au Ciel renvoie le feu.

– John Collop !

– Abdul ibn Harun ! Et l'on dit que les miracles n'existent pas ! Qu'êtes-vous devenu depuis tout ce temps ?

– Je suis mort la même nuit que vous. Et bien des fois, par la suite. Les assassins et les méchants ne manquent pas en ce monde.

– C'est naturel. Ils étaient déjà nombreux sur la Terre. Mais j'ose affirmer que leur nombre a diminué car, Dieu soit loué, l'Eglise de la Seconde Chance a fait du bon travail, principalement dans la région. Mais venez avec moi, ami. Je vais vous présenter ma compagne. Charmante et fidèle, dans un univers qui fait peu cas des vertus, conjugales ou autres. Elle est née au XXe siècle. Elle a enseigné l'anglais pendant la plus grande partie de sa vie. Parfois, je me demande si elle m'aime pour moi, ou pour les renseignements que je peux lui fournir sur la langue de mon époque.

Il émit un petit rire saccadé et nerveux, histoire de faire comprendre à Burton qu'il voulait plaisanter.

Ils traversèrent la plaine en direction des collines où, devant chaque hutte, brillaient des feux dans des foyers de pierre. La plupart des hommes et des femmes s'étaient confectionné, avec leurs carrés de tissus, des sortes de parkas qui les protégeaient du froid.

– Quel endroit sinistre et glacé ! s'écria Burton malgré lui. Comment peut-on y vivre ?

– La plupart des gens qui se trouvent ici sont des Suédois ou des Finlandais de la fin du XXe siècle. Le soleil de minuit leur est familier. Mais vous-même, vous devez être ravi de vous trouver ici ? Je me souviens de l'intérêt que vous manifestiez pour les régions polaires et de vos folles spéculations à leur propos, si vous me pardonnez l'expression. Vous n'êtes pas le seul à avoir essayé de descendre le Fleuve pour découvrir votre Thulé, ou encore le trésor au pied de l'arc-en-ciel. Mais jamais personne n'en est revenu, sinon après avoir renoncé devant les terribles obstacles.

– Lesquels ? fit vivement Burton en agrippant le bras de Collop.

– Vous me faites mal. Pour commencer, il n'y a plus de pierres à graal, de sorte qu'il est impossible de se nourrir en chemin. Ensuite, la vallée prend fin à un certain endroit et le Fleuve s'enfonce, à partir de là, dans une faille ténébreuse et glacée qui coupe à travers la montagne. Pour finir, je ne puis vous dire ce qu'il y a au delà, car jamais aucun homme n'est revenu pour le décrire. Les rares audacieux qui sont parvenus jusque-là ont dû être punis pour leur curiosité.

– A quelle distance situez-vous ce fameux gouffre de la mort ?

– A quarante mille kilomètres d'ici en tenant compte des méandres du Fleuve. Cela représente un an de navigation, au bas mot. Ensuite, seul le Tout-Puissant peut savoir ce qu'il vous faudra parcourir pour arriver au bout du Fleuve proprement dit. Il est probable que vous périrez bien avant, car vous ne pourrez jamais emporter assez de provisions avec vous.

— Il y a un seul moyen de le savoir.

— Rien ne vous arrêtera donc, Richard Francis Burton ? Ne comprenez-vous pas que votre quête est vaine et que le combat se situe au niveau de l'âme et non du corps ?

De nouveau, Burton agrippa durement le bras de Collop :

— Quel est le nom que vous venez de prononcer ?

— Votre ami Gœring m'a révélé votre identité depuis longtemps. Il m'a raconté sur vous un grand nombre de choses.

— Gœring est ici ?

Collop hocha la tête :

— Depuis deux ans. Il habite à moins de deux kilomètres d'ici. Vous le verrez demain, si vous le désirez. Vous serez agréablement surpris du changement qui s'est opéré en lui. Il a vaincu le processus de délabrement amorcé par la gomme. Il s'est repris et a réussi à devenir un autre homme. En fait, c'est lui qui est maintenant à la tête de l'Eglise de la Seconde Chance dans notre secteur. Alors que vous poursuiviez une folle quête tournée vers l'extérieur, cet homme a trouvé la voie du salut intérieur. Il s'en est fallu de peu qu'il ne succombe à la folie et qu'il ne retombe dans les erreurs funestes de sa vie terrestre. Mais par la grâce de Dieu et de son désir d'être digne de la nouvelle vie qui lui était offerte, il a... enfin, vous pourrez juger demain par vous-même. Je souhaite que son exemple vous profite.

Collop lui raconta alors que Gœring était mort à peu près autant de fois que lui, volontairement dans la plupart des cas. Incapable de supporter les cauchemars qui le poursuivaient partout, rempli de dégoût et de haine envers lui-même, il avait passé son temps à se fuir pour se retrouver confronté aux mêmes problèmes le lendemain matin. Mais quand il était arrivé dans cette région et avait demandé le secours de Collop, l'homme qu'il avait assassiné naguère, il avait enfin réussi à vaincre.

— C'est stupéfiant, murmura Burton. J'en suis ravi pour lui. Mais j'ai d'autres projets. Promettez-moi de ne dévoiler ma véritable identité à personne. Je suis toujours Abdul ibn Harun.

Collop lui assura qu'il garderait le silence, mais se déclara déçu que Burton ne veuille pas revoir Gœring pour juger par lui-même des transformations que la foi et l'amour pouvaient opérer même chez les créatures apparemment les plus dépravées. Il conduisit ensuite l'explorateur à sa hutte et lui présenta sa femme, une petite brune très mignonne qui insista pour les accompagner dans leur visite protocolaire au *valkotukkainen* du village (mot signifiant dans le dialecte local « l'ancêtre aux cheveux blancs », ou bien tout simplement le « chef »).

Il s'appelait Ville Ahonen et c'était un colosse au parler lent qui écouta patiemment les explications de Burton. Celui-ci ne lui révéla qu'une partie de ses plans. Il voulait, disait-il, construire un navire capable de le conduire jusqu'au bout du Fleuve. Il ne parla pas de poursuivre sa route au delà. Mais ce n'était pas la première fois que le *valkotukkainen* rencontrait quelqu'un comme Burton.

Il sourit d'un air entendu et répondit que rien ne s'opposait à ce que Burton construise son bateau. Cependant, la population locale avait des principes écologistes. Elle refusait que l'on déboise son environnement. Les chênes et les pins étaient sacrés. Le seul matériau disponible était le bambou, mais il faudrait le payer en tabac, alcool et gomme à rêver.

Burton le remercia et prit congé. Un peu plus tard, il regagna la hutte qui lui avait été affectée, à côté de celle de Collop, mais fut incapable de trouver le sommeil.

Sans attendre le début de l'averse nocturne habituelle, il décida de quitter la hutte. Il voulait gagner le pied des montagnes, s'abriter sous un rocher avant la pluie et attendre tranquillement l'aube. Maintenant qu'il était à proximité du but, il ne voulait plus courir le risque de se laisser surprendre par les Ethiques. Il était probable qu'ils avaient des agents un peu partout dans la région polaire.

Il avait parcouru moins d'un kilomètre quand l'averse se déclara brutalement. Le premier éclair illumina le sol. A une certaine distance devant lui, et à quelques mètres au-dessus du sol, quelque chose était en train de se matérialiser.

Il fit volte-face et courut vers un bouquet d'arbres en espérant qu'on ne l'avait pas vu. Ils étaient de nouveau sur ses traces et venaient sans doute dans l'intention d'endormir tout le monde, comme la dernière fois. Mais il n'entendait pas se laisser faire sans...

29

– Vous nous avez donné du fil à retordre, Burton, déclara en anglais une voix inconnue.

Burton ouvrit les yeux. La transition était tellement inattendue qu'il resta sans rien voir pendant plusieurs secondes. Il était assis au creux d'un siège en forme de sphère, très confortable. La pièce où il se trouvait était une sphère parfaite aux parois vert pâle semi-transparentes. Partout où il tournait la tête, il apercevait d'autres sphères à l'extérieur qui créaient un étrange effet d'optique, car elles étaient non seulement contiguës, mais se recoupaient de telle manière que leurs sections communes, plus claires et plus transparentes que le reste, étaient pratiquement impossibles à distinguer les unes des autres.

Devant lui, il y avait, épousant la courbe de la paroi, un ovale d'un vert plus foncé qui représentait une forêt spectrale. Une biche fantôme trottait dans la forêt, qui dégageait une senteur de pins.

A l'autre extrémité de la bulle, assis dans des fauteuils identiques au sien, douze personnages le regardaient : six hommes et six femmes. Ils étaient très beaux. A l'exception de deux d'entre eux, tous avaient les cheveux bruns et la peau foncée. Certains avaient les yeux bridés. L'un d'eux avait des cheveux finement bouclés, presque laineux.

Une des femmes avait une chevelure blonde et ondulée, roulée en arrière sur sa nuque. L'homme assis à sa droite avait les cheveux aussi roux que le poil d'un renard. Ses traits étaient anguleux, son nez long et crochu et ses yeux d'un beau vert profond.

Tous étaient vêtus de tuniques pourpres et argentées, aux manches bouffantes et au col plissé. Leur ceinture et leurs sandales étaient phosphorescentes. Hommes et femmes avaient du vernis aux ongles (même aux orteils), du rouge aux lèvres et des boucles aux oreilles.

Chacun d'eux avait au-dessus de sa tête, presque à hauteur de ses cheveux, un globe multicolore d'une trentaine de centimètres de diamètre qui tournait lentement sur lui-même en jetant des éclairs irisés. A intervalles plus ou moins réguliers, il en jaillissait de longs bras hexagonaux bleus, verts, noirs ou d'une blancheur éblouissante, qui se rétractaient ensuite pour être remplacés par d'autres.

Burton baissa les yeux. Il ne portait qu'un morceau de tissu noir drapé autour de ses reins.

– Avant que vous ne commenciez à poser des questions, je vous avertis que vous n'obtiendrez de nous aucune information sur l'endroit où vous vous trouvez en ce moment.

C'était l'homme aux cheveux roux qui venait de parler. Il sourit à Burton, exhibant des dents d'un blanc inhumain.

– Comme vous voudrez, dit Burton. Mais à quelles questions accepterez-vous de répondre? Par exemple, comment avez-vous retrouvé ma trace? Et qui êtes-vous?

– Je m'appelle Loga. Nous vous avons retrouvé grâce à certaines méthodes d'investigation systématique, mais aussi parce que la chance nous a souri. En gros, voici comment cela s'est passé. Nous avions mis sur vos traces un certain nombre d'agents. Un nombre dérisoire, en fait, par rapport aux trente-six milliards six millions neuf mille six cent trente-sept candidats répartis le long du Fleuve.

Candidats? se dit Burton. Mais candidats à quoi? A la vie éternelle? Fallait-il donc croire ce que racontait Spruce sur les motifs de la Résurrection?

– L'idée ne nous était pas venue, poursuivit Loga, que vous nous échappiez chaque fois en vous suicidant. Même quand votre présence était décelée en des endroits si éloignés les uns des autres que vous ne pouviez y accéder qu'en mourant, nous pensions que vous vous étiez fait tuer et que votre résurrection était involontaire. Ensuite, les années ont passé et nous avons perdu votre trace. Nous avions d'autres préoccupations. Nous avons rappelé ceux de nos agents qui s'occupaient spécialement de votre cas, à l'exception de ceux qui étaient postés aux deux extrémités du Fleuve. Nous nous demandions comment vous étiez au courant de l'existence de la Tour Noire. Nous ne l'avons su que plus tard, grâce à l'obligeance de vos amis Gœring et Collop. Il faut dire qu'ils ignoraient, bien sûr, qu'ils faisaient leurs confidences à des Ethiques.

– Qui vous a appris que j'étais ici ?

– Vous n'avez pas besoin de le savoir, répondit Loga en souriant. De toute manière, nous aurions fini par vous capturer. Voyez-vous, chaque compartiment de la bulle de restauration – cet endroit où vous vous êtes inexplicablement réveillé, pendant la phase préré-surrectionnelle – est équipé d'un compteur automatique qui fournit des données statistiques ou opérationnelles. Nous gardons ainsi une trace de tout ce qui se passe. Par exemple, tout candidat qui meurt un nombre de fois anormalement élevé par rapport à la moyenne est certain d'attirer, tôt ou tard, notre attention. Un peu trop tard, d'ailleurs, à notre gré, car nous sommes surchargés en ce moment. Ce n'est qu'à votre sept cent soixante-dix-septième résurrection que nous avons été alertés. Je vous signale que vous détenez là un record absolu. Je suppose que je devrais vous féliciter ?

– Vous dites qu'il y en a d'autres qui font comme moi ?

– Ils ne nous intéressent pas, si c'est ce qui vous préoccupe. D'ailleurs, ils sont relativement très peu nombreux. Nous ne savions pas, au début, que c'était vous qui aviez atteint ce nombre impressionnant. Votre place dans la bulle était libre quand nous avons effectué notre enquête statistique. Ce sont les deux techniciens qui vous avaient remarqué la première fois que vous vous êtes réveillé dans la bulle qui vous ont identifié grâce à votre... photo. Nous avons alors réglé votre résurrecteur de manière à être avertis de votre mort suivante. A ce moment-là, il ne nous restait plus qu'à vous ressusciter ici.

– Et si je n'étais pas mort ?

– Vous étiez destiné à mourir ! N'aviez-vous pas l'intention d'accéder à la mer polaire en descendant le Fleuve jusqu'à son embouchure ? C'est totalement irréalisable. Les deux cents derniers kilomètres du Fleuve suivent un parcours souterrain qu'aucune embarcation ne peut franchir. Comme vos rares prédécesseurs qui ont eu l'audace de tenter le voyage, vous auriez été condamné à périr.

– Cette photographie... hésita Burton... celle que j'ai trouvée sur Agneau. Elle a été prise au cours d'un séjour aux Indes. Comment est-ce possible ?

– Nous avons nos services de documentation, mon cher Burton, fit Loga.

Burton aurait voulu lui faire rentrer son sourire de condescendance dans la gorge. Apparemment, rien ne l'empêchait de bondir sur l'Ethique et de l'étrangler. Mais ils avaient dû s'entourer de protections spéciales. On ne lâche pas ainsi un tigre en liberté !

– Avez-vous découvert la raison pour laquelle je me suis réveillé accidentellement dans la bulle ? demanda-t-il.

Loga sursauta. Ses compagnons parurent encore plus surpris que lui. Finalement, Loga se ressaisit :

– Nous vous avons soigneusement examiné. Nous n'avons rien laissé au hasard. Nous avons analysé un par un tous les éléments de votre... psychomorphe, je pense que c'est le terme que vous emploieriez. A moins que vous ne préfériez « aura » ?

Il désigna la sphère qui flottait au-dessus de sa tête et ajouta en écartant les bras :

– Nous n'avons découvert absolument aucun indice.

Burton pencha la tête en arrière et éclata d'un grand rire sonore :

– Vous ne savez donc pas tout, espèces de salauds !

– Nous n'avons pas cette prétention, fit Loga avec un sourire pincé. Nous ne l'avons jamais eue. Un seul Etre est omniscient.

Il se toucha le front, les lèvres, le cœur et le sexe des trois doigts médians de sa main droite. Les autres l'imitèrent.

– Si cela peut vous faire plaisir, continua Loga, je vous avoue que vous nous posez un problème. Vous nous avez fait peur. Nous n'en sommes pas encore sûrs, mais il y a de fortes chances pour que vous soyez l'un de ceux contre lesquels on nous a mis en garde.

– Mis en garde ? Qui donc ?

– Il s'agit d'un... ordinateur géant, si vous voulez. Mais vivant. Et de son opérateur.

De nouveau, Loga fit le même signe curieux avec ses trois doigts réunis. Puis il enchaîna :

– Je ne désire pas vous en dire davantage, bien que tout ceci soit destiné à être effacé de votre mémoire quand nous vous renverrons là-haut dans la vallée.

L'esprit de Burton était embrumé de rage, mais pas au point de passer à côté du « là-haut ». Cela signifiait-il que les machines résurrectrices et le repaire des Ethiques se situaient dans les profondeurs du monde du Fleuve ?

– Selon les indications que nous possédons, poursuivit Loga, vous seriez capable de contrecarrer nos projets. Comment et pour quelles raisons, nous ne le savons pas. Mais nous respectons notre source d'information à un point que vous ne pouvez sans doute pas imaginer.

– Dans ce cas, pourquoi ne me remettez-vous pas en animation suspendue ? Laissez-moi flotter dans l'espace, entre deux tiges rouges, comme un poulet qui tourne sur sa broche, jusqu'à ce que vous n'ayez plus peur de moi !

– Nous ne pouvons pas faire ça ! s'écria Loga en blêmissant. Un tel acte suffirait à tout gâcher ! Comment pourriez-vous gagner votre salut ? En outre, ce serait une agression impardonnable de notre part ! C'est absolument impensable !

– Vous m'avez déjà agressé en me forçant à fuir et à me cacher pour ne pas être capturé par vous. Vous m'agressez en ce moment en me retenant ici par la force. Et vous vous préparez à m'agresser encore plus en effaçant de ma mémoire le souvenir de cette charmante conversation.

Loga se tordit presque les mains. Si c'était lui le Mystérieux Inconnu, l'Ethique renégat, il se comportait en acteur remarquable. D'une voix peinée, il répliqua :

– Ce n'est pas entièrement vrai. Nous avons été obligés de prendre des dispositions pour nous protéger. S'il s'était agi de quelqu'un d'autre que vous, nous ne serions pas intervenus. Je sais que nous avons violé notre propre code moral en vous persécutant. Mais il nous était impossible de faire autrement. Croyez-moi, nous en sommes amèrement conscients.

– Vous pourriez vous racheter dans une certaine mesure en m'expliquant les raisons de cette résurrection générale. Et aussi les moyens que vous avez utilisés.

Loga se mit alors à parler longuement. Parfois, l'un de ses compagnons l'interrompait pour ajouter une précision. La femme aux cheveux blonds était celle qui intervenait le plus. Au bout d'un moment, d'après son attitude et celle de Loga, Burton crut comprendre qu'ils étaient mariés, ou bien qu'elle occupait une situation élevée dans la hiérarchie des Ethiques.

Un autre homme intervenait de temps à autre. Chaque fois qu'il parlait, tout le monde l'écoutait avec un respect profond, comme si c'était lui le chef du groupe. A un moment, quand il tourna la tête, Burton capta un éclair de lumière qui semblait provenir de son œil.

Cet œil – le gauche – était manifestement artificiel. Sans savoir pourquoi, Burton était persuadé qu'il donnait à son possesseur un pouvoir qui le distinguait des autres. Chaque fois que le regard de cet homme l'effleurait, il se sentait mal à l'aise. Que voyait-il donc de spécial avec cette espèce de prothèse à facettes ?

Quand Loga cessa de parler, Burton n'en savait pas beaucoup plus qu'avant. Les Ethiques étaient capables d'obtenir des images du passé avec une sorte de chronoscope, qui pouvait enregistrer la « matrice » de tous les êtres humains qui avaient existé sur la Terre. A l'aide de ces matrices et de convertisseurs énergie-matière, ils pouvaient opérer toutes les résurrections qu'ils voulaient. Ainsi, la théorie déjà exposée par Frigate et Monat était entièrement vérifiée.

– Que se passerait-il, demanda Burton, si vous recréiez en même temps deux versions identiques d'un individu ?

Loga répondit d'un air condescendant que l'expérience avait déjà été tentée, mais que, comme chaque individu n'avait qu'un psychomorphe, un seul corps à la fois pouvait vivre.

Burton eut un sourire identique à celui d'un chat qui vient d'avaler une souris.

– Vous m'avez menti sur toute la ligne, dit-il. Ou bien vous me cachez la plus grande partie de la vérité. Si de simples êtres humains comme moi ont déjà trouvé leur salut sur cette planète, comme vous le prétendez, pourquoi des Ethiques comme vous, des êtres immortels et soi-disant supérieurs, ne l'ont-ils pas trouvé depuis longtemps ? Vous ne devriez pas être ici, mais dans votre espèce de paradis intérieur et surnaturel !

Tous les visages se figèrent à l'exception de ceux de Loga et de l'homme à l'œil artificiel. Ce fut Loga qui lui répondit en souriant :

– Votre remarque témoigne d'une perspicacité étonnante, dont je vous félicite. Je vous dirai simplement que certains d'entre nous ont déjà atteint cet état de grâce, mais que la chose n'est pas donnée à tout le monde, malheureusement. On nous demande, sur le plan éthique, beaucoup plus qu'à vous, croyez-moi.

– Je demeure persuadé que vous mentez. Mais qu'y puis-je ? Rien, pour le moment, ajouta Burton avec un sourire.

– Vous auriez tort de vous obstiner dans cette voie, murmura Loga. Vous n'obtiendrez jamais votre salut de cette façon. Quoi qu'il en soit, nous avons estimé qu'il était de notre devoir de vous expliquer ce que nous essayons de faire. Nous agirons de même avec tous ceux qui ont été manipulés comme vous. Nous ne pouvons malheureusement pas faire davantage.

– Vous savez donc qu'il y a un Judas parmi vous, fit Burton en savourant d'avance l'effet qu'allait produire chacun de ses mots.

Au lieu de lui répondre, l'homme à l'œil artificiel se tourna vers Loga en disant :

– Pourquoi ne pas en finir avec ces simagrées ? Apprenons-lui la vérité, il triomphera peut-être un peu moins.

– Très bien, Thanabur, fit Loga après avoir hésité pendant quelques secondes. Je vous conseille d'être très prudent désormais, Burton. Vous devez cesser de vous suicider et lutter pour rester en vie avec la même conviction que quand vous étiez sur la Terre et que vous pensiez n'avoir qu'une seule vie. Sachez qu'il y a une limite au nombre de résurrections que peut supporter votre psychomorphe. Au bout d'un certain temps – cela varie selon les individus – il n'est plus capable de se rattacher à votre nouveau corps. Pour utiliser une vieille expression de la Terre, vous deviendrez alors une « âme errante », privée de tout support corporel. Il en existe un certain nombre dans l'univers. Nous sommes capables de les détecter sans aucun instrument. Par contre, ceux qui sont... comment dire ?... sauvés... échappent entièrement à notre perception. Vous voyez qu'il vous faut renoncer à utiliser la mort comme moyen de vous déplacer dans le monde du Fleuve. Il y a ici un certain nombre de malheureux qui, incapables d'affronter la vie, se dirigent tout droit vers un horrible destin en se suicidant continuellement. Cette attitude est un véritable péché aux conséquences irrévocables, sinon impardonnables.

L'homme à l'œil artificiel ajouta :

– Quant à ce traître, cette immonde crapule qui prétend vous aider alors qu'il se sert de vous pour ses propres desseins, il n'a pas songé, naturellement, à vous avertir du péril qui vous menaçait à cause de lui. Méfiez-vous ! Cet homme – ou cette femme, qui sait ? – est une créature incroyablement maléfique ! Vous êtes prévenu. Votre prochaine mort sera peut-être la dernière !

Burton se raidit et hurla, fou de rage :

– Vous dites cela pour m'empêcher d'atteindre l'embouchure du Fleuve ! Pourquoi avez-vous peur de moi ? Pourquoi ?

– Adieu, répondit seulement Loga. Pardonnez-nous cette intervention.

Aucun des douze personnages n'avait fait le moindre geste, mais Burton sentit qu'il perdait conscience avec autant de soudaineté qu'une fronde lâchant sa pierre. Et il se réveilla...

30

La première personne qu'il aperçut fut son ami Peter Frigate. Les deux hommes pleurèrent en se retrouvant et Burton eut du mal, au début, à répondre à l'avalanche de questions posées par l'Américain. Il voulait lui-même savoir ce que Frigate, Loghu et Alice avaient fait depuis sa disparition. Frigate répondit qu'ils l'avaient cherché pendant quelque temps, puis qu'ils étaient retournés à Thélème en remontant le Fleuve.

– Et toi, jusqu'où es-tu allé ? demanda Frigate.

– « J'ai parcouru le monde de long en large et de haut en bas », répondit Burton. Cependant, contrairement à Satan, j'ai rencontré sur mon chemin quelques honnêtes gens imprégnés de la crainte de Dieu et qui ne faisaient point le mal. Pas tellement nombreux, je dois dire. La plupart des hommes et des femmes sont toujours aussi lamentablement égoïstes, superstitieux, bornés, lâches et hypocrites qu'ils l'étaient sur la Terre. Chez presque tous, le vieux primate tueur aux yeux injectés de sang continue à lutter avec son gardien, la société, pour se libérer et plonger ses mains dans le sang.

Ils bavardaient tout en se dirigeant vers l'énorme palissade qui protégeait les bâtiments gouvernementaux de l'Etat de Thélème. Cependant, Burton n'écoutait qu'à moitié ce que disait son ami. Il tremblait et son cœur battait à grands coups dans sa poitrine, mais ce n'était pas seulement l'émotion du retour.

Il se souvenait de tout !

Malgré les menaces de Loga, il n'avait oublié ni son

expérience dans la bulle prérésurrectionnelle ni l'interrogatoire que lui avaient fait subir les douze Ethiques.

Une seule explication était possible. L'un des douze avait dû empêcher, à l'insu des autres, que ses souvenirs fussent oblitérés.

Il ne pouvait s'agir que du Mystérieux Inconnu, l'Ethique renégat.

Lequel des douze était-ce ? Pour le moment, il ne disposait d'aucun moyen de le savoir. Mais il le découvrirait un jour. En attendant, il avait un allié dans la place. Un allié qui, peut-être, se servait de lui pour ses propres fins, mais que Burton saurait, en temps voulu, utiliser aussi.

Il y avait d'autres hommes que l'Inconnu avait manipulés comme lui. Peut-être les retrouverait-il. Peut-être pourraient-ils donner, tous ensemble, l'assaut à la Tour Noire.

Ulysse avait Minerve. La plupart du temps, Ulysse ne comptait que sur son courage et son intelligence pour se tirer des situations périlleuses. Mais parfois, quand cela lui était possible, la déesse lui prêtait main-forte.

Ulysse avait Minerve et Burton avait son Mystérieux Inconnu.

– Que comptes-tu faire, Richard ? demanda Frigate.

– J'ai l'intention de construire un bateau pour remonter le Fleuve. Jusqu'au bout ! Veux-tu m'accompagner ?

S-F classique

Jacques Sadoul présente une sélection des meilleurs auteurs du genre, déjà publiés et inédits.

Demandez à votre libraire le catalogue semestriel gratuit.

ASIMOV Isaac

Les cavernes d'acier (404★★★)
Dans les cités souterraines du futur, le meurtrier reste semblable à lui-même.

Les robots (453★★★)
D'abord esclaves soumis des hommes, ils deviennent leurs maîtres.

Tyrann (484★★★)
Les despotes de Tyrann veulent conquérir l'univers. Sur la Terre, une poignée d'hommes résiste encore.

Un défilé de robots (542★★★)
D'autres récits passionnants sur ce sujet inépuisable.

Cailloux dans le ciel (552★★★)
Un homme de notre temps est projeté dans l'empire galactique de Trantor.

La voie martienne (870★★★)
Une expédition désespérée pour fournir de l'eau à Mars.

BLISH James

Semailles humaines (752★★)
Des hommes adaptés aux conditions de vie extra-terrestre colonisent la Galaxie.

BROWN Fredric

Paradoxe perdu (767★★)
Une anthologie de S-F humoristique.

BRUNNER John

Tous à Zanzibar
(2 t. 1104★★★★ et 1105★★★★)
Surpopulation, violence, pollution, craintes d'aujourd'hui, réalités de demain.

Le troupeau aveugle
(2 t. 1233★★★ et 1234★★★)
L'enfer quotidien de demain, comme si vous y étiez.

Sur l'onde de choc (1368★★★★)
Un homme seul peut-il venir à bout d'une société informatisée ?

CLARKE Arthur C.

2001 - L'odyssée de l'espace (349★★)
Ce voyage fantastique aux confins du cosmos a suscité un film célèbre.

Les enfants d'Icare (799★★★)
L'arrivée d'êtres d'outre-espace signifie-t-elle la perte de la liberté ?

CURVAL Philippe

L'homme à rebours (1020★★★)
La réalité s'est dissoute autour de Giarre : sans le savoir, il a commencé un voyage analogique. Inédit.

Cette chère humanité (1258★★★★)
L'appel au secours désespéré du dernier montreur de rêves.

DEMUTH Michel

Les années métalliques (1317★★★★)
Les meilleures nouvelles de l'auteur des Galaxiales.

DICK Philip K.

Dr Bloodmoney (563★★★)
La vie quotidienne dans une civilisation post-atomique.

A rebrousse-temps (613★★★)
Le sens du temps s'est inversé : les morts commencent à renaître.

Simulacres (594★★★)
Le pouvoir était-il détenu par des hommes ou des simulacres animés électroniquement ?
Ubik (633★★★)
Le temps s'en allait en lambeaux. Une bouffée de 1939 dérivait en 1992.
Les clans de la lune alphane (879★★★)
Cette ancienne colonie terrienne n'est plus peuplée que de malades mentaux.
L'homme doré (1291★★★)
L'essentiel de l'œuvre de nouvelliste de Philip K. Dick. Inédit.
Le dieu venu du Centaure (1379★★★)
Palmer Eldritch : on connaît ses yeux factices, son bras mécanique, ses dents en acier, mais qu'y a-t-il au delà ?

DISCH Thomas
Génocides (1421★★)
Pour l'envahisseur, les hommes ne sont guère plus que des insectes.

FARMER Philip José
Des rapports étranges (712★★)
Sur une planète isolée, un géant barbu, qui ressuscite les morts, déclare être Dieu.
La nuit de la lumière (885★★)
C'est un arbre, c'est aussi un homme.

HARNESS Charles
L'anneau de Ritornel (785★★★)
C'est dans l'Aire Nodale, au cœur de l'univers, que James Andrek trouvera son destin.

HARRISON Harry
Appsala (1150★★★)
Jason dinAlt tombe de Charybde en Scylla.

HERBERT Frank
La ruche d'Ellstrom (1139★★★★)
Ou l'enfer des hommes insectes.

KLEIN Gérard
La loi du talion (935★★★)
Elle seule régit ce monde où s'affrontent cinquante peuples stellaires.

LEINSTER Murray
La planète oubliée (1184★★)
Des hommes s'efforcent de survivre sur une planète peuplée d'insectes géants.

LEVIN Ira
Un bébé pour Rosemary (342★★★)
A New York, Satan s'empare des âmes et des corps.
Les femmes de Stepford (649★)
Ces jeunes femmes trop parfaites ne seraient-elles que des robots ?

Mac DONALD John D.
Le bal du cosmos (1162★★)
Traqué sur Terre, il se voit projeté dans un autre monde.

MOORE Catherine L.
Shambleau (415★★★)
Parmi les terribles légendes qui courent l'espace, l'une au moins est vraie : la Shambleau.

PADGETT Lewis
L'échiquier fabuleux (689★)
Un homme venu du futur intervient dans une guerre du présent.

SILVERBERG Robert
Les monades urbaines (997★★★)
70 milliards d'humains dans des tours de 1000 étages.
Trips (1068★★★)
Corps d'emprunt, temps parallèles, tissu urbain proliférant... : huit drôles de trips.
L'oreille interne (1193★★★)
Télépathe, il sent son pouvoir décliner.
Les chants de l'été (1392★★★)
Silverberg est aussi un maître de la nouvelle. Inédit.
Le chemin de l'espace (1434★★★)
La superstition religieuse ouvre-t-elle la route des étoiles ? Inédit.

SIMAK Clifford D.
Au carrefour des étoiles (847★★)
Sur Terre, une station secrète où transitent les voyageurs de l'espace.

Demain les chiens (373★★★)
Les hommes ont-ils réellement existé ? se demandent les chiens le soir à la veillée.

Projet Vatican XVII (1367★★★★)
Curieuse entreprise pour les robots sans âme : créer un pape aussi électronique qu'infaillible. Inédit.

SPIELBERG Steven

Rencontres du troisième type (947★★)
Le premier contact avec des visiteurs venus des étoiles.

SPINRAD Norman

Jack Barron et l'éternité (856★★★★)
Faut-il se vendre pour conquérir l'immortalité ?

STEINER Kurt

Ortog et les ténèbres (1222★★)
La science permet-elle de s'aventurer dans le domaine de la mort ?

STURGEON Theodore

Cristal qui songe (369★★★)
Fuyant des parents indignes, Horty trouve refuge dans un cirque aux personnages fantastiques.

Killdozer - le viol cosmique (407★★★)
Des extra-terrestres à l'assaut des hommes et de leurs machines.

VAN VOGT A.E.

Le monde des A (362★★★)
Gosseyn n'existe plus : il lui faut reconquérir jusqu'à son identité.

A la poursuite des Slans (381★★)
Beaux, intelligents, supérieurs aux hommes, les Slans doivent se cacher.

La faune de l'espace (392★★★)
Au cœur d'un désert d'étoiles, le vaisseau spatial rencontre des êtres fabuleux.

Les joueurs du A (397★★★)
L'enjeu de ce siècle éloigné dans le futur, c'est la domination des mondes.

La guerre contre le Rull (475★★★)
Seul Trevor pouvait sauver l'humanité de son plus mortel ennemi, le Rull.

Invasion galactique (813★★★)
Deux races galactiques s'affrontent sur la Terre.

L'horloge temporelle (934★★)
Les nouvelles les plus récentes du grand écrivain américain.

L'été indien d'une paire de lunettes (1057★★)
Dans ce monde, les hommes sont soumis à la tyrannie des femmes. Mais pourquoi les obligent-elles à porter des lunettes ?

Le colosse anarchique (1172★★★)
Pour jouer, il doit détruire la race humaine.

Les opérateurs humains (1447★★★)
Un recueil des meilleures nouvelles de l'auteur.

VANCE Jack

Marune : Alastor 933 (1435★★)
On lui a tout volé, jusqu'à son identité.

Trullion : Alastor 2262 (1476★★)
Des intrigues se nouent dans l'amas stellaire d'Alastor.

ZELAZNY Roger

L'île des morts (509★★)
Qui avait bien pu ressusciter plusieurs ennemis défunts de Francis Sandow ?

Achevé d'imprimer sur les presses de l'imprimerie Brodard et Taupin
7, Bd Romain-Rolland, Montrouge. Usine de La Flèche,
le 15 décembre 1983
1465-5 Dépôt Légal décembre 1983. ISBN : 2 - 277 - 21575 - 9
Imprimé en France

1575
★★★

Editions J'ai Lu
27, rue Cassette, 75006 Paris
diffusion France et étranger : Flammarion